Rainer Wüst

Augenscheinlich

Essener Regionalkrimi

Impressum:

1. Auflage 2025
ISBN: 978-3-8192-3216-9

Dieses Buch ist auch als eBook erhältlich.

Lektorat und Korrektorat: Schreibcoaching Federfunken,
www.federfunken.wordpress.com
Satz: PrinzO Mediengestaltung, www.prinzo.de, Rainer Wüst
Umschlag: PrinzO Mediengestaltung, www.prinzo.de, Rainer Wüst
Umschlagfoto: iStock
Bildnachweise: iStock, Remo Schoener, ollo, PPrat
Verlag: BoD · Books on Demand GmbH, Überseering 33,
22297 Hamburg, bod@bod.de
Druck: Libri Plureos GmbH, Friedensallee 273, 22763 Hamburg

© 2025 alle Rechte liegen bei dem Autor Rainer Wüst

Diesen Roman widme ich
meiner Lebensgefährtin Nadine Muriel,
die mich stets unterstützt
und an mich glaubt.

Prolog
Montag, 4. April 2022

»So ein mieses Schwein! Mit durchgetretenem Gaspedal raste Frank dem alten, weißen Opel Kadett hinterher. Er durfte ihn nicht verlieren. Nicht jetzt! Der Motor heulte auf, als er einen kleinen Fiat überholte. *Mach endlich Platz, du Spinner! Wofür hab ich denn Blaulicht und Sirene an,* dachte Frank erzürnt. Jetzt, gegen zwei Uhr nachts, war die Bundesstraße größtenteils leer, aber selbst um die Zeit gab es den ein oder anderen Nachtschwärmer, der noch nach Hause wollte.

Frank holte auf. Helge war kaum fünfzig Meter vor ihm. Dieser Dreckskerl hatte wirklich auf Frank und Marco geschossen. Auf Polizisten! Damit sollte Helge nicht davonkommen. Auf keinen Fall.

Ein Kleintransporter blinkte, als wolle er aus einer Parklücke herausfahren. Frank erschrak. Vollbremsung, lenken, runterschalten und gleich wieder Gas geben. Jetzt hatte sich Helges Vorsprung erneut vergrößert. So ein Mist!

Frank, der das Steuer endlich fest in den Händen hielt, meldete sich bei der Polizeizentrale: »Gruga 9110 für 9112, verfolge einen flüchtigen Täter, der auf Polizisten geschossen hat.«

Ein kurzes Knacken, dann ertönte eine Stimme aus dem Lautsprecher: »Wo sind Sie jetzt, 9110?«

»Fahre auf der B224, Höhe Hövelstraße, Altenessen, Richtung Haltern.«

Er gab das Kennzeichen des Fahrzeuges durch und überquerte die nächste Kreuzung.

Erneut meldete er sich bei der Funkleitzentrale.

»Gruga 9110 für Gruga 9112. Der Flüchtige überquert eine weitere rote Ampel und ist nur knapp einem PKW ausgewichen.«

Gott sei Dank war Frank auf der zweiten Fahrspur und brauchte kein halsbrecherisches Fahrmanöver zu machen wie Helge.

»Gruga 9112. Teilen Sie weiter den jeweiligen Standort mit. Wir schicken Verstärkung.«

Helge, du verdammte Drecksau, glaub ja nicht, dass du mir entkommst, dachte Frank und schlug dabei wutentbrannt auf sein Lenkrad.

Warum hatte Helge eigentlich so ein Schwein? Bei seinen riskanten Überholmanövern müsste er längst irgendwo aufgefahren sein. Aber der hatte wohl immer viel Glück, sonst hätten sie ihn schon vor Wochen bei dem Banküberfall in Essen-Rüttenscheid geschnappt. Auch da hatte sich dieser Hundesohn den Weg freigeschossen und eine Passantin dabei schwer verletzt.

Diesmal würde er nicht ungeschoren davonkommen. Nein, diesmal nicht!

Frank jagte an einer Reihe von Tankstellen vorbei. So kurz vor der Autobahn waren sie wie Perlen auf einer Kette aufgezogen. Viele Pendler nutzten sie für die Fahrt zur Arbeit. Er musste aufholen, dieses verkappte Glücksschwein endlich stoppen.

Nur noch ein paar Kilometer, dann kamen sie an die Stadtgrenze. Gleich dahinter war eine Autobahnauffahrt. Auf der A42 konnte Helge in Richtung Holland entkommen. Dann hätte Frank schlechte Karten. Er musste ihn vorher kriegen. Aber wie?

Das Funkgerät knackte erneut. Die Zentrale meldete sich.

»Gruga 9110 für Gruga 9112. Die Autobahnzufahrt wird von einem Schwertransporter blockiert. Wir haben dem Fahrer des Transporters über Funk mitgeteilt, mit seinem Fahrzeug die Auffahrt zu sperren. Er hat es soeben geschafft. Brechen Sie die Verfolgung ab. An der Bottroper Kreuzung werden ihn die Kollegen schnappen. Sie bauen gerade eine Straßensperre auf.«

Ein Stoßgebet hätte nicht besser funktioniert. Wie gut, dass gerade dieser Schwertransporter dort gestanden hatte. Jetzt konnte Helge nicht mehr entkommen. Hoffentlich.

»Gruga 9112, habe verstanden.«

Frank schaltete das Funkgerät ab. Er würde auf keinen Fall lockerlassen. Bis zur Straßensperre waren es noch gut vier Kilometer. Dass Helge nicht auf die Autobahn konnte, war Franks Chance, ihn zu erwischen.

Frank holte auf, war jetzt nur noch fünfzig Meter von ihm entfernt.

Endlich war die Stadtgrenze erreicht. Jetzt sah Frank auch den Schwertransporter, der quer in der Autobahnauffahrt stand. Hier ging es nicht weiter für Helge. Der registrierte im letzten Moment die Blockade und riss sein Lenkrad herum. Das Fahrzeug schlingerte. Aber dieser Mistkerl schaffte es doch tatsächlich, seinen Wagen wieder unter Kontrolle zu bekommen! Er raste weiter über die Bundesstraße. Ja, gleich hatte Frank ihn. Nur noch ein paar Meter. Auf der rechten Seite tauchte die Müllverbrennungsanlage auf. Kein schöner Anblick, aber wer brauchte jetzt ein kitschiges Landschaftsbild? Nein, hier gab es Ruhrpott live und im nachtschwarzen Gewand.

Frank setzte auf einer geraden Strecke zum Überholen an und brachte seinen Dienstwagen direkt neben den weißen Opel. Mit fast hundertfünfzig Stundenkilometern fuhren sie Kopf an Kopf. Frank packte seine Waffe, ließ sein Seitenfenster herunter und zielte auf den rechten Vorderreifen.

In diesem Moment riss Helge am Lenkrad und sein Wagen prallte gegen Franks Fahrertür.

Was war das für eine Scheiße? Frank schrie seinen Frust heraus. Immerhin, zumindest konnte er den Wagen in der Spur halten.

Helge touchierte noch einmal den Dienstwagen. Frank geriet ins Schlingern. Er trat auf die Bremse, riss

das Lenkrad rum. Die Reifen blockierten. Franks Kopf schlug brachial gegen das Lenkrad. Schmerzen stoben durch seinen gesamten Körper, als sein Wagen sich überschlug. Sein linker Arm wurde gegen die Wagentür geschlagen. Die Waffe, die er noch in der Rechten hielt, segelte durch den Innenraum. Blut rann über seine Stirn in seine Augen. Es knallte. Ein Baum war die Endstation. Durch den Aufprall wurde das Fahrzeug wie eine Ziehharmonika zusammengedrückt. Franks Beine klemmten im Fonds fest. Er schrie aus Leibeskräften. Jetzt aus Wut und Schmerz zugleich. Sein Herz pumpte ein Vielfaches mehr an Blut durch seine Adern. Verschwommen nahm er zwei Rücklichter wahr, die sich jetzt auf ihn zubewegten. Helge kam zurück! Panisch suchte Frank nach seiner Sig Sauer P226. Sein linker Arm war unbrauchbar und hing schlaff an der Seite herunter. Wo war diese verdammte Knarre? Da, auf dem Rücksitz, sah er sie. Aber seine Beine waren so stark eingekeilt, dass er sich über seine rechte Seite strecken musste, um die Pistole mit den Fingerspitzen zu ertasten. Jede Bewegung löste eine Explosion aus Schmerzen in seinem Körper aus. Aber er musste die Waffe kriegen. Unbedingt. Nur noch ein kleines Stück. Endlich bekam er sie zu fassen. Vor seinem rechten Seitenfenster tauchte eine Gestalt auf. Helge! Panik stieg in ihm auf. *Er oder ich,* dachte Frank. Mit einem Ruck hob er seine Pistole an und schoss. Glas splitterte. Franks Augenlider zuckten. Blut lief über sein Gesicht.

Hatte er diesen Hurensohn getroffen? Frank ließ die Waffe fallen. Dann wurde es schwarz um ihn.

Kapitel 1

Montag, 18. Juli 2022, 10.00 Uhr

»Hey Frank. Schön, dass du wieder da bist. Wir haben dich im Präsidium sehnlichst erwartet.«

Frank stand in der Eingangstür zu Emils Büro. Alles sah noch genauso aus wie vor ein paar Monaten. Knautschige alte Sessel, ein paar Drehstühle und ein leicht zerknirscht wirkender Chef.

Zuletzt hatte Frank zusammen mit Marco im Büro von Emil Walter, dem Behördenleiter, gesessen. Da besprachen sie den Fall Helge Swanson. Ein Informant hatte einen Tipp gegeben, wo sich der Bankräuber Swanson aufhielt. Einen Scheiß-Tipp, den Marco nicht überlebt hatte.

Frank setzte sich Emil gegenüber, dessen Hemd ebenso viele Falten und feuchte Stellen hatte wie sein Gesicht. Die Hitze war unerträglich an diesem Julitag.

»Frank, wir beide kennen uns jetzt schon sehr lange. Mehr als Fünfzehn Jahre. Daher frage ich dich als Freund und Vorgesetzter: Geht es dir wirklich wieder gut?«

Frank verzog das Gesicht. Traute Emil ihm nichts mehr zu? Natürlich war er fit, topfit.

Emils Augen waren leicht zusammengekniffen und seine Lippen bildeten eine gerade Linie.

»Ich weiß: Laut deinem ärztlichen Bericht sind deine Rippen verheilt und auch die Schwellung im Kopf ist abgeklungen. Aber …« Emil räusperte sich. »Ich mache mir trotzdem Sorgen um dich. Körperlich scheinst du ja wieder auf der Höhe zu sein. Doch wie hast du den Tod von Marco weggesteckt? Wir vermissen ihn alle, aber du standest ihm viel näher.«

Musste Emil ausgerechnet dieses Thema ansprechen? Es war schlimm genug, dass diese Albtraumbilder Frank nachts heimsuchten. Der Kirmesplatz, das Auftauchen von Helge Swanson, der Schusswechsel. Wäre Frank nur dageblieben, statt dem Flüchtigen hinterherzufahren. Vielleicht würde Marco heute noch leben. - Wusste Emil wirklich, was in Frank vorging? Hatte sein Kopf ein Fenster, das jeder öffnen konnte?

»Ja, Marco fehlt mir, aber …«, Frank stockte, »… ich komme gut klar.«

Emil schaute Frank noch ein paar Sekunden durchdringend an, dann lehnte er sich zurück.

»Ich weiß, das Thema vertiefst du sowieso mit Hieronymus. Er hat bestätigt, dass du psychisch stabil bist. Und du wirst die Therapie bei ihm fortsetzen. Das ist eine nicht verhandelbare Anweisung.«

Frank nickte. Er musste sich geschlagen geben. Dass dieser Psycho-Doc Hieronymus Egelmeier in seinem Hirn herumfuhrwerkte, war ihm zwar ein Gräuel. Beim Gedanken an ihn stellten sich seine Nackenhaare auf.

Aber er musste zugeben, Hieronymus hatte ihm schon sehr geholfen. Weniger schlaflose Nächte, und auch die Angst, wieder Blackouts zu erleben, war fort. Nur das Bild seines toten Partners Marco tauchte immer wieder auf. Es hinterließ jedes Mal einen trockenen Mund und einen Knoten im Magen.

Emils Augenbrauen zogen sich fast zu einer Monobraue zusammen, die Augen formten sich zu Schlitzen und sein Körper war angespannt. Einen Moment lang saß Emil so da, bis sich seine starre Körperhaltung auflöste und er sich zu Frank vorbeugte.

»Nichtsdestotrotz habe ich mir Gedanken gemacht, ob es vielleicht besser ist, wenn du erst mal stundenweise …«

»Warte bitte. Ich bin dir sehr dankbar für dein Vertrauen und will definitiv VOLLZEIT arbeiten. Lass mich beweisen, dass ich wieder ganz der Alte bin.«

Frank war sich selbst nicht sicher, ob er das kommende Pensum schaffen würde. Aber er wollte es. Unbedingt. Auf keinen Fall durfte er wieder in diesen unerträglichen Sog aus Tristesse und Gleichgültigkeit geraten. Die lahmen Nachmittags-Soaps, nur durch Rauchen, Essen, Trinken und exzessives Wandanstarren unterbrochen. Er hatte sich unbrauchbar gefühlt. Wie ein Leprakranker, den man vom Rest der Gesellschaft abgesondert und auf eine einsame Insel verbannt hatte. Er war doch kein Psychofall, der auf die Ersatzbank gehörte! Halbtagsstellen

waren für Polizeibeamte, die lieber in Frührente gingen.

Emil legte seine Handflächen auf den Schreibtisch und lehnte sich zurück. Seine Gesichtszüge wurden sanfter.

»Okay, aber wenn es dir nicht gut geht, dann kommst du zu mir. Verstanden?«

Frank deutete ein Nicken an.

»Jetzt möchte ich dir noch deinen neuen Kollegen Kommissar Ceylan vorstellen.«

Ein neuer Partner? Musste das sein? Womöglich so einen Frischling, den Frank noch an die Hand nehmen musste! Der konnte doch unmöglich Marco ersetzen.

Emil drückte drei Zahlen auf seinem Telefon.

»Herr Ceylan, Emil Walter hier. Kommen Sie bitte zu mir ins Büro.«

Nachdem Emil aufgelegt hatte, grinste er wie ein Honigkuchenpferd.

»Kommissar Ceylan ist ein fähiger Mann. Er ist vor zwei Monaten zu uns gekommen.«

»Aha. Und wie lange ist er schon bei der Mordkommission?«

»Er hat sieben Jahre in Dortmund gearbeitet. Der passt zu dir. Ganz bestimmt.«

Emils Ernst? Frank war schon gut fünfundzwanzig Jahre bei der Polizei, achtzehn davon in der Mordkommission. Sieben Jahre. Pah. Das war noch die Windelzeit.

Es klopfte an Emils Bürotür und ein schwarz gekleideter, smarter Yuppie-Typ trat ein. Kurzgeschorenes dunk-

les Haar, moderne Brille, orientalischer Teint. Sah aus wie ein gut gestylter ‚Man in Black‘.

»Darf ich vorstellen? Kommissar Mohamed Ceylan. Herr Ceylan, das ist Kommissar Lederer, von dem ich Ihnen erzählt habe. Sie werden ab sofort zusammen ermitteln.«

Mohamed war etwa Mitte dreißig. Er grinste Frank vergnügt an.

»Hallo Herr Kommissar Lederer, ich freue mich auf unsere Zusammenarbeit. Ich habe schon viel von dir gehört.«

Nee, nee. Förmlichkeit und duzen. Das konnte er gleich vergessen. Sie waren doch hier nicht beim Beamtenball. Das war ja wie mit Zahnschmerzen lachen zu müssen. So einen Schwachsinn hätte Marco nie von sich gegeben.

»Ich hoffe, nur Gutes. Aber lass uns beim Du bleiben. Ich bin Frank.«

»Okay, Frank. Ich bin der Mo.«

Mohamed hielt Frank eine Ghettofaust entgegen. Jetzt spielte der auch noch den Gangster-Rapper. *Was soll's*, dachte Frank und drückte seine eigene Faust gegen die von Mo. Dieser offenbarte daraufhin ein Lächeln, das so breit war, dass es sein Gesicht zu spalten schien.

Emil ruckelte auf seinem Stuhl hin und her. Ein Zeichen, dass er wieder in den Fokus genommen werden wollte.

»So, ihr beiden. Schön, dass ihr euch versteht.«

Es folgten ein paar Floskeln, dass Emil sich auf die großen Erfolge von Mo und Frank freue. Dann verabschiedete er sich von dem neu zusammengefügten Ermittlerduo. Frank hörte kaum hin. Mohamed Ceylan? Hmm. Ob der Marco das Wasser reichen konnte? Auf jeden Fall war es gut, wieder hier zu sein, wieder zu ermitteln. Raus aus dem todlangweiligen Trott zu Hause.

»Momentan bearbeite ich gerade einen Mordfall mit zwei möglichen Tatverdächtigen«, erklärte Mo auf dem Weg zum Büro. »Vor fünf Tagen wurde eine Leiche in einer Wohnung entdeckt. Die Ermordete heißt Anna Matuschek. Sie wurde mit einem Halstuch stranguliert. Die Forensiker fanden daran von zwei Personen Fasern und Hautschuppen: von Boris Matuschek, dem Ehemann, und von Wladimir Skoslowski, einem Versicherungsvertreter, ihrem Geliebten.«

Frank blieb abrupt stehen. »Moment mal. Woher weißt du, dass Wladimir ihr Lover ist?«

»Wir fanden auf dem Handy von Anna Nachrichten, die sie und Wladimir ausgetauscht hatten. Und die waren nicht unbedingt jugendfrei. Dazu Bilder … Hoffentlich bekomme ich die wieder aus dem Kopf, wenn ich nachher mit dem Mann rede.«

Mo gestikulierte mit seinen Händen, als würde er etwas auf eine Tafel schreiben.

»Verdächtigst du ihn?«

»Nein.«

Frank stöhnte innerlich auf. Musste er Mo jetzt alles aus der Nase ziehen? Eine solche Zusammenfassung hätte es bei Marco nie gegeben. Der wäre zwar auch flachsig gewesen, hätte aber die wichtigen Punkte gleich gebracht.

»Wieso nicht?«

»Warum sollte Wladimir seine Geliebte umbringen? Für ihn hätte es höchstens Sinn gemacht, Boris aus dem Weg zu schaffen, um mit Anna ein neues Leben zu beginnen. Nein, der Ehemann ist momentan unser Hauptverdächtiger. Er hat gleich mehrere Motive: Eifersucht und Geld. Er könnte herausgefunden haben, dass Anna einen Geliebten hat, oder auf die Lebensversicherung scharf sein. Wir haben eine Versicherungspolice gefunden. Ganz frisch ausgestellt. Vor knapp drei Wochen. Der jeweilige Begünstigte ist der Ehepartner. Es geht dabei um dreihunderttausend Euro.«

Okay. Soweit zu den Motiven. Frank war jetzt richtig angefixt. Endlich keine lahmen Kreuzworträtsel mehr, sondern echte Probleme, denen er sich widmen konnte. Er setzte sich wieder in Bewegung, sodass Mo wie ein Sekretär hinter ihm herlaufen musste.

»Hast du sonst noch was für mich, Mo?«

Mo grinste und hob eine Augenbraue. »Lass mich einfach zu Ende reden, dann hast du alle Infos. Es gibt eine Zeugin.« Er machte eine geheimnisvolle Pause.

»Und?«, knurrte Frank.

Für solche Spielchen hatte er keine Zeit. Er war monatelang zur Tatenlosigkeit verdammt gewesen, da konnte keiner erwarten, dass er geduldig blieb.

»Sie hat gesehen, dass der Ehemann kurz nach der Tatzeit das Haus verlassen hat. Das passt alles zusammen. Leider ist er seit der Tat wie vom Erdboden verschluckt. Den Geliebten hingegen haben die Kollegen heute Morgen zum Präsidium gebracht. Mal schauen, was der zu sagen hat. Vielleicht hat er was von einem Streit zwischen Anna und ihrem Mann mitbekommen.«

Mo öffnete die Tür zu Franks Büro und stapfte hinein. Bevor Frank ebenfalls hineinging, bemerkte er das Schild an der Wand. Noch etwas hatte sich geändert. Unter seinem Namen stand der von Mo, ebenfalls Kriminalkommissar.

Mo zog eine Akte aus dem Regal und warf sie auf den Schreibtisch vor Frank.

»Lies selbst, dann hast du alle Infos.«

Was für eine Mimose. Wenn Mo ein kleines bisschen Druck nicht aushielt, dann war er bei der Mordkommission definitiv fehl am Platz.

Frank ignorierte den Mini-Wutausbruch, während sich Mo in einen Bürostuhl fläzte. Die Beine platzierte er demonstrativ auf dem Schreibtisch.

»Na, bequem so?«, fragte Frank.

Mit einem einfachen ‚Ja‘ beantwortete Mo die Frage. *Nicht empfänglich für Sarkasmus,* notierte Frank in seinem Hirn.

»Würde es dir was ausmachen, die Füße vom Tisch zu nehmen?«

Mit einem gekonnten Schwung federten Mos Beine gen Boden.

»Oh, entschuldige, Frank. War in Gedanken schon bei dem Typen, den wir gleich verhören.«

Mos Stimme war einen Hauch höher als zuvor. Wollte er jetzt wirklich knatschen oder konnten sie sich endlich sachlich dem Fall widmen?

Aus dem Nachbarbüro dröhnten Stimmen. Es klang, als würde jemand mit einem Megaphon die Mittagspause ausrufen. Mehrfach.

Was für ein Höllenspektakel. Frank schüttelte den Kopf und blätterte durch die Akte. Die Informationen von Mo waren zwar präzise, aber da fehlte doch etwas in der Akte.

»Wo ist der Bericht von der Zeugin?«

Frank wedelte mit dem Ordner, als wolle er ein verborgenes Blatt aus seinen Untiefen hervorschütteln.

»Frank, bleib ruhig. Wir haben Frau Meckler, die Nachbarin, gerade erst vor zehn Minuten befragt. Sie sitzt nebenan. Jetzt erledigt Astrid noch die Formalitäten mit ihr. Sie hat uns alles erzählt. Wann genau sie etwas in der Wohnung unter ihr gehört hat. Wann sie den Mann aus

dem Haus gehen sah. Sie konnte sich genau erinnern, und das trotz ihrer vierundachtzig Jahre.«

Na klar, und ein gutes Gehör hatte sie auch. Deshalb schrie Astrid, dass die Wände wackelten. Die Dame war bestimmt nett, aber taub wie eine Steckrübe.

»Mo, wir müssen diese Frau Meckler erneut befragen. Wenn die etwas gehört haben will, dann bin ich Dschingis Khan.«

Die hatte vielleicht den Fernseher zu laut gehabt oder war aus einem Traum aufgewacht. Wer wusste das schon so genau?

»Warum willst du nochmals mit ihr reden, Frank? Glaubst du etwa, dass ich das nicht hinbekommen habe? Das ist doch reine Routine. Hab das in Dortmund schon X-mal gemacht.«

Genau, Routine. Damit fingen die schlimmsten Fehler an. Das konnte einen das Leben kosten. Vielleicht war es ja Routine gewesen, als er und Marco den Bankräuber schnappen wollten. Einer von ihnen lag jetzt auf dem Routine-Friedhof. Verdammte Scheiße. Sorglosigkeit und Unachtsamkeit. So etwas sollte es in diesem Beruf nicht geben. Jedes Detail genau checken. Nichts dem Zufall überlassen. Das hatte schon sein Ausbilder gesagt. Frank stöhnte innerlich auf. Was hätte er dafür gegeben, wenn Marco jetzt hier wäre. Der war so pingelig gewesen, dass er alles dreimal kontrolliert hätte. Ihm wäre aufgefallen, dass mit der Zeugin etwas nicht stimmte.

»Ich möchte etwas überprüfen. Du hast gesagt, dass sie vierundachtzig ist. Was meinst du? Kann deine Oma noch richtig gut hören und sehen? Ich möchte einfach sichergehen, dass wir eine wirklich verlässliche Zeugin haben. Verstehst du?«

Mo nickte, wirkte aber trotzdem nicht glücklich.

»Dann lass uns mal zu dieser Grande Dame gehen.«

»Gut, wenn du meinst.«

Mo sah ein wenig geknickt aus, aber das war Frank egal. Es ging um Fakten und nicht um Befindlichkeiten.

Frank hastete auf den Gang, gefolgt von Mo, und öffnete die Tür zum Nachbarbüro ein Stück. Astrid beugte sich gerade über den Schreibtisch und brüllte: »Haben Sie das verstanden, Frau Meckler?« Sie schloss die Augen, senkte den Kopf und schüttelte ihn leicht.

»Natürlich bin ich beim Baden allein. Was für eine blöde Frage«, antwortete die ältere Dame und blinzelte verstört in Astrids Richtung. Ihr veraltetes Tweed-Kostüm schlotterte um ihren Oberkörper. Aus ihrem Dutt hatten sich ein paar weiße Haarsträhnen gelöst. Sie wirkte ängstlich und verloren.

Eindeutig, schlecht hören kann sie gut, dachte Frank und drängte seinen Kollegen wieder zur Tür hinaus auf den Gang.

»Sag mal, Mo, wieso ist sie eigentlich nicht direkt befragt worden? Der Mord ist schon Tage her. Ihr habt doch sicherlich sofort alle im Haus aufgesucht.«

»Wir haben bei ihr geklingelt, aber sie hat nicht aufgemacht. Heute Morgen hatten zwei Uniformierte endlich mehr Glück.«

Okay. Vermutlich hatte sie also die Türklingel überhört. Bin gespannt, ob sie wirklich was gesehen hat, dachte Frank. *So, wie sie die Augen zusammenkneift, ist sie wohl blind wie ein Maulwurf.*

»Mo, ich möchte etwas ausprobieren. Ich erkläre es dir später.«

Passenderweise schlenderte genau in diesem Moment Raul auf sie zu. Vor Jahren hatte Frank mit ihm einige Fälle gelöst. Genau der Richtige. Mit seiner Hilfe würde Frank herausfinden, ob die Alte wirklich etwas gesehen hatte.

»Hallo Raul, ich möchte dich um einen Gefallen bitten. Hast du kurz Zeit für mich?«

Raul zuckte zusammen. »Äh, grüß dich, Frank.«

Sein Oberkörper straffte sich. Er sah aus wie eine gespannte Feder, die gleich davonschnellen würde. In seinem Gesicht spiegelte sich Unmut. Gerunzelte Nase, faltige Stirn, hängende Mundwinkel. Machte er Frank für den Tod von Marco verantwortlich? Das war ein Scheiß-Gefühl.

»Entschuldige, aber ich hab zu tun.«

Raul machte einen Schritt zur Seite. Fluchtreflex. Frank stellte sich direkt vor ihn.

»Bitte. Ich brauche nur kurz deine Hilfe bei einem Experiment.«

Jetzt komm schon, der alten Zeiten willen, dachte Frank. Er brauchte Raul. Jetzt.

»Okay, was willst du?«

Frank atmete erleichtert auf.

»Bitte warte hier. Ich muss noch einmal zu Astrid. Komme gleich zurück.«

Mo, der schon die ganze Zeit dieses Spektakel beobachtete, schaltete sich jetzt ein.

»Was genau hast du vor?«

»Wir haben doch gerade festgestellt, dass die Alte schlecht hört. Jetzt will ich wissen, ob sie wirklich etwas gesehen hat.«

Frank stieß Astrids Bürotür auf. Die ältere Dame zuckte zusammen.

Frank stellte sich gut einen Meter vor sie und beugte sich zu ihr hinab.

»Entschuldigen Sie bitte. Ich wollte Sie nicht erschrecken.«

Frank blickte zu Astrid. Mit gespielter Empörung schüttelte er den Kopf.

»Hast du der Dame nicht einmal ein Getränk angeboten? Sie muss doch ganz verdurstet sein.«

Astrid, die noch immer konzentriert am Rechner saß, erwiderte: »Was willst du, Frank? Ich bin noch dabei, den Bericht fertigzustellen. Raus hier!«

Frank ignorierte seine Kollegin und drehte sich erneut zu der Rentnerin.

»Ich muss mich für die Unannehmlichkeiten entschuldigen, Frau Meckler. Mein Name ist Kommissar Lederer. Darf ich Ihnen ein Wasser bringen?«

Bei dem Gesäusel war Karies fast ein Muss. Frank liebte es, in verschiedene Rollen zu schlüpfen. Diesmal stand also der Vorzeige-Schwiegersohn auf dem Programm. Für den Erfolg war ihm nichts zu peinlich. Fast nichts.

Frau Meckler warf ihm einen schmachtenden Blick zu.

»Gerne. Was sind Sie doch für ein netter junger Mann.«

Frank deutete eine vollendete kleine Verbeugung an und lief zurück auf den Gang. Mo schüttelte den Kopf. Raul steckte seinen linken Zeigefinger in seinen Mundraum.

»Ich weiß, ich finde das Geschleime auch zum Kotzen, aber ich muss herausfinden, was sie wirklich wahrgenommen hat. Ich brauche jetzt deine Hilfe, Raul. Zieh bitte mein Jackett an und bring ihr ein Wasser. Und ganz wichtig: Frag sie, ob sie sich noch an deinen Namen erinnert. Danach kannst du zurückkommen.«

Raul schaute ihn fragend an, während er sich Franks Jackett überstreifte.

»Was genau willst du mit dieser Scharade bezwecken?«

»Ich glaube, dass die nette alte Lady nicht alles so wahrgenommen hat, wie sie es selbst sagt. Und das möchte ich jetzt herausfinden.«

Raul lief zum Wasserspender und ging mit einem vollen Glas Wasser zu Frau Meckler. Frank beobachtete zusammen mit Mo vom Gang aus, wie die alte Dame Raul entzückt das Glas abnahm.

Wie ein Wiener Oberkellner stand Raul vor ihr.

»Und wenn Sie noch etwas brauchen, Frau Meckler, dann können Sie gerne zu mir ins Büro kommen. Sie wissen ja noch, wie ich heiße, oder?«

Von ihr kam nur ein gesäuseltes «Wie könnte ich Sie vergessen, Herr Kommissar Lederer« zurück.

Raul stapfte aus dem Büro und warf Frank sein Jackett zu. Dabei knurrte er: »Such dir beim nächsten Mal einen anderen Spielgefährten für deine Aufführungen.«

Weg war er.

»Sie hat also nicht hundertprozentig erkannt, wer da kurz nach der Tat aus dem Haus gegangen ist, weil sie Prosopagnosie hat?«, fragte Mo.

Das war ja wohl die Höhe! Erst die Befragung versaubeuteln und dann den Klugscheißer spielen und mit dem Fachbegriff für die Gesichtsblindheit um sich schmeißen! Hoffentlich war das jetzt nicht Mos Standard. Frank musste sich auf einen Partner verlassen können, so wie es bei Marco gewesen war. Bei ihnen hatte immer alles gepasst. Sie waren wie ein Topf mit dem dazugehörigen Deckel gewesen.

»Wenn du es schaffst, dann kannst du ja diesen Wladimir Skoslowski hierher bringen lassen«, brummte er. »Ich will ihn mal unter die Lupe nehmen. Wer weiß, was sich hinter der Fassade des Unschuldsengels verbirgt. Solche Versicherungsvertreter können einem bekanntermaßen einen Knopf an die Backe labern.«

Kapitel 2

Montag, 18. Juli 2022, 21.00 Uhr

Wo war das Brot? Er musste unbedingt wieder einkaufen gehen. Denn Franks Brotkorb war ebenso leer wie sein Kühlschrank, den er jetzt unter die Lupe nahm. Margarine, eine trockene Scheibe Käse und der Hauch von etwas, das einmal ein Gemüseaufstrich gewesen sein mochte. Franks Küche glich seinen kargen Essensvorräten. Minimalistisch reihten sich da ein Stehtisch und zwei Barhocker neben Kühlschrank, Herd, Backofen und der Spüle ein. Er war halt nicht der Typ für Pomp und Gloria. Praktisch sollte alles sein, einfach und unkompliziert. Das Leben selbst hatte ohnehin schon genug Fußangeln.

Das Telefon klingelte und Frank legte den Teller, den er soeben aus der Spüle gefischt hatte, wieder zurück zum restlichen Schmutzgeschirr.

Er beeilte sich. Das Telefon war im Wohnzimmer. Er wusste, dass er gleich Martina am Apparat haben würde. Um diese Uhrzeit brauchte er nicht zu befürchten, dass seine Eltern - genauer, Adoptiveltern - ihn in Beschlag nehmen würden. So lieb sie auch waren, aber sie verstanden ihn nicht so wie Martina. Vielleicht, weil sie oft so überängstlich waren, wenn es um ihn ging. Er erinnerte sich, wie sie ihn als Kind von Freunden abgeholt hatten, sobald es später wurde. Obwohl er schon zehn war, sollte er nicht allein durch die dunklen Straßen gehen. Als wenn in Essen-Kettwig, einem Vorort von Essen, jemals was passiert wäre.

Er drückte die Taste mit dem grünen Symbol und nahm das Gespräch an.

»Psychotherapeut für geschlagene Nägel. Guten Tag.«

Das Lachen am anderen Ende der Leitung war unbezahlbar. Er stieg sofort mit ein.

Nachdem Martina wieder zu Atem gekommen war, konterte sie: »Geschlagene Nägel. Ist klar, du Hammer. Schlag für Schlag bin ich dabei.«

Sie prustete noch einmal los. So viel Fröhlichkeit steckte an. Toll, diese Ausgelassenheit und Offenheit. Das reinste Wohlfühlprogramm. Martina war seine beste und zugleich einzige Freundin. Ihr konnte er alles anvertrauen. Ob er sie einladen sollte, spontan zu ihm rüber zu kommen? Sie könnten zusammen kochen und dabei rumalbern. Endlich wieder etwas Vernünftiges essen. Kein Fastfood auf die Hand. Keine Fertiggerichte aus dem Ofen. Er kochte zwar gerne, aber nur mit ihr, mit Martina. Allein kochen fühlte sich für ihn immer wie Zeitverschwendung an.

Er warf einen Blick auf die Uhr. Nein, zu spät für einen gemeinsamen Kochabend.

»Was verschafft mir die Ehre?«, fragte er.

»Ach, Frank, was denkst du wohl? Ich möchte hören, wie dein erster Arbeitstag war.«

Was sonst. Schließlich hatten sie schon vor Tagen darüber gesprochen, wie es ihm mit seinem Dienstantritt gehen würde. Er hatte ihr erzählt, dass ihm die Vorstellung, ins Büro zu gehen und zu ermitteln, Angst machte. Alles würde ihn an Marco erinnern. Also brauchte er mit einer lapidaren Aussage wie ‚gut‘ erst gar nicht anzufangen. Sie wusste, wie es um ihn stand, und wollte grundsätzlich die Wahrheit hören.

»Es war …«

Er suchte nach den richtigen Worten. Dieser erste Tag hatte alles beinhaltet: Ärger, Stress, Nervenkitzel, Hochgefühl. War der Tag dadurch gut? Er fühlte ein leichtes Kribbeln, das von seinen Fingern, über seine Hände bis in die Arme zog. Irgendwie großartig, wieder eine körperliche Reaktion zu spüren. Wie bei einer alten Rostlaube, die einen neuen Motor bekommen hatte und wieder auf die Straße geschickt werden konnte. Die letzten Monate waren schlimm gewesen. Die Tabletten hatten ihn gefühlsarm und lethargisch gemacht. Fast zombieartig.

Martina durchbrach die kurze Stille.

»Geht es dir gut?«

»Mit mir ist alles in Ordnung. Hab nur kurz den Tag Revue passieren lassen.«

»Okay? Na, dann schieß mal los.«

Danke, dachte Frank. *Es ist so gut, einen Menschen wie dich*

zu haben. Du hörst mir zu. Dir kann ich einfach alles anvertrauen.

Er atmete tief durch und erzählte ihr dann detailliert von dem Gespräch mit Emil und wie der ihm diesen Mohamed Ceylan aufs Auge gedrückt hatte.

»Was ist so schlimm an Mo?«, fragte Martina. »Du hörst dich ja gerade an, als hätte er ein drittes Auge auf der Stirn.«

Franks Nackenhaare stellten sich auf. Innerlich vibrierte er bei dem Gedanken an Mos Patzer.

»Stell dir vor, er hat unseren neuen Fall gleich am Anfang vergeigt. Er hätte eine zuverlässige Zeugin, hat er gesagt. Sie hätte die Tat gehört und kurz darauf einen Verdächtigen erkannt. Und? Nix wars. Die war taub und blind. Na ja, fast.«

Frank hatte sich in Rage geredet. Er berichtete aufgebracht, wie er dank Rauls Hilfe herausgefunden hatte, dass die alte Dame alles andere als glaubwürdig war.

»Und jetzt?«, warf Martina ein. »Denkst du, dass Marco diesen Fehler nicht gemacht hätte? Darf ich dich einmal daran erinnern, wie stinkig du warst, als Marco auf einem Beweismittel rumgetrampelt ist? Dieses Messer, das er übersehen und mit seinem Schuh in die Erde gedrückt hat … Du hast mir erzählt, wie verärgert du warst. Hattest ihn einen Dilettanten genannt … und dich kurz darauf wieder beruhigt. Gib Mo doch eine Chance.«

»Wahrscheinlich hast du recht, aber …«

Frank wusste nicht so recht, was er sagen sollte. Er wollte jetzt nicht über Marco nachdenken. Auf keinen

Fall. Franks Magen krampfte sich zusammen und sein Hals fühlte sich mit einem Mal ganz rau an. Er schluckte kräftig. Nein, hier ging es ausschließlich um Mo. Der hatte den Fauxpas begangen. Was würde der noch alles falsch machen?

Martina schnitt ihm das Wort ab: »Lass gut sein. Sag mir lieber, worum es in dem Fall geht. Du weißt, ich bin total neugierig.«

Ihre zuvor forsche Stimme klang jetzt versöhnlich. Frank war erleichtert, dass sie ihn nicht weiter wegen Marco bedrängte. Raus aus dem Gedankenkarussell.

Frank erzählte von der strangulierten Frau, den zwei Tatverdächtigen und landete zuletzt beim Verhör des Versicherungsheinis.

Während er sprach, sah er sich wieder in dem Büro. Im Zentrum der große vollbepackte Schreibtisch mit dem eingeschalteten Aufnahmegerät. In einer Ecke eine an Wassermangel leidende Palme, die wohl das nächste Todesopfer sein würde. An einer fensterfreien Wand ein klappriges, mit Ordnern vollgestopftes Regal. Mo und Frank auf der einen Seite des Schreibtischs, Wladimir Skoslowski ihnen gegenüber auf der anderen. Das war also der Geliebte des Opfers. Ein großgewachsener Schönling. Gut durchgetoastete Solariumsbräune. Lachfältchen am Mund. Die Stirn hingegen glatt wie ein Kinderpopo. Botox? Graue Härchen im Haupthaar. Wie konnte man nur so viel Pomade für einen Seitenscheitel

nutzen? Ob dieser Typ wirklich so unschuldig war, wie Mo behauptete?

Mo wirkte entspannt, während er Wladimir seine Rechte erklärte. Hin und wieder ertönte ein durchdringendes Knarzen, wenn Mo sich bewegte. Er hatte den quietschenden Bürostuhl erwischt. Warum war der immer noch nicht ausgetauscht worden?

»Und Sie verzichten definitiv auf einen Anwalt?«, fragte Mo abschließend.

»Was soll ich mit einem Anwalt? Ich beantworte kurz Ihre Fragen und dann gehe ich wieder.«

Wladimir strich sich über seine glatten, gegelten Haare und grinste. Dabei lümmelte er sich breitbeinig auf seinem Stuhl.

Mo fixierte den aufgeblasenen Versicherungstypen mit ernster Miene.

»Herr Skoslowski, wir brauchen ein paar Informationen von Ihnen. Wo waren Sie am 13. Juli nachmittags zwischen fünfzehn und sechzehn Uhr?«

»Ach, da war ich bei meinem Freund Achilles Papadopoulos. Der ist umgezogen. Hab ihm beim Kistenschleppen geholfen. Stundenlang. Sie wissen schon, guten Freunden steht man in der Not bei.«

Gekünstelt lachte Wladimir auf. Mit dem Handrücken wischte er Schweißtropfen von seiner Stirn.

Frank stand auf und lehnte sich abwartend ans Regal, während Mo mit der Befragung fortfuhr.

Die nächsten zwanzig Minuten brachten keine neuen Erkenntnisse. Wladimir erzählte, dass er seit zwei Jahren der Versicherungsvertreter der Matuscheks sei und sich daraus eine Freundschaft zwischen ihm, Boris und Anna entwickelt habe. Vor einem halben Jahr wären er und Anna sich dann nähergekommen. Seine Stimme war ein monotoner Singsang. Auch, als er über die Affäre mit Anna sprach. Hätte ihm die nicht peinlich sein müssen? Gerade hier hätte Frank etwas Zurückhaltung erwartet. Aber stattdessen gebärdete sich der Versicherungsfuzzi wie ein eitler Pfau. Er setzte ein feistes Lächeln auf und fuhr sich mit seinen Fingern durch die glitschigen Haare.

So ging es immer weiter. Auf jede Frage hatte er eine aalglatte Antwort.

Verdammte Scheiße. Jetzt reichte es wirklich. Wollte dieser Blödhammel sie für dumm verkaufen? Frank räusperte sich. Das verabredete Zeichen für Mo, zu gehen. Unter dem Vorwand, ein wichtiges Telefonat führen zu müssen, verließ Mo den Raum.

Frank begab sich zum Schreibtisch und drückte mehrfach auf die Tasten des Aufnahmegeräts. An, aus, an, aus … Er ließ sich auf seinen Stuhl gleiten, ruckelte unruhig von einer Pobacke auf die andere und schaute verstohlen nach links, dann nach rechts. Keiner da. Nur Wladimir und er. Schließlich beugt er sich zu Wladimir und flüsterte verschwörerisch: »Jetzt, wo der Kollege raus ist … Hmmm … Weiß gar nicht, wie ich das ansprechen soll.«

Wladimir legte den Kopf zur Seite.

»Einfach frei von der Leber weg.«

Er nickte ein wenig überheblich.

Frank schaute zu Wladimir und fragte ehrfürchtig: »Also, das mit der Anna … Ich find das ja schon beeindruckend. Erst Versicherungen verkaufen und dann im Bett gelandet? Wie haben Sie das nur hingekriegt? Ich dachte, das gibt's nur in diesen Pornoheftchen.«

Wladimir breitete seine Arme aus, als wolle er ein großes Tablett halten, und wiegte dabei den Kopf von links nach rechts.

»Anna war ein leichtes Opfer … Äh, ich meinte natürlich, dass sie leicht rumzukriegen war.« Er lehnte sich entspannt zurück. »Ein paar Schmeicheleien. Die richtigen Knöpfe drücken. Fertig.«

Frank saß gebannt vor dem Schönling.

»Und sowas geht? Ich meine … Haben Frauen Knöpfe?«

Selbstsicher antwortete Wladimir: »Na klar.« Er machte eine abfällige Handbewegung. »Wissen Sie, Frauen wollen erobert werden. Hab's in einem Pick-up-Artist-Kurs gelernt. Also, welchen emotionalen Schalter ich bei den Frauen umlegen muss. Mach dich für Frauen spannend und unwiderstehlich, heißt es bei denen. Was soll ich sagen? - Es stimmt.«

Wladimir war jetzt nicht zu bremsen. Er schilderte, wie er Anna mit seinen Reisegeschichten beeindruckt hatte.

Storys über einen Räuber, dem er im Souk in Marrakesch entkommen war, und darüber, wie er wochenlang bei einem afrikanischen Stamm gelebt hatte.

Ein kehliges Stammtischlachen ließ Wladimirs Oberkörper erbeben.

»Natürlich hab ich mir das nur ausgedacht. Die dumme Nuss hat mir alles abgekauft.«

Frank stieß ein erstauntes »Echt jetzt?« hervor und fügte hinzu: »Hätte nie gedacht, dass Frauen auf solche Geschichten reinfallen. Bei meiner Ex hätte das bestimmt nicht geklappt … oder?«

Wladimir zwinkerte ihm zu.

»Ach was. Frauen sind alle gleich. Die denken doch nur mit ihren Eierstöcken und suchen nach dem besten Befruchter.« Er schnippte mit Daumen und Mittelfinger. »Und sobald sie glauben, den Richtigen gefunden zu haben, sind sie Wachs in seinen Händen. Das ist so leicht, dass ich immer gleich mehrere Eisen im Feuer habe.«

Erneut wieherte Wladimir lauthals los.

Frank machte große Augen, während er mit leicht geöffnetem Mund vor Wladimir saß.

»Mehrere? Aber die Frauen sind doch bestimmt verheiratet. Muss ein enormer logistischer Aufwand sein, dafür zu sorgen, dass kein Ehemann in die Quere kommt.«

»Alles gute Planung. Warten Sie, ich zeige Ihnen, was ich meine.«

Wladimir fischte mit zwei Fingern einen goldenen Terminkalender aus seinem Jackett. Ein diabolisches Grinsen zeichnete sich auf seinem Gesicht ab.

»Sehen Sie. Ich trage alle willigen Stuten fein säuberlich in meinen Terminkalender ein. Wenn ich bei Kunden bin, dann sondiere ich erstmal die Lage. Und wenn eine interessante Frau dabei ist, dann setze ich ein X hinter den Termin. Zwei X, wenn die Frau erlegt ist, und drei, wenn ich sie abschießen muss. Bei den Ehemännern schreibe ich A für arbeiten, D für Dienstreise und H für Hobby hin. So weiß ich, wann die weg sind.«

Theatralisch blätterte Wladimir in seinem Planer. Frank sah einige X-Markierungen.

Seite für Seite ging Wladimir die Termine durch. 13. Juli. Das war doch der Mordtag! Tatsächlich, da stand Annas Name. In blau geschrieben und schwarz durchgestrichen. Gleich dahinter »Achilles« und »Umzug«. Auch in schwarz.

Frank rückte ganz dicht an Wladimir, strahlte ihn versonnen an und tippte mit dem Finger auf die Zeile.

»Muss ein wirklich guter Freund sein.«

»Ja, ist er. Mein bester Freund.«

Guter Freund. Von wegen. Wladimir behandelte doch Frauen und Männer wie billige Taschentücher. Kaufen, benutzen und dann wegwerfen. Ob Achilles auch zu der Kategorie gehörte?

Genüsslich blätterte Wladimir eine weitere Seite um.

14. Juli.

Achilles Name tauchte erneut auf, mit dem Vermerk »vom Flughafen abholen«.

Hm, seltsam, das war doch einen Tag nach Achilles vermeintlichem Umzug! Da stimmte doch etwas nicht!

Frank flüsterte: »Wow, ich bin jetzt ganz geflasht. Das würde ich auch gerne können. Also, wie man eine Frau anspricht. Ich glaub, da brauche ich noch ein bisschen Unterricht. Von Ihnen, dem Meister. Hätten Sie vielleicht in den nächsten Tagen Zeit? Wir könnten uns privat bei einem Bier treffen. Was meinen Sie?«

Wladimir nickte und griente Frank an. Er beugte sich erneut über seinen Kalender und blätterte versonnen darin.

»Dienstag, Mittwoch, Donnerstag … Freitag. Freitagabend, zwanzig Uhr! Lassen Sie uns hier in Essen in den Funny-Pub gehen. Kennen Sie den Laden? Heiße, liebesdurstige Frauen, die nur darauf warten, gepflückt zu werden. Ich zeig Ihnen dann, wie es geht.«

Frank schaute begeistert zu Wladimir auf. Beide notierten den Termin. Kurz darauf verließ Wladimir das Büro.

Während Frank erzählte, hatte Martina gespannt gelauscht, hin und wieder nachgefragt und genau an den richtigen Stellen gelacht oder ein verblüfftes »Echt jetzt?« hervorgestoßen. Außerdem hatte sie mehrfach festgestellt, was für ein menschenverachtender Widerling dieser Wladimir war.

»Du bist so wunderbar verrückt. Hat dieser Versicherungstyp dir wirklich geglaubt, dass du ihn für so einen tollen Hecht hältst?«, fragte sie jetzt.

»Jedes Wort. Eigentlich wollte ich auf diese Weise nur mehr über sein Verhältnis zu Anna herausfinden. Dass er dann sogar seinen Kalender auspackte, war einfach zu schön. Jetzt weiß ich, dass es sich definitiv lohnt, Wladimirs Alibi zu überprüfen. Bin gespannt, ob der tatsächlich bei diesem Achilles war.«

Frank lachte laut auf.

»Ich bin echt begeistert. Bei jedem Verhör ziehst du ein anderes Schauspiel ab. Du solltest in irgendwelchen Blockbustern mitspielen. Bist der geborene Schauspieler. Und, was hat Mo dazu gesagt?«

»Der hatte auch seinen Spaß, als wir uns danach gemeinsam die Aufnahme angehört haben.«

Mehr wollte Frank nicht über Mo sagen – und auch nicht über ihn nachdenken. Er war immer noch verärgert. Aber hatte Martina nicht von einem Date erzählt? Von einem Jerome, mit dem sie verabredet war? – Genau, gestern müsste sie ihn getroffen haben.

»Sag mal, wie lief eigentlich dein Date? Wie ist der Typ so?«, wechselte er das Thema.

»Herrlich«, seufzte Martina. Und dann schwärmte sie voller Begeisterung von Jerome. Er hatte sie in ein

schickes Restaurant eingeladen, ihr aus der Jacke geholfen, den Stuhl zurechtgerückt, als sie sich setzen wollte. Ein Charmeur und Gentleman durch und durch. Frank wünschte ihr so sehr, dass Jerome der Richtige war.

Freudig sprach Martina weiter: »Du glaubst gar nicht, was für ein interessanter Gesprächspartner Jerome ist. Was der alles über Oldtimer wusste … Unglaublich. Er besitzt sogar einen alten Jaguar XK.«

Sie klang unendlich glücklich. Kein Wunder. Frank wusste ja, wie sehr sie auf Oldtimer stand. Das hatte sie von ihrem Vater. Der hatte sie schon als Kind zu unzähligen Oldtimer-Shows mitgenommen.

Martina schwärmte weiter von Jerome. Mit einem verlegenen Kichern gestand sie, dass er Frank sogar ähnlich sah. Und wie intelligent er doch sei. Dass er sich mit den chromblitzenden Gefährten ebenso exzellent auskenne wie mit altertümlichen Schließanlagen, Schlössern und Schlüsseln. Er hätte schon als Kind mit dem Sammeln von Schlüsseln und Schlössern begonnen, nachdem er im Hinterhof einer Fleischerei einen antiken Schlüssel entdeckte.

Martina und Frank fanden es lustig, dass ausgerechnet Jerome als Immobilienmakler ein solch ungeheures Wissen über Schließanlagen hatte. Er wäre der perfekte Einbrecher, witzelte Frank.

»Bestimmt. Vielleicht noch im Smoking, als Gentleman-Dieb?«, gluckste Martina.

So ausgelassen und überdreht hatte Frank sie schon lange nicht mehr erlebt. Sie schien richtig verknallt zu sein. Hoffentlich war Jerome nicht wieder so ein Vollpfosten wie dieser Hugo von Brammen, ihr letzter Freund. Edler Name, aber ein stinkiger Zeitgenosse. Der hatte es bei ihren ersten Treffen geschafft, sauber und ordentlich aufzutreten.

Aber dann zeigte sich sein wahres Ich. Er stank zum Himmel. Seine Wäsche, sein Körper, alles an ihm schrie nach Seife, Deo und Waschmittel.

Gut, dass sie sich von dem Skunk getrennt hatte. Der war ja kaum auszuhalten gewesen. Sie hatte wirklich jemanden verdient, der gut zu ihr passte. Vielleicht war ja Jerome der Richtige, auch wenn sich dieses Schlüsselsammeln stinklangweilig anhörte.

»Dann ist er wohl eine Schlüsselfigur in deinem Leben.« Frank grinste.

»Bestimmt. Aber mal ehrlich, Frank, der Witz hat doch schon einen Bart.«

Martina lachte kurz auf und hielt dann inne. Was war denn jetzt passiert? Hatte Frank etwas Falsches gesagt?

Mit einem Mal kicherte sie ausgelassen. »Jerome hat mir gerade eine WhatsApp geschickt. Ein süßes Bild von zwei knutschenden Koalas.«

»Ja, das ist …« Was sollte Frank zu so viel Kitsch sagen? » … niedlich.«

Martina seufzte tief.

»Hach, er ist ja soooo romantisch. Er wünscht mir süße Träume und hat noch zwei Herzen angehängt.«

Wie schön muss die Liebe sein, wenn sie noch in den Kinderschuhen steckt, dachte Frank und rollte dabei mit den Augen. War er genauso, wenn ihn Amors Pfeil getroffen hatte? So albern und aufgekratzt? Trotzdem, auch wenn Frank diese Überschwänglichkeit nervte, freute er sich für Martina. Diese Gespräche mit ihr waren für Frank stets ein Hochgenuss und an manchen Abenden das Highlight des Tages.

Sie beendeten ihr Telefonat mit dem Versprechen, im Lauf der nächsten Tage noch einmal zu quatschen, wenn Martina das zweite Date mit Jerome hatte.

Frank legte das Telefon auf den Tisch, zündete sich eine Zigarette an und lehnte sich im Sessel zurück. Sein Magen grummelte. Er hatte Hunger.

Wie war das noch gleich mit dem Kühlschrank? Ach ja, leer. Er schnappte sich erneut sein Telefon und bestellte bei der »Pizzeria Alfredo« seine Lieblingsmafiatorte. In den letzten Monaten war die Pizzeria sein Heim- und Hoflieferant geworden. Er orderte jedes Mal die gleiche Pizza. Vegetarisch mit Brokkoli, Spinat und Spargel mit extraviel Sauce Hollandaise. Bei Alfredo wurde sie mittlerweile ‚Franks Speziale‘ genannt. Sie sollte in fünfundvierzig Minuten bei ihm sein. Das reichte, um mit dem neuen Film ‚The Ice Road‘ zu beginnen. Liam Neeson in der Hauptrolle. Er liebte diesen Schauspieler. Ruhig, gelassen, einfallsreich. Frank kannte fast alle seine Filme. Noch ein Glas Rotwein dazu. Perfekt.

Kapitel 3
Montag, 18. Juli, auf Dienstag, 19. Juli

Der Mann im dunklen Hoodie sah auf den leblosen Körper hinunter, der auf dem Boden in einem Hinterhof im Essener Norden lag. Obschon die Nacht dunkel war, erkannte er deutlich das Blut, das aus einer Wunde am Hals des Mannes sickerte. Er drehte den massigen Körper auf den Rücken. Die Überraschung stand noch im Gesicht des Toten. Hatte der wirklich geglaubt, einen Freund in ihm gefunden zu haben? Hoch die Tassen, saufen und Spaß haben? Es war so unterhaltsam gewesen, diesen Tölpel auszutricksen. Und so leicht!

Diese Rache war für den Hoodie-Mann Antrieb und Befriedigung zugleich. Warum hatte sich dieser Wurm von einem Busfahrer auch mit ihm angelegt? Der Hoodie-Mann wollte doch nur mit der Linie 170 von Altenessen nach Essen-Steele fahren. Dieser scheiß Bürokrat hatte ihm die Tür vor der Nase zugemacht und auch nicht wieder geöffnet, als der Hoodie-Mann mit den Fäusten dagegen hämmerte. Der hatte ihn gesehen und dennoch einfach draußen im Regen stehen gelassen.

Das Feixen des Busfahrers hatte sich in sein Hirn gebrannt. So nicht. Der Hoodie-Mann hatte an der Haltestelle gewartet. Lange, bis endlich ein Bus der Linie 170 mit dem vertrauten Gesicht hinter der Frontscheibe auftauchte. Zusammen mit anderen Fahrgästen drängte er sich hinein, vom Fahrer unbemerkt. Er blieb im Bus, der die Strecke mehrfach abfuhr. Gut, dass in dieser Linie viel los war, sodass ein einzelner Dauergast nicht auffiel.

Endlich der Fahrerwechsel in Katernberg. Er stieg ebenfalls aus und heftete sich an die Fersen des Dicken. Der verschwand nach ein paar hundert Metern in einer Sportsbar. Welch ein Glück, dass der Typ so einen simplen Tagesablauf hatte.

Der Hoodie-Man hockte jetzt vor seinem Opfer und schaute ihm tief in die Augen. Diese braunen, starren Augen. Dann kramte er ein Tuch aus seinem dunkelblauen Hoodie und tupfte vorsichtig den Speichel vom Mund des Opfers ab. *Du hast dich bekleckert, das sieht nicht schön aus,* dachte er genussvoll. Er faltete das Stofftaschentuch zusammen und steckte es zurück in die Hoodietasche. Der Busfahrer würde ihn jetzt nicht mehr ärgern. Das war klar. Er lächelte verschmitzt.

Im nächsten Moment schreckte der Hoodie-Mann auf. War da ein Geräusch? Sein Blut sauste durch seine Adern. Sein Herz hämmerte gegen seinen Brustkorb und die kleinen Härchen an seinen Unterarmen stellten sich auf. Sein gesamter Körper war in Alarmbereitschaft. Er lauschte angespannt in die Nacht hinein.

Eine Katze huschte zwischen zwei Mülleimern hindurch, setzte einer Beute nach.

Er atmete erleichtert auf. Nein, er war allein. Aber beinahe erwischt zu werden, war ein besonderer Kick. So hatte er sich den Mord in seinen kühnsten Träumen nicht vorstellen können. So berauschend. Alle Sinne waren aufs Äußerste angespannt. Leben schenken und Leben nehmen. So, wie es ihm gefiel. Von einem Augenblick zum nächsten. Es war wie ein nie endender Orgasmus. Ein intensiver Druck, der in seiner Magengrube begann, verteilte sich über seinen ganzen Körper. Weiter, stärker; donnernd wie eine Granate, die direkt neben ihm einschlug. Jetzt lag der Busheini tot vor ihm und diese Ruhe war der stumme Applaus für seine Arbeit.

Die Zeit schien hier nachts um drei Uhr stillzustehen. Es gab nicht einmal Nachtschwärmer. Dieser Hinterhof war ideal gewesen: etwas abseits der Straße, auf drei Seiten umrahmt von zwei leerstehenden Häusern und einer hohen Backsteinmauer. So konnte er sich ungestört dem Busfahrer widmen. Sein Vertrauen zu gewinnen, war leicht gewesen.

Ankumpeln, über Fußball reden, Bier saufen. Wobei der Hoodie-Mann sein eigenes Hopfengebräu immer in die vertrocknete Pflanze kippte.

»Hey, du bis n echt dufter Typ. Bin der Uwe. Lass uns Brüerschaf dringn«, hatte der total besoffene Busfahrer gelallt. Was für ein Einfaltspinsel.

Wie Schlachtabfall lag der Dicke auf dem gepflasterten Hinterhof in seinem eigenen Blut. Der Hoodie-Mann beugte sich über Uwe, ein scharfes, metallisches Instrument in der Hand.

»Genieße den AUGENBLICK«, flüsterte der Hoodie-Träger.

Jeder Schnitt ein Glücksgefühl. Die Klinge drang tief ein. Butterweich durchtrennte sie Haut, Sehnen und Blutgefäße. Welch eine Wohltat.

Eine Weile betrachtete der Hoodie-Mann sein Werk. Gelungen.

Jetzt musste der Fettsack nur noch zur Straße gebracht werden. Wow, war der schwer. Der Rücken des Hoodie-Manns schmerzte, als er den gut einhundertzwanzig Kilo schweren Körper hinter sich herzog. Verdammt. Der Nächste sollte definitiv ein Hungerhaken sein!

Er schwitzte wie ein Schwein, als er sein Opfer endlich an einer Bushaltestelle ablud. Die Luft roch nach Regen. Es wurde zunehmend schwül.

Er wischte sich den Schweiß ab. Sein Herz pumpte ruhiger. Er summte leise vor sich hin. Ja, so musste jemandem zumute sein, der gerade seinen ersten Fallschirmsprung hinter sich hatte. Vollgedröhnt mit Adrenalin und Endorphinen. So hatte er sich als Kind auch schon gefühlt, als er die erste Katze ertränkt hatte. Jetzt begann ein neues Leben. Eines, von dem er schon immer geträumt hatte. Er wollte jemand anderes sein. Nun

war endlich der richtige Zeitpunkt gekommen. Der Startschuss war gefallen.

Ein Auto! Verdammt. Er hob den Dicken an, doch seine Finger waren schwitzig. Beim zweiten Anlauf landete Uwe auf einem der Sitze im Wartehäuschen der Bushaltestelle. Dem Hoodie-Mann wurde schwindelig. Er setzte sich zu Uwe.

Das Auto wurde langsamer. Nur noch gut zwanzig Meter.

Der Hoodie-Mann presste sich an Uwe. Ob zwei Betrunkene auffielen? Sein Puls raste, Schweiß lief ihm über die Augenlider. Warum fuhr dieser Arsch nur so langsam? Hatte der Fahrer etwas gesehen?

Im Schritttempo glitt der Wagen an der Haltestelle vorbei. Der Hoodie-Träger hielt die Luft an. Er hörte das Pochen seines Herzens jetzt laut in seinen Ohren.

Nach einer gefühlten Ewigkeit bog der Wagen ab. Endlich.

Das war knapp.

Der Hoodie-Mann löste sich von Uwe und ging zu dem gerahmten Fahrplan, der an der Metallstange des Bushaltestellenschildes befestigt war. Es hatte alles funktioniert. In seinem Inneren tobten jetzt unzählige geflügelte Teufel. Kitzelten ihn, lachten und grienten böse.

Mit sicherer Hand schnitt er den Plan heraus und tropfte ein wenig Blut von Uwe darauf. Endstation! Danach legte er dem Busfahrer den Plan auf den Schoß und fixierte ihn mit einer Hand von Uwe.

Ruhig trat der Hoodie-Träger ein paar Schritte zurück und begutachtete sein Werk. Gelungen. Jetzt konnte er gehen. Regen setzte ein. Der würde viele Spuren im Hof wegspülen. Er drehte sich noch einmal mit einem hämischen Grinsen zu Uwe um.

»Es heißt, aller Anfang sei schwer. Stimmt, du Fettsack.«

Dann verschwand er in der Dunkelheit.

Kapitel 4
Dienstag, 19. Juli, 7.30 Uhr

Den Weg nach Essen-Bredeney hätte sich Frank sparen können. Soeben hatte er bei Jochen, seinem Vermieter, Sturm geläutet. Nichts. Seit Wochen war der verdammte Abfluss in Franks Wohnung schon kaputt. Erst hatte Jochen versichert, er würde sich darum kümmern. »Bald.« Das sagte er jedes Mal. Und nun erreichte Frank ihn seit fünf Tagen nicht mehr. Weder per Mail noch telefonisch. Sie waren doch einmal Freunde gewesen. Gute Freunde.

Wütend schlug Frank jetzt auf sein Lenkrad.

»Fuck, fuck, fuck.«

Irgendwie musste er an Jochen rankommen. Der war da gewesen. Ganz bestimmt. Die Gardine hatte sich leicht bewegt. Was für ein Arsch. Früher war Jochen nicht so gewesen. Sie hatten als Jugendliche zusammen so manchen Blödsinn angestellt. Damals auf dieser Baustelle in Essen-Kettwig hatten sie den Bauarbeitern nach Feierabend loses Arbeitsmaterial geklaut und in den frisch gegossenen Zement geschmissen. Die Arbeiter mussten am nächsten Morgen das gesamte Fundament wieder aufreißen. Jochen und er waren extra früh aufgestanden, um sich das Spektakel anzusehen.

Das war ein Spaß gewesen. Was hatten die Arbeiter geflucht!

Und jetzt? Was war bloß aus Jochen geworden? Ja, er litt an Multiple Sklerose, das war richtig, aber warum kümmerte er sich um nichts mehr? Am Geld konnte es doch wohl nicht liegen. Die Miete, die Frank zahlte, war üppig und Jochens eigene Hütte reihte sich nahtlos in die Prunkvillen von Essen-Bredeney ein. Wenn Jochen kein alter Freund gewesen wäre, hätte Frank schon längst die Miete gemindert oder ihn verklagt.

Mit der Laune, die Frank gerade hatte, war sein nächster Termin schon fast zum Scheitern verurteilt. Ein Gespräch mit seinem Psychotherapeuten. Und das so früh! Hätte Hieronymus ihm nicht einen späteren Termin geben können?

Ob er sich auf dem Weg noch einen Kaffee holen sollte? Für Frank war dieses Gebräu das goldene Glück. Dazu eine Zigarette und dann ein schönes ruhiges Örtchen, wo er den Ballast des vergangenen Abends loswerden konnte. Verträumt lächelte er in die Windschutzscheibe.

Ein Hupkonzert löste ihn aus seinen Gedanken. Warum nervten die ihn alle? Er sah auf das grelle Licht der Ampelanlage. *Ach ja, grüner wird's nicht,* dachte Frank. Die Ampel sprang auf Gelb und er gab Gas. Ein Blick auf die Digitaluhr im Armaturenbrett machte seinen belebenden Gedanken ‚Kaffee - Kippe - Kacken' zunichte. Nur noch eine halbe Stunde, dann musste er beim Psycho-Doc

sein. Vielleicht hatte Hieronymus Kaffee? Nein, bei dem gab es nur Tee. Grüntee, Schwarztee, Kräutertee.

Kurz vor dem Hotel ‚An der Gruga' klingelte Franks Handy. Er drückte auf den Knopf für die Freisprechanlage.

»Guten Morgen, Frank, bist du auf dem Weg zum Präsidium?«

Wow, wieso klang Mo so gereizt? Klar, es war noch sehr früh. Acht Uhr morgens, aber dafür konnte er, Frank, doch nichts.

»Nein, bin gerade unterwegs zu einem Termin. Was ist los?«

Mo musste nicht unbedingt wissen, dass er zum Psycho-Doc fuhr.

»Wir haben einen Mord. Komm bitte direkt nach Essen-Katernberg. Viktoriastraße, Ecke Katernberger Markt.«

Aufgelegt. Das war ja mal eine tolle Begrüßung. Mo hätte wenigstens sagen können, was genau passiert war. Ach, egal. Gleich würde Frank es erfahren. Er informierte noch kurz Hieronymus, dass er den Termin nicht einhalten konnte. Sein Psycho-Doc hörte sich zwar nicht erfreut an, aber ein Mord ging definitiv vor. Therapiestunde hin oder her.

Frank trat aufs Gaspedal und war rund dreißig Minuten später am Tatort, direkt am Katernberger Marktplatz. Er

stelle seinen Wagen dort ab. Glascontainer, Kirschbäume, mehrstöckige Altbauten, eine Kirche und ein paar parkende Autos säumten den Platz. Beim Überqueren des Marktes bemerkte Frank schon die große Menschenansammlung direkt vor der Viktoriastraße. Absperrbänder hielten die neugierige Meute zurück. Dahinter mehrere Streifenwagen und Uniformierte. Außerdem erkannte Frank ein Haltestellenhäuschen mit einem Polizei-Sichtschutz. Sehr bedrückend. Vor einer angrenzenden Einfahrt flatterten ebenfalls rot-weiße Bänder. Gleich daneben ein Bestattungsinstitut und dahinter ein Friedhof. Frank konnte einen Blick durch das große eiserne Tor des Gottesackers werfen. Ein paar Kreuze und Grabsteine. Absurd. Eine Leiche neben einer Begräbnisstätte.

Frank überquerte die Straße und schob sich durch die Schaulustigen. Hier war ja der Teufel los. So viel Polizei, außerdem weiß gekleidete Kriminaltechniker und mehrere Tatortfotografen.

Frank kramte in seiner Jackeninnentasche und löste eine Ibuprofen aus ihrer Verpackung. Sein Kopf dröhnte wieder, als würde jemand mit einer Hilti Löcher in die Schädeldecke bohren.

Mit zusammengekniffenen Augen hielt er einem der Streifenpolizisten seinen Dienstausweis entgegen. Direkt hinter dem aufgebauten Sichtschutz fand er Mo, der gerade mit einem Kriminaltechniker sprach. Neben seinem Partner kauerte ein bulliger, lebloser Körper auf

der Bank im Haltestellenhäuschen. Hinter dem Opfer prangte eine magentafarbene Telekom-Werbung. Die Glasscheibe über dem Werbeplakat war gesprungen. Feine Risse überall. Unter der Sitzbank lag eine alte Zeitung, gleich daneben zwei leere Bierdosen und etliche Zigarettenstummel.

Mo schaute von der Leiche zu Frank und tippte mit seinem rechten Zeigefinger auf sein linkes Handgelenk.

»Hallo Frank, schön, dass du endlich da bist.«

Etwas frostig, fand Frank. Was sollte dieser blöde Spruch? Aber darauf wollte er jetzt nicht eingehen. Wenn Mo noch knatschig war, dann war das sein Problem. Er hatte schließlich den Fehler bei der Zeugin begangen und nicht Frank.

»Bin ja jetzt hier.«

Frank ließ sich von einem Kriminaltechniker ein paar Einweghandschuhe geben und zog sie sich über. Er schaute sich um und sah den Toten direkt an. Ein angstverzerrtes Antlitz mit leeren Augenhöhlen und leicht geöffnetem Mund. Der Anblick traf Frank wie ein Hammerschlag. Sein Magen rebellierte. Angst kroch an ihm empor, ließ seine Beine zu Pudding werden. Alles in ihm schrie: »Lauf weg.« Nur mit Mühe unterdrückte er ein Aufstöhnen. Er konnte seinen Blick nicht vom Gesicht des Toten lösen.

Ausgerechnet Augen. Frank sah sich mit seiner schlimmsten Angst konfrontiert. Normalerweise war er eine coole Sau, wenn er Leichen an einem Tatort sah, aber dieses Bild erinnerte ihn an seinen furchtbarsten, immer wiederkehrenden Albtraum: Während er bewegungslos auf einem Feld lag, fraßen Würmer und Käfer seine Augen.

Die Kirchenglocke rüttelte ihn auf. Er zwang sich, den Tatort genauer zu betrachten. Ein Haltestellenhäuschen wie tausend andere. Kaum Blut. Ansonsten nur der übliche Unrat.

Forensiker wuselten um ihn herum, nahmen Fingerabdrücke von der hinteren Glasscheibe, tüteten die Zigarettenstummel und Bierdosen ein, fotografierten jedes noch so kleine Detail. Der Pathologe gesellte sich dazu. Er konnte nur grobe Infos abgeben. Ein glatter Schnitt durch die Kehle. Scharfes Messer als Tatwaffe. Brandwunden am Hals. Vielleicht ein Taser. Leichte Schürfwunde am Kopf. Keine Verteidigungsspuren an den Händen. Nichts unter den Fingernägeln. Tatzeitpunkt noch sehr ungenau. Wahrscheinlich vor vier bis acht Stunden. Genaue Infos zur Todeszeit könne er nach der Obduktion geben.

Frank hörte aufmerksam zu, aber etwas irritierte ihn. Der Tatort sah fertig bearbeitet aus. Die Forensiker packten gerade alles zusammen. Wie lange waren Mo und die Kollegen eigentlich schon hier?

»Wann ist die Leiche entdeckt worden?«, wollte Frank wissen.

Mo kniff die Augen zusammen. Eine Falte bildete sich zwischen seinen Augenbrauen.

»Heute Morgen, so gegen sechs Uhr. Deshalb habe ich schon mehrfach versucht, dich zu erreichen.«

Das war wohl ein blöder Scherz. Verarschte ihn Mo? Frank schaute zur Sicherheit auf sein Handy. Vier entgangene Anrufe zwischen sechs und halb sieben. Frank hatte noch geschlafen und das Klingeln bestimmt überhört. Hatte er das Gerät versehentlich auf lautlos umgestellt? Oder … Ein mulmiges Gefühl machte sich in Franks Magengrube breit. Hatte er einen erneuten Blackout gehabt? Aber wie konnte das sein? Der letzte war doch am 4. Mai gewesen, und das war nun vier Monate her. Ein gemütlicher Abend mit Martina. Gemeinsames Kochen, Essen und Schwatzen. Am nächsten Tag hatte Frank nichts mehr davon gewusst. Sämtliche Erinnerungen waren wie ausradiert gewesen. Martina hatte versucht, ihm zu helfen und mit ihm gemeinsam diesen Abend zu rekonstruieren. Ohne Erfolg. Die Erinnerung blieb bis heute verschwunden. Hieronymus hatte Frank in einer Therapiesitzung erklärt, was passiert war: Der nach dem Unfall noch leicht angeschwollene Frontallappen hatte auf bestimmte Hirnregionen gedrückt und so den Blackout ausgelöst. Sobald die Schwellung weg sei, würden die Blackouts aufhören, hatte er gesagt.

Dennoch, die Angst vor weiteren Blackouts war Frank geblieben. War er Jekyll oder Hyde? Konnte er sich selbst und seiner Wahrnehmung trauen? Dieser mögliche Kontrollverlust war unerträglich.

Frank schwitzte, sein Mund wurde trocken und die Härchen auf seinen Unterarmen stellten sich auf.

Er schluckte den Kloß in seinem Hals hinunter und sagte: »Hab's nicht gehört, aber jetzt bin ich ja da. Also, was haben wir hier?«

Mo sollte nicht mitbekommen, dass er nicht wusste, warum er die Anrufe verpasst hatte. Er musste selbst herausfinden, was geschehen war.

Mo trat einen Schritt beiseite und machte Platz für Frank, damit er sich die Leiche von Nahem ansehen konnte. Frank ließ sein geschultes Auge über den Körper des Toten gleiten. Ein übergewichtiger Mann, etwa vierzig bis fünfzig Jahre alt, kurzes dunkles Haar, wulstige Finger. Seine Kleidung sah einfach aus. Jeans, schwarze Turnschuhe, blaues Shirt, etwas zu knapp für den dicken Bauch. Die Wunden am Hals und an den Augen waren sauber und präzise gesetzt. Es sah nicht aus, als hätte der Täter gezögert. Frank schnupperte am Kopf der Leiche. Alkohol gepaart mit einer Spur von billigem Rasierwasser und altem Schweiß.

Mo zückte einen kleinen Notizblock.

»Uwe Kling, Busfahrer. Ihm wurde heute Nacht die Kehle durchgeschnitten und …«

Frank ahnte, was Mo ihm noch sagen wollte, und wieder breitete sich ein flaues Gefühl in seinem Magen aus.

»… die Augen wurden entfernt. Sie wurden dem Opfer post mortem ausgeschält. Und zwar mit einem extrem scharfen Instrument. Welches Messer der Täter für Kehle und Augen genommen hat, werden wir hoffentlich später vom Gerichtsmediziner erfahren.«

Franks Blick glitt noch einmal über das Gesicht des Busfahrers und dann auf den Boden vor Uwe.

Kaum Blut. Seltsam.

»Und wo sind die Augen?«

Ein Kriminaltechniker hielt ihm einen Zellophanbeutel entgegen. Frank starrte auf ein paar Augen, die noch ziemlich gut erhalten waren. Grauenvoll. Hinter seiner Stirn pochte eine Ader, als wollten seine Kopfschmerzen zurückkommen.

»Die fanden wir in seiner rechten verschlossenen Hand. Wenn Sie mich fragen, hat das ein richtig kranker Typ gemacht.«

Das mit Sicherheit. Intakte Augäpfel, nicht einmal die Hornhaut angekratzt. Der Täter musste sich viel Zeit genommen haben und sehr akribisch vorgegangen sein.

Frank drehte sich wieder zu Mo um.

»Gibt es Zeugen, die etwas gesehen haben?«

»Wir klappern gleich noch die Nachbarschaft ab. Der alte Mann«, Mo zeigte auf einen Rentner, der im Fond eines Rettungswagens saß, »hat die Leiche gefunden, als er mit seinem Hund Gassi ging. Er hat sonst niemanden gesehen. Der Anblick hat ihn ganz schön mitgenommen.

Schwaches Herz. Die Sanitäter kümmern sich um ihn.«

»Gibt es weitere Spuren?«

Mo nickte fast unmerklich. Sein Gesichtsausdruck war angespannt.

»Bisher nichts Greifbares. Aber zumindest wissen wir schon, dass das Opfer nicht hier getötet wurde. Die Spuren beweisen, dass er wohl in dem Hinterhof zwischen dem Bestattungsinstitut und der Haltestelle umgebracht wurde. Danach hat ihn der Täter hierher geschleift. Komm mit, ich zeig dir den ursprünglichen Tatort.«

Mo lief zu der etwa zehn Meter entfernten abgesperrten Hofeinfahrt. Frank folgte ihm. Zwei freistehende Häuser bildeten eine Lücke, durch die man auf den Hinterhof gelangte. Eine Backsteinmauer begrenzte den Hof. Ein paar verwaschene Blutlachen auf dem Boden zeigten Frank, wo die Leiche sich zuerst befunden hatte.

Mo tippte mit einem Kugelschreiber ein paar rote Ziegelsteine an.

»Hier gibt es noch Gewebereste, vielleicht vom Busfahrer, da er Abschürfungen am Kopf hat. Wir müssen aber noch die Laborwerte abwarten.«

Mo war sichtlich in seinem Element. Er spielte die Mordszene mit einem Unsichtbaren durch. Statt eines Messers nutzte er seinen Kugelschreiber. Er taserte den Unsichtbaren mit seiner Faust, drückte ihn mit dem Kopf gegen die Wand und durchtrennte mit dem Kugelschreiber die Halsschlagader. Es sah fast schon komisch

aus, wie Mo um die Markierungen der Spurensicherung tänzelte.

Dann kniete Mo sich auf den gepflasterten Hof.

»Und hier an dieser Stelle hat der Täter Uwes Augen ausgeschält.«

Frank fröstelte. Eine leichte Gänsehaut überzog seine Unterarme.

Mo wirkte wie ausgetauscht. Eifrig, voller Elan und mit überbordender Gestik spielte er den Ablauf der Tat nach. Wollte er Frank beweisen, dass er wirklich was draufhatte? Dass er nicht nur Fehldiagnosen stellen konnte?

Frank kratzte sich am Kopf.

»Hmm. Aber warum hat der Täter den Ermordeten nicht hier im Hinterhof gelassen?«

Mo stand auf und hob eine Augenbraue.

»Die gleiche Frage habe ich mir auch schon gestellt. Das war doch ein unnötiges Risiko, die Leiche noch einmal umzulagern.«

Genau. Uwe hier im Innenhof töten, das war logisch. Fensterlose Häuserrückseiten, vermutlich Lagerräume, sodass es höchstwahrscheinlich keine Zeugen gab. Aber dann diesen massigen Körper zur Bushaltestelle schleifen, das machte wenig Sinn. Überdies musste der Täter die Augen separat transportieren, sonst wären die nicht so gut erhalten. Was für ein Tamtam. Dabei konnte der Mörder gesehen werden. Dazu noch dieses aufwändige Zur-Schau-Stellen im Haltestellenhäuschen. Die Szene

hatte was von einem Open-Air-Festival gehabt. Das Haltestellenhäuschen war die Bühne gewesen und der Marktplatz das Festivalgelände mit jubelnden Fans. Genau wie die Schaulustigen, die jetzt vor den Absperrbändern standen.

Sehr mysteriös.

Busfahrer, Fahrplan, Bushaltestelle. Für wen sollte das Arrangement sein? Ging es hier um die Person Uwe Kling oder war das eigentliche Ziel der Wut der öffentliche Nahverkehr?

Frank ging grübelnd mit Mo zurück zur Bushaltestelle. Vor Ort schaute Frank auf den blutverschmierten Fahrplan, der auf Uwes Schoß lag. Wollte der Täter den Busfahrer verspotten? Einfach widerlich.

In diesem Moment legte sich eine Hand auf Franks Schulter. Er fuhr herum. Hinter ihm stand Emil.

»Entschuldige, Frank. Ich wollte dich nicht aus deinen Gedanken reißen. Aber ich muss kurz mit euch beiden reden.«

Seltsam. Emil zeigte sich eigentlich nie an einem der Tatorte. Er hütete normalerweise seinen Sessel im Präsidium und delegierte von dort aus das Geschehen.

»Ich denke, dass zwei Fälle ein bisschen zu viel sind. Daher möchte ich, dass ihr euch nur um diesen Mord kümmert. Den Kollegen habe ich die Akte ‚Anna‘ übergeben.«

Emils und Franks Blicke kreuzten sich. *Danke, Emil,* dachte Frank. So viel Vertrauen. Das gab Frank die Gewissheit, die ihm bis dahin noch gefehlt hatte. Ja, er war

wieder ganz der Alte! Jetzt war er erst recht scharf auf diesen Fall. Mit einer Enukleation hatte er noch nie zu tun gehabt. Diese Augenhöhlen … Ein kurzer Schauder durchzog Frank erneut. Aber seine Neugier war größer als seine Angst.

»Habt ihr schon Spuren oder Hinweise auf den Täter?«, fragte Emil.

Echt jetzt? Frank war doch gerade mal seit zwanzig Minuten am Schauplatz des Verbrechens.

»Wir haben zur Zeit wenig verwertbare Spuren«, ließ Mo sich vernehmen. »Wir warten noch die endgültigen Ergebnisse vom Pathologen ab. Vielleicht gibt es ja auch Fingerabdrücke oder DNA vom Täter.«

Mo schaute auf seine Notizen, während er Emil antwortete. Selbstsicher war er ja, das konnte Frank ihm nicht absprechen.

»Wir halten dich auf dem Laufenden«, fügte Frank hinzu, und sofort ergänzte Mo: »Auf jeden Fall, Chef. Wir kriegen das hin.«

Ein bisschen dick aufgetragen, aber irgendwie stimmte es schon. Mo hatte hier scheinbar alles im Griff. Frank konnte sich wohl doch auf ihn verlassen.

Emil trat einen Schritt vor und flüsterte in Franks Ohr: »Noch eins, Frank …«

Was jetzt?

»Die Presse steht vorne und scharrt mit den Hufen. Wir geben nichts raus. Hast du das verstanden?«

»Geht klar, Chef.«

Musste Emil denn immer auf den alten Geschichten herumreiten? Diese unselige Pressekonferenz lag doch schon lange zurück. Frank würde bestimmt nicht noch einmal über seine Angst vorm Erblinden reden, auch nicht, wenn es hier wirklich passte. Klar, Emil hatte recht, ein Ermittler sollte definitiv nicht vor laufender Kamera sein Seelenleben ausbreiten.

Mit einem leisen Seufzer drehte sich Emil um und verließ den Tatort.

Mos Stirnfalten bildeten tiefe Furchen und er zog die Nase kraus.

»Was war das denn für eine seltsame Ansage?«

»Nichts … Besonderes. Lass uns mit dem Fall weitermachen«, antwortete Frank. Er wollte nicht weiter gelöchert werden.

»Also gut. Ich habe noch eine wichtige Info. Warte, ich lese sie dir vor.«

Mo klappte seinen Notizblock auf.

»Der Fahrer der Linie 170 ist bei seiner letzten Runde gegen halb eins an der Haltestelle vorbeigekommen. Da saß niemand auf der Bank. Daher muss der Mord danach geschehen sein.«

Frank nickte. Also gab es ein Zeitfenster. Gedankenverloren drehte er sich mit dem Rücken zur Haltestelle. Vor ihm blinkten noch die Blaulichter der Streifenwagen, die die Viktoriastraße blockierten. Ein paar Meter

weiter hinten flatterte das Absperrband, an dem sich immer noch einige Schaulustige drängten, wohingegen der Marktplatz im Rücken der Gaffer verwaist war. Frank lief auf die Neugierigen zu und hielt seinen Dienstausweis in die Höhe.

»Ich bin Frank Lederer von der Mordkommission. Wer von Ihnen hat letzte Nacht hier etwas Ungewöhnliches bemerkt? Vielleicht eine Person, die sich seltsam verhält?«

Er schaute sich um. Gut fünfzehn Leute konnte er erkennen, aber keiner rührte sich. Niemand konnte oder wollte helfen. Nur neugieriges Pack. So was konnten sie hier nicht gebrauchen.

»Wenn Sie nichts gesehen oder gehört haben, möchte ich Sie bitten, jetzt den Tatort zu verlassen. Sie stören unsere Ermittlungen.«

Einige der Schaulustigen entfernten sich langsam. Stimmen wurden laut, wie so etwas hier in Katernberg passieren konnte. Ein paar ältere Damen tuschelten aufgeregt. Sie sahen entrüstet aus. Zuletzt blieben zwei orientalisch aussehende Jugendliche übrig.

»Echt krass. Der Penner saß doch inne Nacht schon auf der Bank«, sagte einer der Halbstarken.

Ob die sich nur wichtigmachen wollten? Oder wussten sie wirklich entscheidende Details?

Frank rief: »Hey ihr, kommt doch mal bitte zu mir.«

Ein Streifenbeamter hob das Flatterband an und ließ die zwei durch die Absperrung.

»Seid ihr letzte Nacht hier gewesen?«, fragte Frank.

Der Größere, ein durchtrainierter Typ mit Goldkettchen und einem engen schwarzen Shirt, plusterte sich vor Mo und Frank auf. Er wirkte wie ein eitler Pfau. Nur, dass sein Federschmuck aus beulenartigen Muskeln bestand.

»Ja. Aber wir dachten, dass ein Alki seinen Rausch ausschläft. Passiert hier ab und zu mal.«

Musste er den beiden jetzt jedes Wort aus der Nase ziehen?

»Also, was habt ihr beobachtet und wann genau war das?«

Der Kleinere trat einen Schritt vor. Er wirkte unruhig. Hatte er was zu verbergen? Sein Schlabberlook hatte was von einem Möchtegern-Rapper. Jogginghose, Hoodie und verdrehtes Baseball-Cap. Das sollte wohl cool aussehen.

»Ich und mein Bruder haben den Toten von der Ecke aus hier sitzen gesehen. Dachten, der ist weggetreten. Total besoffen. War so gegen vier Uhr. Stimmts, Hakan?«

»Yo, Bruder«, bestätigte das Goldkettchen.

»Wir sind aber nicht bei dem Typen gewesen. Mich hat mal so ein scheiß Penner angekotzt. Voll auf mein Shirt. Wollte ich nicht nochmal. Da sind wir lieber abgehauen.«

Was für Helden. Aber sie hatten recht. Uwe saß dort im Bushaltestellenhäuschen wie ein Obdachloser, der seinen Rausch ausschlief.

»Gut, Jungs. Geht bitte da rüber zu meinem Kollegen. Der wird eure Aussage aufnehmen.«

Er zeigte in Richtung eines Streifenpolizisten.

Mo trat neben Frank.

»Was meinst du? Bringt uns das weiter?«

Frank legte seine Stirn in Falten.

»Der letzte Bus fuhr um halb eins vorbei. Kein Uwe. Um vier war er schon tot. Also, zumindest können wir die Tatzeit eingrenzen.«

Frank sah seinen Partner genauer an. Wie hatte der es bloß geschafft, geschniegelt und gestriegelt so früh hier am Tatort zu sein? Wenn er selbst nachts für einen Mord rausgeklingelt wurde, dann standen seine Haare in alle Richtungen ab. Bei Mo saß jedes Haar perfekt, sein Shirt sah frisch gebügelt aus und er roch nach Deo und After-shave.

»Ich hab da noch etwas, Frank. Der Fahrer, der die letz-te Tour gefahren ist, hat mir erzählt, dass unser Opfer regelmäßig in die Viktoria Klause ging. Ist nur ein paar hundert Meter vom Tatort entfernt. Ich könnte mir vor-stellen, dass dort jemand etwas Relevantes mitbekommen hat.«

Vielleicht hatte Martina ja recht und er sollte Mo doch eine zweite Chance geben. Er war zwar nicht Marco, aber er kniete sich in diesen Fall richtig rein.

»Gute Arbeit, doch für die Kneipe ist es noch ein wenig zu früh. Die nehmen wir uns später vor.«

Frank klopfte Mo auf die Schulter. Mos weiße Zähne funkelten im grellen Sonnenlicht. Sein leicht dunkler Teint unterstrich das Ganze noch. Das war ja wie Zahnpasta-Werbung aus den Siebzigern. Fehlte nur noch, dass Mo in einen Apfel biss und schwadronierte, dass er kein Zahnfleischbluten bekäme.

Kapitel 5
Dienstag, 19. Juli 2022, 14.00 Uhr

»Also, Frank, wie fühlten Sie sich, als Sie am Tatort die entstellte Leiche gesehen haben?«, fragte Hieronymus.

Frank, der bisher gelassen auf der weinroten Ledercouch gesessen hatte, zog ruckartig seine Augenbrauen hoch. Warum konnte diese nachgeholte Therapiestunde nicht genau jetzt vorbei sein? Bis gerade war es nur darum gegangen, wie Frank den Tatort wahrgenommen hatte und wie er mit Mo ausgekommen war. Als er über Mos schauspielerische Einlage gesprochen hatte, war sogar Hieronymus ein Grinsen übers Gesicht gehuscht. Hieronymus hatte noch betont, wie sehr er sich freute, dass Frank so einen guten Einstieg in seinen Job hatte. Frank hatte lediglich verschwiegen, dass er zu spät zum Tatort gekommen war. Nicht, dass Hieronymus glaubte, er hätte wieder einen Blackout gehabt.

Aber diese Frage … Jetzt ging es ans Eingemachte.

Frank wusste, worauf Hieronymus anspielte. Die Augen, die dem Busfahrer gefehlt hatten. Tiefe, ausgeschabte, blutverkrustete Löcher, wo vorher glänzende Sehorgane prangten. Die Angst kroch erneut in Franks

Magengrube, schnappte sich seine Gedärme und machte einen gordischen Knoten daraus.

»Ich war wie versteinert. Starrte auf die augenlose Leiche. Ich hatte in dem Moment ganz kurz das Gefühl, das Opfer zu sein. Es war, als würde ich mich selbst sehen.«

Schweiß rann Frank über den Rücken. Es war so schwer, über diese Angst zu reden, sich ihr zu stellen und dann dagegen anzukämpfen. Frank war froh, dass er Hieronymus an seiner Seite wusste. Schon allein, wenn Frank in diesen Raum kam, fühlte er sich geborgen und zuversichtlich. Die Wände, die in ein warmes dunkles Gelb getaucht waren. Die beruhigenden Kunstdrucke von van Gogh und da Vinci. Das große rote Regal, gefüllt mit Fachbüchern und Spielsachen. Hatte Hieronymus auch Kinder als Patienten?

»Das klingt fast nach einer manifestierten Angst, die Sie begleitet und ab und an zum Vorschein kommt.« Hieronymus beugte sich zu Frank und fuhr fort: »Wir sprachen doch vor einiger Zeit über diese besondere Pressekonferenz im letzten Jahr. Ein Journalist hatte den Satz geäußert, dass jemand wohl keine Augen im Kopf hätte. Danach hatten Sie ausführlich über Ihre eigene Erblindungsangst geredet. Ich hatte mir später die Aufnahme aus der Mediathek besorgt und angesehen. Sie standen steif vor dem Mikro und waren wie in Trance. Angetriggert. Genau wie heute Morgen.«

Da war sie, diese präzise Sachlichkeit von Hieronymus, die Frank so sehr schätzte. Über die hochherrschaftliche Ausdrucksweise von Hieronymus musste Frank zwar manchmal schmunzeln, aber er wusste, dass dahinter ein liebevoller, emphatischer Psychotherapeut steckte. Es war wirklich toll, dass Hieronymus sich die Mühe gemacht hatte, diese älteren Aufnahmen zu besorgen.

»Ja, das stimmt«, murmelte Frank.

Diese verdammte Pressekonferenz. Er hatte sich damals fremdgesteuert und aufgepusht gefühlt und gleich danach war ihm seine Offenbarung unsäglich peinlich gewesen. Bei der anschließenden Standpauke von Emil wäre Frank am liebsten in irgendein Loch abgetaucht.

Über all das hatte er mit Hieronymus schon vor zwei Monaten ausführlich gesprochen. Sie hatten versucht, der Ursache seiner Angst auf den Grund zu gehen. Aber weder in seiner Adoptivfamilie noch in seinem Freundes- oder Bekanntenkreis hatte Frank je eine physiologische Erblindung miterlebt, die seine Furcht hätte begründen können.

Hieronymus setzte seine Brille ab und rieb sich seine Augen. Er sah übermüdet aus.

»Ich weiß, dass das alles für Sie unangenehm ist, Frank. Bisher haben wir über Ihre Angst vor dem Augenverlust nur kurz gesprochen, ohne dieses Thema zu vertiefen. Doch jetzt, mit dem aktuellen Fall, ist es wirklich wichtig geworden. Darum sollten wir noch einmal woanders ansetzen. Vielleicht bei einem Erlebnis aus Ihrer Jugend oder Kindheit.«

Frank lehnte sich zurück, legte den Kopf in den Nacken und schloss die Augen. Er atmete langsam ein. In seinem Kopf blitzten einzelne Bilder auf. Eine Erinnerung drängte sich in den Vordergrund, auch wenn sie nicht zum eigentlichen Problem passte. Lachende Kinder mit bunten Papierhütchen. Frank grinste breit. Als Nächstes das Gesicht seines besten Freundes Urs. Sahneverkrustet. Urs hatte rumgealbert und sein Antlitz absichtlich in die Torte versenkt. Sollte Frank diese Erinnerung erzählen? Hieronymus hatte ihm einmal gesagt, dass alles wichtig sein könnte, auch wenn es auf den ersten Blick nicht danach aussah.

Er richtete sich wieder auf und öffnete seine Augen.

»Mein fünfter Geburtstag. Ich erinnere mich an meine Freunde. Topfschlagen, Fangen spielen und viel Torte. Mittendrin meine Mutter.« Er schilderte die Szenerie.

Hieronymus schmunzelte. »Eine schöne Geschichte, aber ich denke nicht, dass sie weiterhilft. Fallen Ihnen noch andere Erlebnisse aus dieser Zeit ein? Vielleicht welche, die in irgendeiner Weise mit Augen oder der Sehfähigkeit zu tun haben? Atmen Sie einmal tief durch und lassen Sie sich Zeit.«

Frank überlegte.

»Da gab es mein Nachtlicht. Als kleiner Junge hatte ich Angst, im Dunkeln zu schlafen. Wenn ich zu Bett ging,

hat meine Mutter deshalb ein kleines Lämpchen ange-
schaltet. Einen bunten Marienkäfer aus Glas. Rot mit
schwarzen Punkten.«

Hieronymus saß ruhig und gelassen auf seinem Stuhl.
Wie ein Fels in der Brandung, obwohl sich auch bei ihm
sichtbare Spuren der Hitze zeigten, etwa die Schweißrän-
der unter den Armen und der verklebte Seitenscheitel.

»Ich finde es gut, dass Sie immer mehr Erinnerungen zulassen. Allerdings gibt es viele Kinder, die ein
Nachtlicht brauchen. Dennoch haben sie später keine
solch starken Erblindungsängste bekommen, wie es
bei Ihnen der Fall ist. Was Sie mir bisher aus Ihrer
Kindheit erzählt haben, sind schöne und unspektaku-
läre Erinnerungen.«

Frank nickte gedankenversunken.

Hieronymus stand auf und umrundete den Tisch.
Direkt neben Frank ließ sich der Doc sanft auf dem
Polster der Couch nieder.

»Es ist sehr schwer, in die tiefsten und entferntesten
Stellen der Vergangenheit einzutauchen, da diese auch
mal schmerzhaft sein können.«

Hieronymus machte eine kurze Pause, bevor er weitersprach:

»Vielleicht haben Sie ein schlimmes Erlebnis verdrängt.
Eines, das passiert ist, bevor Sie zu Ihren Adoptiveltern
gekommen sind. Da waren Sie doch erst vier, hatten Sie
mir erzählt. Das ist sehr jung. Vielleicht haben Sie noch

Erinnerungen aus der Zeit mit Ihren leiblichen Eltern? Wollen Sie mal probieren, ob Sie eine aufrufen können?«

Das war so lange her. Frank grübelte. Er blickte tief in sich hinein. Seine Fingerspitzen wurden weiß und begannen zu kribbeln. Seine Zunge war klebrig wie ein honiggetränkter alter Spüllappen.

»Nein, aus der Zeit weiß ich nichts.«

Hieronymus kratzte sich am Kinn und fragte: »Wussten Sie, als Sie zu Ihren Adoptiveltern kamen, wie Ihre leiblichen Eltern umgekommen waren?«

Frank stierte angestrengt vor sich hin.

»Ich wusste, dass meinen Eltern tot waren, aber was genau passiert war, das hat mir meine Adoptivmutter erst erzählt, als ich acht oder neun war. Ein Autounfall, bei dem ein Betrunkener ihnen die Vorfahrt genommen hatte.«

Frank musste kurz innehalten und tief durchatmen.

»Meine Adoptiveltern hatten kein Geheimnis daraus gemacht, konnten mir aber auch keine weiteren Einzelheiten über meine leiblichen Eltern erzählen. Aber ich habe noch ein paar alte Fotos von meinen leiblichen Eltern.«

Frank trank einen großen Schluck Wasser. Seine rechte Hand war mittlerweile ganz bleich. Warum reagierte er bloß so intensiv auf solch alten Kram?

Hieronymus nickte zustimmend und notierte alles akribisch.

»Ich möchte Ihnen gerne helfen, sich besser zu erinnern. Das können wir in einer der nächsten Sitzungen probieren. Was meinen Sie?«

Hieronymus lugte aufmunternd über den Rand seiner Hipsterbrille. Diese kleinen, aber fast unmerkbaren Bestätigungen brauchte Frank immer wieder. Sie taten ihm einfach nur gut.

»Gerne, ich bin dabei. Allerdings hätte ich noch eine fallspezifische Frage. Es geht um den Mord, den ich gerade bearbeite. Wir haben bisher über meine Probleme mit Augen gesprochen … Aber warum liegt dem Täter so viel daran, die Augen herauszunehmen? Hätten Sie als Psychologe da einen Hinweis für mich?«

Hieronymus kratzte sich am Kinn.

»Ja, gut, ich will es mal probieren. Sie haben mir einiges vom dem Fall erzählt, den Tatort beschrieben und ein paar eigene Erkenntnisse mitgegeben. Es wäre allerdings Glaskugellesen, wenn ich hier eine Diagnose stelle.«

»Aber Sie haben doch bestimmt eine Vermutung, was den Täter angeht.«

Frank war gespannt wie eine Sprungfeder.

Hieronymus setzte sich aufrecht hin.

»Also gut. Aber ohne Gewähr. Der Täter wirkt organisiert. Die verschiedenen Waffen, die er zum Tatort mitgebracht hat, sowie der Umstand, dass er sich die Mühe gemacht hat, das Opfer zur Bushaltestelle zu bringen, um es dort zur Schau zu stellen, lassen einen Plan dahinter vermuten. Die ausgeschälten Augen sind somit die Krönung seiner Inszenierung.«

Das klang ja alles recht gut, aber nicht neu. Dass der Mörder planvoll war, war klar.

»Für diesen Täter haben die Augen eine ganz besondere Bedeutung. Vielleicht gibt es bei dem Mörder einen medizinischen Hintergrund dafür. Ein eigenes Augenleiden, oder jemand aus seinem näheren Umfeld hat ein Problem mit Augen, hat vielleicht sogar sein Augenlicht verloren. Es kann sich aber auch um die reelle Umsetzung einer Redewendung aus dem Volksmund handeln, die dem Täter wichtig ist. So etwas wie ‚Liebe macht blind‘ oder ‚blind vor Hass‘. Oder er möchte ausdrücken, dass das Opfer ‚blindlings in sein Unglück gerannt‘ ist. Es könnte aber auch der biblische Spruch ‚Auge um Auge‘ gemeint sein. Und das sind nur einige Möglichkeiten von vielen.«

Frank schaute Hieronymus konzentriert an.

»Sie meinen, es könnte sich um Liebe, Hass oder sogar Rache handeln? Somit würde der Tathergang auf eine persönliche Beziehung zwischen Opfer und Täter hindeuten.«

Hieronymus tupfte sich mit einem Taschentuch den Schweiß von der Stirn.

»Durchaus denkbar. Möglich wären auch wahnhafte Schübe oder Halluzinationen bis hin zu einem Realitätsverlust, an dem der Täter leiden könnte. In solchen

Situationen können Menschen die abstrusesten Dinge anstellen. Aber legen Sie meine Worte nicht auf die Goldwaage. Ich kann im Moment nur Mutmaßungen anstellen. Um ein Profil zu erstellen, bräuchte ich mehr Infos über den Täter.«

Frank runzelte die Stirn. Konnte es sein, dass der Täter wahnhaft und strukturiert zugleich war?

»Es gibt leider noch nichts Konkretes.«

Hieronymus klaubte seine Brille von der Nase und hielt sie lässig in der rechten Hand. Seine Augen glänzten jetzt. Frank konnte keine Spur mehr von Müdigkeit bei ihm erkennen. Dieses Psycho-Detektiv-Spiel schien ihm richtig Spaß zu machen.

»Ich bin neugierig, wie es weitergeht, aber für heute«, er schaute auf die Wanduhr, »beenden wir unsere Sitzung. Wir sehen uns nächsten Dienstag zur gleichen Zeit.«

Franks Kopf schwirrte. Erst als er draußen auf dem Gehweg stand und sich eine Zigarette anzündete, fiel ihm ein, was er Hieronymus eigentlich noch hatte erzählen wollen. Letzte Nacht. Da war wieder dieser Traum von den zwei Kindern vor dem Haus gewesen. Aber diesmal war aus einzelnen Bilderschnipseln ein kurzer Film geworden. Die zwei Kinder, die bisher nur dagestanden hatten, hatten sich zur Haustür gedreht und gleich darauf miteinander zu kämpfen begonnen. Sie hatten einander an den Haaren gezogen und miteinander gerangelt. Im

Hintergrund hatte eine Katze auf einer Fußmatte gelegen. Direkt vor der Tür. Schlafend oder sogar tot. Als sich die Tür langsam öffnete, war Frank wach geworden. Sehr seltsam. *Kann ich Hieronymus beim nächsten Mal erzählen. Bestimmt wird er mir wieder erklären, dass dies mein innerer Kampf zwischen Gut und Böse ist,* sinnierte er und sog an seiner Zigarette. *Welche Wohltat.*

Kapitel 6

»Hattest du mit dem Wirt von dieser Kneipe telefoniert, Mo? Weiß der Bescheid, dass wir kommen und ein paar Fragen wegen Uwe haben?«

Mo, der neben Frank im Dienstwagen saß, tippte etwas in sein Handy. Sie waren gerade vom Präsidium in Richtung Essen-Katernberg losgefahren, um sich in der Viktoria Klause mit Daniel, dem Wirt, zu treffen. Er und ein paar Gäste könnten die letzten Personen sein, die Uwe lebend gesehen hatten.

Jetzt war es neunzehn Uhr. Die ersten Stammgäste waren bestimmt schon wieder vor Ort. Vielleicht gab es den ein oder anderen Zeugen, der mitbekommen hatte, mit wem Uwe gesprochen oder sogar die Kneipe verlassen hatte.

Mo blickte kurz hoch, nickte und bestätigte mit einem fast unhörbaren Brummen. Das war doch wohl nicht sein Ernst. Wollte der jetzt die ganze Fahrt lang so wortkarg dasitzen?

»Hör mal, wenn dir eine Laus über die Leber gelaufen ist, dann sag es mir. Ich bin kein Hellseher.«

Frank schielte finster zu Mo, der konzentriert auf sein Handy starrte. Spielte Mo jetzt die beleidigte Leberwurst, wie seine Ex-Frau Friederike früher? Sie konnte unglaublich stur sein. Manchmal hatte sie nach einem schlimmen Streit tagelang kein einziges Wort mit ihm geredet.

»Fertig«, konstatierte Mo und hielt freudig sein Handy hoch.

Genau solche blöden Aussagen hätte Marco nie … Doch, verdammt, das hätte er. Jetzt komm mal wieder runter, dachte Frank. *Und behandle Mo vernünftig.*

»Ah, okay, und womit bist du fertig?«

Frank atmete langsam aus. Gib ihm eine Chance, wiederholte er mantraartig in seinen Gedanken.

»Ich habe mir den vorläufigen Bericht vom Pathologen aufs Handy gespielt und durchgelesen.«

Frank lächelte. Da hatte er Mo wohl falsch eingeschätzt. Schön, dass Mo nicht bemerkt hatte, wie blöd er reagiert hatte.

»Und was genau steht im Bericht?«

»Der Pathologe meint, dass der Täter medizinische Vorkenntnisse haben könnte, da die Halsschlagader mit einem einzigen langen, sauberen, gezielten Schnitt durchtrennt wurde. Und anhand des Schnittmusters konnte er die Tatwaffe eingrenzen. Vermutlich ein Jagdmesser mit einer sehr langen Klinge. Bei dem Instrument für die Augen war er sich allerdings nicht sicher. Es könnte etwas Selbstgebautes sein, ähnlich einem Eisportionierer. Außerdem fand er Taserspuren am Hals. Also war der Tathergang genau so, wie wir vermutet hatten.«

»Hmm, der Täter könnte also Arzt, Jäger, Metzger oder sonst was sein. Ein bisschen dürftig. Die Tatwaffen bringen uns auch nicht unbedingt weiter«, stellte Frank fest.

Mo seufzte und nickte. Er blickte durch das offene Seitenfenster und hielt seinen rechten Arm in den Fahrtwind.

Heute war es angenehm warm, knapp achtundzwanzig Grad. Sie fuhren jetzt an Altbauten, Zechenhäusern und vielen kleinen Läden vorbei. Die Straßen waren voller Leben. Da stand der türkische Gemüsehändler vor seinem Laden und diskutierte mit einer blonden jungen Mutter. Gleich daneben auf einer Bank vom Spielplatz zwei orientalische Frauen, die mit einem deutschen Rentner quatschten. Das war schön. Harmonisch. So sollte es immer sein. Grenzenlos. Hier verstanden sich die Kulturen.

Franks Handy klingelte und riss ihn aus seiner Gedankenwelt. Auf dem Display erschien der Name Mathias. Sein Sohn. Frank presste die Lippen aufeinander. Er war doch gerade im Einsatz. Sollte er den Anruf überhaupt annehmen? Kurzentschlossen drückte er die Freisprechanlage und hielt hinter einem weißen Lieferwagen in einer Parkbucht. Mo schaute Frank fragend an und runzelte die Stirn.

»Hallo Papa, wir müssen reden.«

Oha, Gespräche die mit ‚Wir müssen reden‘ begannen, waren fast immer bedrohlich. Er kannte das von seiner Ex. Das musste Mo jetzt nicht alles haarklein mitbekommen. Frank beendete die Freisprecheinrichtung und angelte sich sein Handy.

»Ich bin gerade unterwegs. Also, was gibt es?«

Frank wischte sich mit einem Unterarm den Schweiß von der Stirn.

»Mama macht Stress. Sie will mir kein Geld für meine Indienreise geben.«

Frank stöhnte innerlich auf. Oh Mann. Das war doch schon alles geklärt. Mathias wollte mit seinen Freunden Balu und Mike für sechs Wochen nach Indien. Noch vor seiner Ausbildung, da er in der Lehrzeit wohl keinen solch langen Urlaub bekommen würde. Außerdem würden Balu und Mike ihr Studium zum Sommersemester Mitte April beginnen. Es wäre daher fraglich, ob die drei noch einen gemeinsamen Termin für eine solche Reise hinbekämen. Indien kannte Balu noch aus seiner Kindheit. Er war in Haldia aufgewachsen, einer Stadt in Westbengalen. Daher würde er der Fremdenführer für Mathias und Mike sein. Er konnte sich vor Ort verständigen und kannte die Gebräuche. Mal ganz abgesehen davon, dass alle drei beim Onkel von Balu unterkommen konnten, der immer noch in Haldia lebte. Eine einzigartige Chance also, Land und Leute kennenzulernen. Für diese Reise jobbte Mathias schon seit zwei Monaten an der Tanke. Das restliche Geld wollten Frank und Friederike zuschießen. Er die Hälfte, sie die Hälfte.

»Was ist denn genau passiert? Hattet ihr Streit?«

»Sie schiebt Panik. Meinte, dass ich mich in Indien mit ganz gefährlichen Keimen anstecken könnte. Cholera, Pest oder Malaria. Ihre Freundin Gisela hat sie wohl draufgebracht. Hab ihr gesagt, dass ich doch Impftermine habe und aufpassen werde. Was soll ich machen? Sie will nicht, dass ich hinfahre.«

Mathias Stimme klang hilflos.

Das war ja klar. Wieder mal die Gisela. Musste Friederike sich mal wieder von der beeinflussen lassen? Friederike wusste doch, wie sehr Mathias von Indien schwärmte. In der vierten Klasse hatte Mathias Balu kennengelernt. Seither waren sie beste Freunde. Die Erzählungen von Indien, die Mathias über die vielen Jahre von seinem Freund gehört hatte, hatten ihn neugierig gemacht. Die Tempel, die Kultur, die Geschichte und die Mythologie. Als es vor drei Jahren im Folkwang-Museum eine Ausstellung zur indischen Mythologie gegeben hatte, waren Mathias, Mike und Balu Feuer und Flamme gewesen und an drei aufeinanderfolgenden Tagen ins Museum gegangen. Noch Wochen später hatte Mathias davon geschwärmt. Danach war er total indienversessen gewesen. Genau wie seine beiden Museumsbegleiter.

»Ich werde mit ihr sprechen, sobald ich kann. Mach dir keine Sorgen. Notfalls werde ich dir das Geld geben, wenn sie sich querstellt«, erklärte Frank.

»Das ist lieb von dir, Papa, aber es wäre besser, wenn Mama einlenkt. Sonst habe ich einen riesigen Krach mit ihr. Das will ich nicht«, flehte Mathias.

Verständlich. Frank wollte das auch nicht. Als sie noch ein Paar waren, hatten sie des Öfteren heftigen Streit gehabt. Vor allem wegen seiner Arbeit. Er wäre selten zu Hause, hatte sie genörgelt. Er hatte dagegengehalten, er wäre halt Kommissar und die Täter würden sich nicht an Bürozeiten halten. Sie konnte dann richtig explodieren. Das brauchte Frank jetzt nicht, ebenso wenig wie Mathias. Er würde sich in den nächsten Tagen eine Strategie für das Gespräch überlegen. Logische Argumente waren sein Trumpf. Balus Onkel, der in Indien lebte und der die Jungs unter seine Fittiche nehmen würde, war ein guter Anfang.

»Ich kann dich verstehen, Mathias. Ich möchte auch nicht, dass du mit ihr Ärger hast. Ich bespreche das in aller Ruhe mit deiner Mutter. Diese Ängste wegen deiner Indienreise kann ich ihr bestimmt nehmen.«

»Danke, Papa.«

Aufgelegt.

Frank schaute noch einmal auf sein Handy und drehte sich dann zu Mo.

»Mein Sohn. Er will mit seinen Freunden eine sechswöchige Indientour machen und seine Mutter hat jetzt plötzlich Bedenken.«

Frank verdrehte die Augen, startete den Wagen und fuhr los. Warum erzählte er Mo eigentlich, um was es in

dem Telefonat gegangen war? Mo hatte doch gar nicht gefragt.

»Also, deine Frau hat …«

»Nein, Friederike ist meine Ex. Wir sind seit fünf Jahren geschieden. Wir haben einen … netten Umgang, weil wir beide unseren gemeinsamen Sohn Mathias unterstützen. Der ist gerade achtzehn und braucht uns nur selten. Wir sind für ihn wohl eher so eine Art Sicherheitsnetz, wie im Zirkus. Aber mehr Gemeinsamkeiten haben wir nicht. Und jetzt will sie … Ach, lassen wir das. Das werde ich mit ihr in den kommenden Tagen klären.«

Frank wollte jetzt nicht weiter auf sein Problem mit Friederike eingehen. Das regte ihn innerlich zu sehr auf. Mathias war volljährig, hatte sein eigenes Leben begonnen. In seiner eigenen Wohnung. Er wurde selbstständig. Das war doch schön. Aber für Friederike offenbar nicht. Sie hatte in den letzten zwei Wochen mehrfach bei Frank angerufen. Mathias Umgang wäre falsch und seine Wohnung wäre ein Schweinestall. Sie fand ständig etwas Neues und machte aus einer Mücke einen Elefanten.

»Alles gut, Frank. Zurück zum Fall. Hat die Forensik schon was für uns?«

»Hmm, ja. Es gab Fingerabdrücke. Leider waren die nicht im System. Und ein paar Fasern auf den Augen von Uwe. Das bestätigt unsere Annahme, dass die Augen in irgendeinem Stoffbehältnis transportiert wurden. Tasche, Jacke oder so.«

Frank klopfte rhythmisch mit den Fingern aufs Lenkrad.

»Du hattest dich doch um die Telefonverbindungen von Uwe gekümmert. Gab es da etwas Auffälliges?«

Mo nickte bedächtig.

»Ja, es gab ein paar Nummern, die ständig bei Uwe aufgetaucht waren. Die achtzigjährige Mutter und der Chef. Außerdem hat Torsten eine unbekannte Nummer entdeckt. Uwe war innerhalb von drei Wochen fünfzehn Mal von dieser Handynummer aus angerufen worden. Seltsam, oder? Ich habe Torsten gebeten, beim Handy-Anbieter nachzuhaken. Der schickt mir später alle Infos aufs Handy.«

Fünfzehn Mal? Wow! Ob die Telefonate etwas mit Uwes Tod zu tun hatten?

»Uwe war doch Fußball-Fan und immer in der Sportsbar. Vielleicht hatte er Spielschulden bei einem Buchmacher? Wir sollten auch noch seine Finanzen checken.«

Mo nickte nachdenklich, während Frank den Wagen auf dem Katernberger Markt parkte. Die Kneipe lag etwa dreihundert Meter weiter hinten.

Sie stiegen aus, überquerten den Markt und liefen an dem noch immer abgesperrten Tatort vorbei.

Frank zündete sich eine Zigarette an. Er brauchte jetzt das wohlige Gefühl, das ein Glimmstängel erzeugte, auch wenn der Weg nur kurz war.

Es gab auf der rechten Seite ein paar weitere Einfahrten, die der Täter ebenfalls hätte nehmen können. Aber die waren wohl zu weit entfernt von der Bushaltestelle.

Gerade als Frank die Tür zur Kneipe öffnen wollte, drehte sich Mo langsam um seine eigene Achse. Suchte er etwas Bestimmtes?

»Ich glaub nicht, dass der Täter hier draußen auf Uwe gelauert hat. Das hätte ja Stunden dauern können. Da wäre er sicherlich irgendwem aufgefallen. Schau dir die ganzen Fenster an den gegenüberliegenden Häusern an.«

Frank drehte sich ebenfalls um.

»In den Häusern können wir morgen mal nachfragen, ob jemand zufällig eine oder vielleicht auch zwei auffällige Personen gesehen hat. Jetzt sollten wir aber abklären, wie wir die Befragung mit dem Wirt führen.«

Mo schaute etwas irritiert drein.

»Was genau meinst du, Frank?«

»Ich würde gerne mit dir zusammen die kumpelige Tour versuchen. Gleich mit dem Wirt per Du und scheinbar lässige Fragen stellen. Wie die gemütlichen Dorfsheriffs, die man aus Filmen kennt. So bekommen wir wahrscheinlich mehr Infos, als wenn wir die strengen Bullen sind.«

Mo wiegte den Kopf hin und her, als würde er über Franks Vorschlag grübeln.

»Jo, Frank. Geht klar.«

Mo und Frank verabschiedeten sich vom sonnigen Gehweg und traten in das Schattenreich der Sportsbar. Von der Decke hingen Stauder-Pils-Lampenschirme, die den Tresen sowie den kleinen, gemütlichen Sitzbereich beleuchteten. Im Raum verteilt standen einige zu Tischen umfunktionierte Bierfässer mit passend hohen Stühlen. Die Wände zierten Fußball-Logos und Fan-Schals von den unterschiedlichsten europäischen Mannschaften. In der hinteren Ecke an der Wand befand sich eine Leinwand mit dem dazugehörigen Beamer. Bei Bundesliga-Spielen war hier in der Bar bestimmt die Hölle los. Frank war überrascht. Eigentlich hatte er eher mit einer typischen Stehkneipe und dem Sammelsurium aus gestrandeten Kneipenexistenzen gerechnet. Altbacken, vielleicht sogar ein wenig heruntergekommen.

Mo blinzelte mehrfach. Er musste sich scheinbar noch an das Dämmerlicht hier drin gewöhnen, genau wie Frank.

Hinter dem Tresen tauchte ein etwa vierzigjähriger schlanker Typ mit modernem Kurzhaarschnitt und pfiffiger Hornbrille auf. Er begrüßte sie mit einem ‚Hallo‘. Sein verschmitzter, freundlicher Gesichtsausdruck hieß wohl ‚Komm rein und fühl dich wie zu Hause‘. Wenn Frank nicht gerade im Dienst wäre, dann wäre dieser Ort auch etwas für ihn gewesen. Beklemmend, dass ausgerechnet hier ein Mörder sein Opfer aufgespürt hatte.

Frank schaute sich um. Außer dem Wirt waren noch genau fünf weitere Personen im Raum. Einer an der Theke und zwei Pärchen an einem Vierertisch. Echt wenig. Lag es daran, dass heute kein Fußballspiel übertragen wurde, oder blieben die Gäste weg, weil letzte Nacht ein Mörder hier gewesen sein könnte? Frank presste seine Lippen zusammen und zog die Stirn kraus.

»Wat darf et sein?«, fragte der Wirt.

»Eine Auskunft … und ein Pils. Alkoholfrei.«

Frank zeigte seine Dienstmarke und lehnte sich an den Tresen.

»Ich bin Frank und das ist mein Kollege Mo.«

Mo grinste, nickte dem Wirt zu und glitt locker auf einen der Barhocker.

»Für mich bitte ne Coke.«

Mo wischte sich den Schweiß von der Stirn und holte ebenfalls seine Dienstmarke hervor, um sie auf den Tresen zu legen.

»Heiß heute, wirklich heiß.«

Er griff nach der Cola, die der Wirt ihm hingestellt hatte, und nahm einen großen Schluck.

»Ah. Das tat gut. Du bist Daniel?«

Der Wirt nickte.

»Dann haben wir heute Morgen telefoniert. Wir haben jetzt noch ein paar Fragen an dich.«

Mo zückte seinen Notizblock und einen Kugelschreiber. Frank ließ seinem Kollegen bewusst den Vortritt. Er war neugierig, wie Mo diese Befragung anging. Hoffentlich lief das nicht so desolat wie mit der Zeugin bei dem Mord an Anna.

»Hey Daniel, haste einen anderen Kuli für mich? Meiner schreibt nicht«, tönte es von Mo.

Daniel kramte unter dem Tresen und legte mit zittrigen Händen gleich drei Kugelschreiber auf die Theke. Einer der Stifte fiel von der Tischkante. Mo fing ihn gekonnt auf und schaute Daniel fragend an.

»Alles okay?«

Daniel schüttelte leicht den Kopf.

»Ich weiß nicht. War halt ein bisschen viel, dass der Uwe …«

Mo klopfte dem Wirt freundschaftlich auf die Schulter.

»Wir kriegen den Typen, der das gemacht hat. Bestimmt. Aber dafür brauche ich jetzt ein paar Infos von dir. Um wie viel Uhr kam Uwe Kling gestern in die Viktoria Klause?«

Mo schaute auf seinen Block, während Frank ein paar Schlucke von seinem alkoholfreien Bier trank. Echt klasse. Mo war ein toller Schauspieler. Genau so stellte man sich den kumpeligen Bullen von nebenan vor.

»Er war gestern so gegen zwanzig Uhr hier.«

»Kam er allein?«

Mo legte den Kopf ein wenig zur Seite.

Daniel nahm sich selbst ein frisch gezapftes Bier und trank einen großen Schluck. Er setzte sein Glas aber nicht

sofort ab, sondern hielt es kurz vor seine Augen. Was suchte er darin? Vielleicht einen Sinn in der Tat? Den versuchten Frank und Mo auch noch zu finden.

Nach ein paar Sekunden stellte Daniel das Glas ab und antwortete: »Ja, er kam allein. Später pflanzte sich allerdings so ein Typ zu ihm an den Tisch. Jeans und dunkler Hoodie. Ich hab den Kerl vorher noch nie gesehen. Mit dem ist Uwe später auch gemeinsam gegangen.«

Ein Fremder. Schade, ein bekanntes Gesicht hätte vieles vereinfacht.

»Okay. Haben Uwe und der Fremde sich an dem Abend auch noch mit anderen unterhalten?«

»Ich glaub nicht. Aber ich habe auch nicht die ganze Zeit zu Uwe rübergesehen. Doch möglich wär's. Uwe quatscht sonst auch mit allen anderen hier.«

Der Uwe schien wohl ein geselliger Zeitgenosse gewesen zu sein. Das könnte von Vorteil sein bei den weiteren Ermittlungen.

Mo legte den Kopf erneut schief.

»Danke, jetzt habe ich einen besseren Eindruck. War Uwe eigentlich in einer festen Beziehung? Hatte er Kinder?«

Daniels Mundwinkel hoben sich leicht an. Ein Schmunzeln kam zum Vorschein. Faszinierend, wie schnell die Angst gemindert wurde, wenn eine andere Erinnerung sie überlagerte.

»Der Uwe? Hah, nein. Der hat nur angegeben, mit wie vielen Frauen er schon im Bett gewesen sein wollte. Der

war Single. Die Frauen flogen nicht gerade auf ihn. Und Kinder hatte er auch nicht, soweit ich weiß.«

Daniel nahm einen weiteren tiefen Schluck Bier, lehnte sich über den Tresen und flüsterte: »Scheiße, Mann. War hier in meinem Laden echt ein Mörder?«

Frank nickte leicht. Er konnte Daniels Angst verstehen.

»Es könnte sein. Wo haben denn Uwe und der Fremde gesessen?«

Daniel zeigte mit einem Arm in die hinterste Ecke des Raumes. Ein kleiner Tisch mit zwei Stühlen war dort zu sehen, gleich gegenüber dem Eingang zu den Toiletten.

»Da hinten. Die haben dort ein paar Stunden gezecht und geredet.«

Daniel schüttelte sich und verzog dabei das Gesicht.

»Ich musste gerade daran denken, wie der Fremde gelacht hat. Er hatte eine tiefe Stimme. Sie klang hämisch, so als wüsste er, dass Uwe bald tot sein wird.«

Mo hakte nach: »Hast du verstehen können, was die beiden besprochen haben?«

Daniel schaute angestrengt auf seinen Tresen.

»Erst hab ich was von Schalke gehört. Dann ging es irgendwie um Busse und Uwes Job als Busfahrer. Hab's nicht so richtig verstanden. Es war hier einfach zu laut.«

Ach, verdammt. Wäre toll gewesen, wenn der Fremde etwas von sich preisgegeben hätte. Aber geschickt war es schon von ihm, auf Uwes Interessen wie Fußball und den Busfahrerjob einzugehen.

Mo nippte an seiner Coke und lehnte sich etwas vor.

Seine Stimme klang jetzt gedämpfter, wie durch eine Wollsocke gefiltert.

»Gab es vielleicht Auffälligkeiten bei dem Fremden? Eine Narbe, ein Muttermal, hinkte er oder hatte er andere körperliche Besonderheiten?«

»Ähm, richtige Auffälligkeiten gab es nicht. Er hatte kurze, dunkle Haare, die unter seiner Kapuze hervorlugten. Dazu war er etwa so groß wie Uwe und mittelschlank, wie du, Frank.«

Daniel deutete ein Kopfnicken in Richtung Frank an.

»An mehr … kann ich mich nicht erinnern.«

Frank warf ein: »Und wann gingen Uwe und der Fremde?«

»Ob es eins oder zwei war, kann ich nicht sagen. Der Laden war ja gestern gerammelt voll, genau wie Manni.«

Daniel schwenkte seinen Kopf kurz zum Thekenende. Dort saß ein schmerbäuchiger Typ. Mit dem war nichts mehr anzufangen. Glasiger Blick, der rechte Arm auf dem Tresen, den alkoholgeschwängerten Kopf mit einer Hand fixiert. Ab und zu sackte der zu schwer gewordene Schädel etwas nach unten. Geübte Trinker schafften es, immer wieder ihren Kopf rechtzeitig abzufangen, bevor er mit der Theke kollidierte.

»Daniel!«

Der Ausruf durchbrach die Stille. Der Wirt zuckte kurz zusammen. Selbst der Schmerbäuchige hob seinen Kopf.

»Machste mal zwei Pilsken und zwei Rote?«

»Jau, André. Kommt gleich.«

Gekonnt zapfte der Wirt das erste Stauder.

»Ich muss …«

»Mach einfach«, sagte Frank. »Lass dich durch uns nicht stören.«

Daniel machte die Bestellung fertig. Während Frank einen großen Schluck von seinem Bier nahm, brachte Daniel der Viererclique die Getränke. Er war sehr schnell, aber was sollte man von einem Wirt auch sonst erwarten.

Als Daniel wieder hinter dem Tresen stand, grunzte Manni: »Machse mir auch …«

Der Wirt wusste wohl, was Manni ihm sagen wollte, und zapfte gleich ein neues Bier.

Mo räusperte sich kurz.

»Du hast vorhin angedeutet, dass Uwe sonst allein herkommt, sich aber gerne mit den anderen Gästen unterhält. Gab es da auch mal Ärger mit jemandem?«

Daniel überlegte kurz.

»Normalerweise war Uwe ein richtig Töften gewesen. Hat sogar ab und zu mal eine Runde geschmissen, wenn er gute Laune hatte. Ja, so war Uwe. Eigentlich kein Schlechter.«

Frank kratzte sich am Hinterkopf. Um was drückste der Wirt herum?

Mo fragte: »Was heißt denn ‚normalerweise‘? Es gab also auch Ausnahmen? Da bin ich jetzt neugierig. Erzähl mal.«

Daniel legte den Kopf zur Seite und knackte mit dem Nacken. »Vor ein paar Wochen hat Uwe etwas Rabatz gemacht. Er brüllte während eines Fußballspiels am Telefon rum. Hab ihn deswegen ein paarmal ermahnt. Hätte ihn fast rausgeschmissen. Die anderen Gäste waren echt sauer.«

Frank schaute Daniel fragend an.

»Was war denn daran besonders? Passiert doch überall mal, dass jemand laut wird.«

André bestellte erneut lautstark zwei Bier, worauf Daniel kurz zum Tisch der Viererclique schaute und nickte. Dann antwortete er: »Schon, aber Uwe tanzte wie blöd vor der Leinwand rum und nervte total. Er war richtig aggro, trat gegen einen Tisch und schubste sogar einen anderen Gast. Dabei brüllte er ins Telefon. Sowas wie ‚Lass mich endlich in Ruhe‘ und ‚Ich war nicht schuld‘. Und …«

»Und was?«

Mo wollte jetzt alles wissen.

»Er schrie irgendwas von töten. Mehrfach. Das fand ich suspekt und es machte mir Angst. Auch die Gäste wurden unruhig. Ich war froh, dass das Telefonat nur kurz war. Sonst hätte ich ihn tatsächlich vor die Tür setzen müssen.«

Hatte das Telefonat etwas zu bedeuten? Was hatte Uwe so aufbrausen lassen?

Frank zupfte gedankenverloren an seiner Nase.

»Weißt du, mit wem Uwe telefoniert hatte?«

Daniel stellte zwei volle Gläser auf ein Tablett.

»Nein, das habe ich nicht mitbekommen.«

Ach, das war auch nicht so wichtig. Das würden sie über die Telefongesellschaft schon rausbekommen. Gegebenenfalls könnten sie dann noch den ein oder anderen Gast befragen, der etwas gehört haben könnte. Jetzt hatte der Hoodie-Mann erstmal Priorität.

»Könntest du mir bitte aufschreiben, wer gestern Abend bei dir in der Kneipe war? Wir würden gerne mit den anderen Gästen reden.«

»Kann ich machen, aber es waren sehr viele da.«

Daniel kratzte sich am Kopf und begann einige Namen auf einen Zettel zu schreiben. Immer wieder schüttelte er den Kopf.

»Bei den meisten Gästen kenne ich nur den Vornamen, aber die vier da vorne waren gestern auch hier.«

Daniel zeigte zu dem Tisch, an dem die Viererclique vor ihren fast leeren Getränken saß.

Frank war sehr wohl aufgefallen, dass sie immer wieder in Richtung Theke linsten und gleich darauf tuschelten. Sie mussten längst bemerkt haben, dass Frank und Mo Bullen waren und hier im Mordfall Uwe Kling ermittelten.

»Danke für die Liste, Daniel. Wir fragen die vier mal.«

Frank rutschte vom Barhocker. Daniel stellte derweil das letzte Getränk auf ein Tablett. Frank zog es zu sich und lächelte dem Wirt zu.

»Weißt du was? Das nehm ich gleich mit.«

Das war schwieriger als gedacht. Beinahe wäre Frank das Tablett vornüber weggerutscht. *Ach du Scheiße. Das wäre fast peinlich geworden. Erst die große Lippe riskieren und dann … Naja, ist ja nochmal gut gegangen,* dachte er.

Mo grinste breit, glitt ebenfalls von seinem Barhocker und folgte Frank, der soeben das Tablett auf dem Tisch der Viererclique abgestellt hatte und sich einen freien Stuhl angelte.

»Hallo, ihr werdet heute vom tollpatschigen Kiezbullen Frank bedient. Darf ich mich kurz zu euch setzen? Ich hätte ein paar Fragen.«

Ohne eine Antwort abzuwarten, fläzte sich Frank breitbeinig hin und zeigte, obwohl das wohl gar nicht mehr nötig war, seinen Dienstausweis. Auch Mo hatte jetzt auf einem freien Stuhl Platz genommen und sah sich um.

»Hi, ich bin Mo und die Runde geht auf mich.«

»Was können wir für euch tun?«, fragte André, während er sich sogleich ein Bier vom Tablett nahm. Seine breiten Schultern, die muskulösen Arme und die fast zwei Meter Körpergröße passten nicht zu seinen sanften Gesichtszügen.

Frank beugte sich vor und nickte leicht, um seinen eigenen Worten mehr Ausdruck zu verleihen.

»Ihr kennt doch den Uwe und habt bestimmt mitbekommen, dass der letzte Nacht … umgebracht wurde.«

Frank drehte langsam den Kopf, um die Reaktionen der vier Gäste zu beobachten. André verschränkte die Arme vor seiner ausgeprägten Sportlerbrust. *Was hätte Hieronymus dazu gesagt?*, dachte Frank. Vielleicht, dass dieser Mann so eine imaginäre Mauer vor sich aufbaut, damit niemand an ihn herankommt? Oder wollte André nur cool wirken? Aber seine Augen erzählten etwas anderes. Vergrößerte Pupillen, was das Blau seiner Iris fast verschwinden ließ. Hatte er vielleicht Angst? Neben ihm saß ein kleinerer Mann, etwa 1,80 Meter groß, mit dunklem, kurzem Haar und braunen Augen. Über seinem weißen Hemd mit den hochgekrempelten Ärmeln trug er eine dunkle Weste, dazu Jeans und schwarze Lederschuhe. Er presste seine Lippen aufeinander und runzelte die Stirn. Die Tischnachbarin gleich daneben, die seine Hand hielt, war nur unwesentlich kleiner. Sie hatte mittellanges blondes Haar und schaute ihn unter einer losen Haarsträhne hindurch an. Die drei sahen fast apathisch aus. Oder war das eher Trauer? War Uwe womöglich ein guter Freund gewesen? Oder fürchteten sie sich vor dem Täter? Die einzige Person, die aufgekratzt wirkte, war die Person neben dem Hünen. Eine große, schlanke Frau mit roter, wallender Mähne, einer spitzen Nase und jeder Menge Sommersprossen. Als sie ihre rotgeschminkten Lippen öffnete, offenbarte sie strahlend weiße Zahnreihen.

»Ja, das haben wir mitbekommen. Wir, das heißt mein Mann André«, sie lehnte sich zu dem Hünen hinüber und zeigte danach abwechselnd mit einem Finger auf die anderen beiden, die am Tisch saßen, »meine Freundin Jeannette und ihr Mann Carsten, haben es vorhin vom Wirt erfahren. Das ist … absolut furchtbar.«

Für den Hauch einer Sekunde zuckten ihre Augenbrauen nach oben.

»Und wie heißt du?«

»Ina.«

Frank lächelte. *Irgendwie sympathisch, diese Frau.*

»Habt ihr den Uwe am gestrigen Abend gesehen?«

Ina nickte kurz.

»Daniel hatte gesagt, dass Uwe mit jemandem hier war. Kennt ihr den Mann?«

Jeannette schüttelte den Kopf, während Ina sich wiederum als Wortführerin hervortat: »Nein, den haben wir vorher noch nie gesehen. War das …«, sie stockte, »… der Mörder von Uwe?«

Mo, der sein Colaglas mitgenommen hatte, trank einen großen Schluck. Frank zögerte. Sollte er ihr sagen, dass sie vermutlich zusammen mit dem Mörder in einem Raum gesessen hatte?

»Das versuchen wir noch rauszubekommen. Und wir suchen diesen Kerl erstmal, weil er der Letzte war, der Uwe lebend gesehen hat. Wisst ihr noch, wie der ausgesehen hat?«

Carsten, der bisher etwas abwesend gewirkt hatte, räkelte sich jetzt und knackte mit den Fingergelenken. Er

griff nach dem freien Bier vom Tablett, gönnte sich einen großen Schluck und gab einen genüsslichen Rülpser von sich.

»Ahh, ja, viel können wir euch da nicht sagen. Er hatte nen Hoodie an. Dunkelblau oder schwarz. Die Kapuze hatte er über den Kopf gezogen. Komischer Kauz.«

»Was war komisch an dem Fremden?«, wollte Mo wissen.

Carsten schaute mit verkniffenem Gesicht zu André, dabei nestelte er an seinem Shirt.

»Na, es ist heiß. Der heißeste Sommer seit Jahren. Also, warum trägt einer dann einen dicken Pulli?«

Da war was dran. Selbst nachts fielen die Temperaturen nicht unter 25 Grad. Frank runzelte die Stirn.

»Das weiß ich nicht. Aber was könnt ihr mir noch sagen? Habt ihr was von seinem Gesicht gesehen? Haarfarbe, Augenfarbe, vielleicht ein Tattoo? Und die Klamotten? Was hatte er außer dem Hoodie an? Hose, Schuhe? Wie sieht es damit aus?«

Na kommt schon. Einer muss doch etwas gesehen haben, dachte Frank.

Carsten schaute zu Jeannette, die mit den Schultern zuckte. André drehte gedankenversunken sein Bierglas. Ina hingegen wirkte konzentriert.

»Er war etwa 1,80 Meter groß, hatte eine dunkelblaue Jeans an, und die Schuhe …«, Ina rieb sich die Augen mit Daumen und Zeigefinger, »… an die kann ich mich

leider nicht erinnern. Aber er hatte dunkle Haare. Die guckten aus der Kapuze raus. Das Gesicht hab ich nur einmal kurz gesehen. Er war insgesamt unscheinbar. Was meint ihr?«

Jeannette schüttelte leicht den Kopf. André verzog seine Mundwinkel nach unten, während Carsten seine Schultern nach hinten bewegte, sich aufrecht hinsetzte und hinzufügte: »Der Typ saß mit dem Rücken zu uns. Hinten, unter der Leinwand. Ich konnte nur Uwes Gesicht sehen. Der hatte sichtlich Spaß. Als die beiden rausgingen, hab ich kurz in das Gesicht des Fremden gesehen.«

Carsten schaute auf den Fußboden und gleich darauf in Franks Richtung. Er hatte jetzt die Ellbogen auf den Tisch gestützt und kratzte sich mit zwei Fingern am Kinn.

»Er sah langweilig aus, nichtssagend. Blaue Augen … Die standen eng zusammen. Das weiß ich noch.«

Ina blickte zur Seite und räusperte sich.

»Du hast recht bei den Augen. Und die Nase war, glaub ich, spitz.«

Egal wie detailreich die Infos auch waren, so sahen viele Männer aus. Damit würden sie wohl kaum einen Verdächtigen ausmachen können. Verdammte Hacke. Wie sollten sie den Täter finden?

Frank drehte sich in Richtung Theke, hob eine Hand und spreizte zwei Finger zu einem Victory-Zeichen.

»Daniel, machst du uns nochmal zwei? Ein alkoholfreies Pils und ne Cola.«

Von Daniel kam nur ein kurzes ‚Geht klar‘ zurück.

Frank räusperte sich und wandte sich wieder Ina zu. Von den vieren schien sie die Aufmerksamste und Redefreudigste zu sein.

»Was war Uwe eigentlich so für ein Bursche? Hatte er hier Freunde? Das könnte uns zu seinem Trinkbruder vom gestrigen Abend bringen.«

Zwei, drei Sekunden verstrichen. Seltsam, dass André sich scheinbar interessiert die Getränkekarte durchlas. Carsten spielte mit seinem Ehering, während Jeannette eine Haarsträhne zwischen zwei Fingern hielt, die sie inspizierte, als suchte sie nach dem einen grauen Haar, und Ina sah von André zu Mo und gleich darauf zu Frank. Worauf warteten die vier?

Schließlich ergriff Ina das Wort: »Er war«, ihre Mundwinkel kräuselten sich, »so ein nerdiger Einzelgänger, der sich ab und zu volllaufen ließ. Echte Freunde?« Ina schaute nach oben, als suche sie nach passenden Worten. »Nein, ich glaube, die hatte er hier nicht, auch wenn er immer wieder mit anderen quatschte.«

Frank fiel auf, wie seltsam sie die Sätze formulierte. Sie zog fast jedes Wort in die Länge.

»Habt ihr denn was mit Uwe zu tun gehabt?«

Betretenes Schweigen. Frank schaute einem nach dem anderen ins Gesicht. Carsten wich seinem Blick aus. Jeannette drehte den Kopf ein wenig zur Seite, griff nach ihrem Weinglas und nippte daran. Was war denn mit den

beiden los? Hatte Frank etwas gesagt, was ihnen peinlich sein konnte? Irgendetwas stimmte hier nicht. Ina spitzte ihren Mund und setzte sich aufrecht hin.

»Nun kommt schon.« Frank drückte seinen Rücken durch. »Ich merke doch, dass ihr mehr wisst. Also, was verheimlicht ihr?«

Franks Stimme klang freundlich, fast liebevoll. Er wusste, dass er bei ihnen mit Druck nicht weit kommen würde.

Ina hob vorsichtig ihren Kopf.

»Mein Gott, das war …«

André unterbrach sie jäh. Er wirkte angespannt und hatte seine Finger zu Fäusten geballt.

»Verdammt, Ina …«

Seine Frau schaute ihm jetzt direkt ins Gesicht.

»Lass mal, Großer. So etwas Schlimmes war es nun auch wieder nicht.«

»Ina, bitte.«

Ina schlug ein Bein über das andere und verschränkte ihre Arme. Da war doch was im Busch. Würde gleich die Bombe explodieren? Franks ganzer Körper schien vor Anspannung zu vibrieren. Als wäre ihm heiß und kalt zugleich. Er wollte etwas sagen, schluckte aber seine Bemerkung runter. Nicht jetzt. Es war effektiver, wenn die beiden ihren Zwist selbst ausfochten.

Inas Augen funkelten, als sie weitersprach: »Hey Männe, lass gut sein. Ich hab dir damals schon gesagt, dass du mich das machen lassen solltest. Spiel nicht immer den Ritter in schimmernder Rüstung. Ich kann mich sehr gut allein verteidigen.«

André öffnete kurz den Mund, schloss ihn aber gleich darauf wieder. Seine angespannten Schultern sackten zusammen. Sein Oberkörper wurde schlaff.

Bingo.

»Ich bin ganz Ohr. Was genau ist mit Uwe vorgefallen?«, fragte Frank sanft. Innerlich triumphierte er.

André schaute seine Frau Ina an, die ihre Hand auf seinen Unterarm legte. Sie räusperte sich kurz, nahm einen kräftigen Schluck Rotwein und legte los: »Ist ein paar Wochen her. Der Uwe hatte einiges getankt und saß mir gegenüber an der Theke. Er stierte mich unentwegt an, zwinkerte mir zu und gab mir sogar ein Luftküsschen. Ich hab den Spinner zwar ignoriert, aber André wollte unbedingt den großen Beschützer spielen und alles mit ihm klären, wie er sagte. Ich wollte ihn davon abhalten, aber er ging mit Uwe raus vor die Tür.«

Ina hielt inne. Sie biss sich auf ihre Unterlippe und knibbelte an ihrer Nagelhaut.

»Wir«, André sah jetzt wieder gefasster aus, »haben uns ausgesprochen. Ich sagte ihm, dass ich nicht will, dass er Ina blöd anmacht, und er hat das verstanden. Dann ist er gegangen.«

Mo schrieb alles mit und schlürfte dabei an seiner Coke. Frank nickte leicht.

»Und das war wirklich alles? Gab es später noch eine Reaktion von Uwe?«

André atmete hörbar tief ein und wieder aus.

»Er ist später am Abend wieder zu mir gekommen. Gerade als ich draußen eine rauchen wollte. Der wollte es einfach nicht bei der Aussprache belassen. Dieser Blödmann. Ich habe ihm noch mal gesagt, dass er die Finger von Ina lassen soll, da griff er mich an und wollte mich packen. Ich hab seine Hände festgehalten und ihm eine kleine Kopfnuss verpasst. Das war alles. Ich schwör´s. Stimmt's, Carsten?«

Carsten stimmte mit einem ,Jau' zu.

Frank schaute von Carsten zu André. Was sollte er davon halten? Eine unangenehme Stille trat ein. Nur ein paar Sekunden. Dann platzte es aus André heraus: »Dieser Mistkerl hätte sich nicht an meine Frau ranmachen sollen. Sowas geht einfach nicht.«

Die letzten Worte sprach André leise aus. Fast verschämt. Er wischte sich den Schweiß von seiner Stirn. War es Angstschweiß?

Ina schaute ihren Mann wütend an. Ein paar rote Flecken zierten jetzt ihr Gesicht.

»Weißt du, André, wenn du deine blöde Eifersucht endlich unter Kontrolle bringen könntest, dann gäbe es nicht immer wieder Ärger.« Inas Stimme rutschte noch eine Oktave höher. »Manchmal könnte ich dich zum Mond schießen.«

Ja, so sah sie jetzt auch aus. Ihre Wangen glühten regelrecht.

War Andrés Eifersucht vielleicht so stark, dass er dafür töten würde? Die ausgeschälten Augen könnten dazu passen, dass Uwe Ina angeglotzt hatte. Aber reichte das aus, damit der vermeintlich sanfte Riese mit dem Babyface zu einem Killer wurde? Nun gut, zumindest hätte er Uwe locker überwältigen können. Kräftig genug war er bestimmt.

»Gab es gestern vielleicht wieder Streit zwischen dir und Uwe?«, fragte Frank.

André sprang wütend auf. Dabei stieß er sein eigenes Bier um. Ein hopfengetränkter See verteilte sich großflächig auf der Tischplatte.

»Ich habe gestern überhaupt nichts mit Uwe zu tun gehabt. Gar nichts. Ich will nicht mehr reden. Wir sind fertig!«

Ina packte André am Arm und zog ihn sacht auf seinen Stuhl zurück.

»Bleib ruhig, mein Schatz. Der Kommissar will doch nichts von dir. Er braucht nur Informationen, um den Täter zu finden.«

Mo stimmte zu: »Es geht uns nur um den Ablauf des gestrigen Abends. Wir müssen die Lücken füllen, damit wir Uwes Weg bis zu seinem Tod rekonstruieren können.«

»André, du bist ein Zeuge, wie deine Frau und deine Freunde hier«, führte Frank aus. »Daher muss ich dich

befragen. Aber ich denke, dass wir besser morgen früh bei dir zu Hause weitermachen. Passt neun Uhr? Ich bringe auch noch einen Polizeizeichner mit, um dem unbekannten Hoodie-Träger ein Gesicht zu geben.«

Frank legte den Kopf ein wenig zur Seite, lächelte besänftigend und schaute zuerst Ina, dann André an, der sich wieder gefangen hatte. Die pochende Ader an seinem Hals hatte sich mittlerweile beruhigt. Ob er immer so schnell auf hundertachtzig war, um sich genauso fix zu beruhigen?

»Ja, das passt. Meine Schicht als Rettungssanitäter beginnt morgen erst um sechzehn Uhr.«

Mo ließ sich von Ina die genaue Adresse geben und notierte sie, ebenso die von Carsten und Jeannette. Beim Hinausgehen zahlten Frank und Mo die Getränke und verabschiedeten sich vom Wirt.

Ein paar Schritte liefen Frank und Mo wortlos nebeneinanderher, bis Mo das Schweigen durchbrach: »Als Sanitäter hat er medizinische Kenntnisse. Was meinst du? Könnte er unser Mann sein?«

Frank atmete einmal tief ein.

»Ich bin mir nicht sicher, aber wir fühlen André morgen mal auf den Zahn.«

Mo nickte gedankenverloren.

»Außerdem sollte jemand Uwes Telefonanbieter kontaktieren, um herauszubekommen, mit wem Uwe an dem besagten Tag am Telefon gestritten hat.«

»Das können Astrid oder Raul machen. Ich frag sie gleich.«

Die beiden Ermittler stiegen in ihren Dienstwagen. Frank zückte sein Handy, um Astrid zu erreichen, während Mo den Wagen startete.

Kapitel 7

Mittwoch, 20. Juli 2022, 11.00 Uhr

»Was ist los, Mo? Wollen wir nicht langsam bei diesem Sascha Mutzen anklingeln?«, fragte Frank.

Mo blickte von seinem Handy auf und drehte seinen Kopf in Franks Richtung. Ganz langsam, fast roboterartig. Irgendwie wirkte er abwesend. War Mo auch noch gedanklich bei der Befragung von heute Morgen? Sie hatten André wie angekündigt mit einem Polizeizeichner aufgesucht, um ein Bild des Hoodie-Mannes zu erhalten. Was sie dabei allerdings in Andrés Wohnung zu sehen bekamen, hätten sie nicht geahnt. Waffen. An einer gut vier Meter breiten Wand zeigte sich ein Arsenal von Messern, Schwertern und Wurfsternen. Es gab sogar historische Schießeisen, die auf kleinen selbstgebauten Regalen mit Beleuchtung präsentiert wurden. Ein Brettchen war leer. André hatte gestammelt, dass dort ein Revolver aus dem amerikanischen Bürgerkrieg sein sollte. Der wäre aber jetzt beim Restaurator, um funktionsunfähig gemacht zu werden. André behauptete, dass all seine Waffen reine Dekoration seien. Ob das stimmte? Mo hatte alles fotografiert und notiert. Es war gut, dass sie vorher abgeklärt hatten, wer das Gespräch leiten würde und wer mitschrieb. Obwohl Mo die Befragung in der Viktoria Klause toll hinbekommen hatte, wollte Frank doch lieber wieder selbst das Ruder in die Hand nehmen. Er hatte halt immer noch Mos inkompetente Befragung der alten Zeugin im Fall Anna im Hinterkopf. Was den André anging, da waren sich die beiden Ermittler allerdings einig: Der war für mehr als eine Überraschung gut. Wie viele Leichen mochte der noch im Keller haben? Mit zittrigen Händen hatte André die passenden Dokumente für sämtliche Waffen vorgelegt. Wow, war der nervös geworden, als Frank ihm offenbarte, dass er eine Tatwaffe unter dem Sammelsurium vermutete. Und als sie alle Messer und Wurfsterne mitnahmen, war André ganz still geworden und hatte keinen Durchsuchungsbefehl verlangt.

Jetzt klapperte es im Kofferraum. Die Forensik würde sich freuen, die hatten jetzt über vierzig scharfe Klingen zu überprüfen. Falls es Blutspuren gab, dann würden die Techniker im Labor sie finden, auch wenn André das Metall gut gesäubert hätte. Luminol und blaues Licht machten Blutrückstände wieder sichtbar. Im Antiquariat Horus würden sie auch noch nachhaken, ob André dort eine Waffe abgegeben hatte, und wenn ja, welche.

»Einen Moment, Frank.«

Mo hob seine linke Hand, als wolle er eine unsichtbare Mauer stützen. Mit dem Daumen der rechten Hand schob er auf dem Display seines Handys einige Textzeilen nach oben.

»Astrid war so gut und hat zu unserem Daueranrufer Sascha Mutzen ein paar Hintergrundinfos rausgefunden. Die lese ich mir eben durch. Könnte wichtig sein.«

Mo runzelte die Stirn, während seine Augen den Bildschirm abscannten.

Gut gemacht, Mo. Verdammt, da hätte ich auch selbst dran denken können, dachte Frank.

So vergingen weitere zwei Minuten, die sie auf dem Parkstreifen gut fünfzig Meter entfernt von Saschas Wohnung verbrachten. Die unterschiedlichen drei- bis vierstöckigen Altbauten reihten sich wie eine Kette mit bunten Perlen aneinander, hin und wieder durch eine Hofeinfahrt unterbrochen. Frank ließ die Fensterscheibe ein paar Zentimeter runter, um sie gleich darauf wieder komplett nach oben zu fahren. Das wiederholte er ein paar Mal. Zum Glück war er ja nicht ungeduldig.

»So …«

Mo stieß ein wenig Luft aus und drehte seinen Kopf in Franks Richtung. Dessen linke Augenbraue wanderte nach oben. *Was, Mo, was? Nun spann mich nicht so auf die Folter,* dachte Frank, während er auf seinem Sitz hin und her rutschte. Schweiß verklebte sein Hemd mit seinem Rücken. Es waren schon wieder über dreißig Grad im Schatten. Das allein reichte, um weich in der Birne zu werden. Da brauchte es keine Verzögerungstaktik von seinem Kollegen. Verdammt.

»Ich musste das erstmal sacken lassen. Das sind eine Menge neue und vor allem wichtige Infos in Bezug auf Sascha Mutzen, die mir Astrid geschickt hat. Ich fasse es dir mal zusammen, okay?«

»Ja, Mo. Ich bitte darum.«

Frank wollte nicht sarkastisch rüberkommen, aber Geduld war nun wirklich kein Steckenpferd von ihm.

Mo blickte noch einmal kurz auf den Bildschirm seines Handys und steckte es dann in seine Hosentasche.

»Sascha Mutzen führte bis vor ein paar Wochen noch ein ziemlich durchschnittliches Leben. Selbstständiger Mediengestalter, Ehemann und Vater einer fünfjährigen Tochter. Vor gut sechs Wochen hatten seine Frau und seine Tochter jedoch einen Unfall.«

Mo machte eine Kunstpause. Er atmete einmal tief ein und wieder aus.

»Seine Tochter Paula starb noch am Unfallort und seine Frau Sophia liegt seitdem im Krankenhaus im Koma. Und rate mal, wer angeblich für den Unfall verantwortlich war.«

Frank hatte mit einem Mal einen Kloß im Hals.

»Nein. Du meinst, der Uwe …«

»Ja, genau. Uwe Kling fuhr mit dem Bus aus einer Haltestellenbucht. Saschas Frau Sophia wollte gerade mit ihrem Wagen an ihm vorbeifahren, da scherte der Bus aus. Sie musste ausweichen, gelangte mit ihrem Wagen auf die Gegenfahrbahn und krachte in einen Kleintransporter.«

»Wow«, entglitt es Frank.

»Der Fall kam recht zügig vor Gericht und Uwe wurde in allen Punkten freigesprochen. Drei Zeugen sagten aus, dass der Busfahrer geblinkt hatte, bevor er die Haltebucht verließ. Sophia hätte zu spät gebremst und wäre dann in den Gegenverkehr geraten. Es war ein tragischer Unfall. Somit könnte Sascha einen Grund haben, um wütend auf Uwe zu sein. Findest du nicht auch?«

Frank kratzte sich am Kopf.

»Das ist echt starker Tobak und ein wahrlich gutes Motiv für einen Mord.«

Er nickte bedächtig. Konnte es sich um Rache handeln? Das Gespräch mit dem Psycho-Doc fiel ihm ein. Hieronymus hatte davon gesprochen, dass der Fall etwas mit Redewendungen aus dem Volksmund zu tun haben könnte. So wie ‚keine Augen im Kopf haben‘ oder ‚blind vor Hass‘. Waren die ausgeschälten Augen die sprichwörtliche Strafe für Uwe, weil er Sophia übersehen hatte?

»Wenn wir gleich zu Sascha in die Wohnung gehen und ihn befragen, dann lass uns verständnisvoll sein. Mitfühlend. Wir können so in Ruhe auf seine Reaktionen achten. Vielleicht verrät er uns was.«

Mo wirkte selbst sehr bedrückt, als er den Wagen verließ. »Ich würde bei einem Mann, der am Boden liegt, eh nicht nachtreten«, entgegnete er.

Sie gingen ein paar Schritte die Hanielstraße entlang, bis sie zu einer hellblauen Haustür gelangten. Am untersten Klingelschild stand ‚Fam. S. Mutzen'. Frank drückte den Klingelknopf, während Mo neben ihm an einem Fingernagel kaute. Er wirkte mitgenommen, aber das war natürlich, bei einem solch tragischen Schicksal. Auch Frank verspürte einen Stich in der Magengrube.

Es dauerte eine kurze Zeit, dann ertönte der Türsummer. Frank drückte die alte Holztür auf und trat zusammen mit Mo in einen abgedunkelten, kühlen Hausflur. Es roch nach altem Backstein, feuchten Wänden und orientalischen Gewürzen. Frank und Mo liefen ein paar Meter in den Flur hinein, dann trafen sie schon auf einen smarten Mittdreißiger, der in der geöffneten Wohnungstür wartete. Der Mann sah fast aus wie ein Banker. Weißes Hemd, dunkler Nadelstreifen-Blazer, akkurater Kurzhaarschnitt, Kinnbärtchen. Ein solider, fast schon spießiger Typ, wenn da nicht die abgeranzte, löchrige Jeans und die ausgelatschten, dreckig-grauen Turnschuhen gewesen wären. In seinem Gesicht spiegelte sich das Leid der letzten Wochen wider. Dunkle Augenringe, tiefe Tränensäcke und ein ungesunder grauer Teint. Passte die Beschreibung der Kneipenzeugen wirklich auf Sascha? Frank war sich nicht hundertprozentig sicher. Das ein oder andere Detail könnte zutreffen. Allerdings sahen viele Männer so aus, Frank eingeschlossen.

»Wer seid ihr und was wollt ihr?«

In Saschas Miene zeichnete sich keinerlei Regung ab. Nicht einmal, als die beiden Polizisten ihre Ausweise vor-

zeigten. Unberührt fragte er sie erneut, was sie von ihm wollten. Sascha strahlte eine Kälte aus, die selbst bei den extremen Außentemperaturen ein Frösteln erzeugte. Er hatte wohl schon die ganze Palette der Gefühlswelt seiner Trauer hinter sich gelassen und war nun bei Gleichgültigkeit angekommen. Zumindest vermittelte er diesen Anschein.

Mo versuchte es mit dem Kindchenschema. Offenes Lächeln, große Kulleraugen und eine sanfte Stimme.

»Herr Mutzen, können wir Ihnen ein paar Fragen zu Uwe Kling stellen? Er ist vorletzte Nacht umgekommen. Sie kennen ihn doch, oder?«

Auf Sascha Mutzens Gesicht machte sich der Anflug eines Lächelns breit. Nur ganz kurz, um dann gleich wieder hinter einer steinernen Wand zu verschwinden.

»Aha. Wie ist er denn gestorben?«

Frank schaute den Treppenaufgang hinauf. Vom Stockwerk darüber war Kindergeschrei zu hören.

»Wollen wir uns vielleicht lieber drinnen in Ihrer Wohnung weiter unterhalten, Herr Mutzen?«

»Warum? Nur weil der Busheini tot ist?«, fragte Sascha in einem etwas schärferen Ton.

»Naja, es wäre vielleicht besser, wegen der Nachbarn.«

Sascha ging einen kleinen Schritt auf Frank zu und schaute ihn durchdringend an.

»Sie meinen, dass es mich interessiert, was meine Nachbarn von mir denken? Nein, es ist mir schlichtweg egal,

aber dennoch, kommen Sie herein. Drinnen können wir sitzen und was Kühles trinken.«

Frank und Mo folgten Sascha in seine Wohnung. Im Wohnzimmer angekommen, bat er sie, auf der Couch Platz zu nehmen. Frank setzte sich, während Mo scheinbar zielgerichtet auf eine alte Stehlampe zulief, vorbei an der Ledercouch, dem Wohnzimmertisch und einer mannshohen Zimmerpalme, die ein wenig vertrocknet aussah und schon ein paar Blätter verlor.

»Wunderschön. Ein Erbstück?«

Mos Finger glitten über den kitschigen Lampenschirm.

Sascha, der Mo hinterhergelaufen war, stellte sich hinter die Lampe. Er wirkte gereizt. Aha, da hatte Mo wohl ins Wespennest gestochen! Aber was gab es dort zu finden?

Ungeduldig rutschte Frank hin und her.

Als Sascha antwortete, klang seine Stimme etwas höher: »Nein, die haben wir vom Trödelmarkt. Aber wollen Sie sich nicht zu Ihrem Kollegen auf die Couch setzen? Ich hole Ihnen gleich die versprochenen Kaltgetränke. Cola? Wasser? Bier?«

Mo schlurfte zur Couch und zwinkerte Frank fast unmerklich zu, während ihm Sascha folgte. Das Augenzwinkern von Mo versetzte Frank einen Stich ins Herz. Sein Mund fühlte sich mit einem Mal trocken an, dafür schwitzten seine Hände umsomehrr. Dieses Zwinkern kannte er nur zu gut. Er und Marco hatten es des Öfteren als Geheimzeichen genutzt, wenn einer von ihnen wollte, dass der andere den Raum verließ. War es möglich, dass Mo das wusste?

Als Frank sich wieder gefangen hatte, fiel sein Blick auf die gegenüberliegende Wand, wo Mo soeben noch gestanden hatte. Dort hingen einige gerahmte Fotos. Wohl von Saschas Frau und seiner Tochter. Bildnisse aus glücklicheren Tagen. Daneben war auf Augenhöhe ein Schuhkarton an der Wand befestigt, mit dem Deckel nach vorne. Darauf klebten ebenfalls Fotos von Sascha mit seiner Frau und Tochter. Die drei sahen so fröhlich aus. Die Tochter zog eine witzige Grimasse, während Sascha und Sophia mit offenem Mund lachten. Rote Herzchen umrandeten die Köpfe der kleinen Familie. Bestimmt hatte die Tochter das im Kindergarten gebastelt. War der Karton der Grund, warum Sascha so nervös geworden war, als Mo in dessen Nähe kam? Hatte er etwas darin versteckt, was sie nicht sehen sollten?

»Ich nehme gerne eine Cola«, sagte Mo.

»Für mich bitte ein Bier«, ergänzte Frank.

Sascha durchlief den kleinen, spartanisch eingerichteten Raum, umrundete dabei einen Sessel und steuerte auf eine Tür neben einem Sideboard mit Fernseher zu. Sobald Sascha die Küchentür hinter sich geschlossen hatte, standen Frank und Mo fast zeitgleich auf. Frank deutete Mo an, Fotos zu machen, während er selbst hinter Sascha her in die Küche eilte.

»In meinem hitzedurchtränkten Kopf habe ich ganz vergessen zu fragen, ob das Bier alkoholfrei ist. Ich bin doch im Dienst.«

Ob Mo wirklich dieses besondere Zeichen zwischen Frank und Marco kannte? Falls ja, dann brauchte Mo jetzt wohl Zeit, um sich in Ruhe umzuschauen. Die wollte Frank ihm geben.

»Ich habe nur alkoholisches Bier. Was kann ich Ihnen sonst anbieten?«, erwiderte Sascha.

Frank zupfte an seiner Nase, als würde er gerade die wichtigste Entscheidung seines Lebens fällen. Er war nervös. Zeit schinden war nicht sein Ding. Er mochte es pragmatisch. Probleme sofort angehen und nichts hinauszögern. Ach, verdammt.

»Eine Cola … eher nicht. Wasser? Hätten Sie vielleicht einen Kaffee für mich?«

Frank lächelte Sascha herzerweichend an.

»Der ist … aber nicht kalt.«

Na klar, das weiß ich doch. Als ob ich jetzt nicht auch lieber was Erfrischendes trinken würde!

»Ich liebe Kaffee. Kann gar nicht genug davon bekommen. Wenn Sie einen für mich übrig hätten …«

Sascha stellte eine Tasse unter den Kaffeevollautomaten, drückte auf einen Kopf und wartete, bis das Wasser heiß war. Dann schaltete er ein. Es zischte, brummte und dampfte, anschließend füllte sich die kleine Kaffeetasse mit dem schwarzen Gold. Frank fiel auf, dass auf dem

Automaten ein WLAN-Zeichen prangte. Er tippte mit seinem Zeigefinger dagegen. Wie schön, dass es diese neue, unnütze Technik gab.

»Können Sie tatsächlich von unterwegs Ihrer Kaffeemaschine Bescheid geben, dass sie jetzt einen Kaffee fertigmachen soll?«

Sascha drückte Frank die Tasse in die Hand, griff sich zwei volle Colagläser und schritt auf die Küchentür zu. *Sei bitte fertig*, Mo, dachte Frank ängstlich.

»Ja, genau das macht die Maschine.«

Frank klopfte das Herz bis zum Hals, als Sascha die Wohnzimmertür öffnete.

Mo saß auf der Couch. Er schaute freudig drein, als habe er nur auf sein Kaltgetränk gewartet.

»Vielen Dank, Herr Mutzen.«

Sascha übergab ein Glas Mo, stellte das zweite auf den Tisch und setzte sich auf einen Sessel. Frank gesellte sich mit seinem Kaffee zu Mo, nahm genüsslich einen großen Schluck und stellte die Tasse auf den Tisch.

»Hmmm. Wahrlich köstlich.«

»Es freut mich, wenn er Ihnen schmeckt, aber jetzt kommen Sie doch bitte einmal zu dem Punkt, warum Sie hier sind.«

Die Verzögerungstaktik war beendet. Sascha hatte recht. Langsam würde es wirklich seltsam werden, wenn keine offenen Fragen von Frank oder Mo kämen. Prompt änderte sich Franks Blick. Er sah mit leicht zu-

sammengekniffenen Augen und gerunzelter Stirn zu Sascha.

»Herr Mutzen, wir brauchen von Ihnen eine Aussage, wo Sie in der Nacht vom 18.7. zum 19.7. gewesen sind.«

»Sie beschuldigen mich, etwas mit dem Tod von Uwe zu tun zu haben, Herr Kommissar?«

Frank setzte sich etwas aufrechter hin.

»Nein, aber wir müssen alle Eventualitäten ausschließen. Darum ist es für uns wichtig, zu wissen, wo Sie in der Tatnacht waren.«

Sogleich folgte von Mo die obligatorische Rechtsbelehrung, da Sascha als Täter in Betracht kam.

Sascha stützte seine Arme auf den Tisch und legte seinen Kopf in die Hände. Ein Gemisch aus Schluchzen und Lachen verließ seinen Mund. Es klang unecht, ein wenig traurig.

»Hmm. Da Sie mich im Verdacht haben, könnte ich jetzt auch einen Anwalt … Aber nein. Ich will Ihnen die Wahrheit sagen. In der Nacht von Montag auf Dienstag war ich im Marienhospital … bei meiner Frau.«

Sascha schluckte. Die Worte waren ihm offenbar nur schwer über die Lippen gegangen. Sein vormals glattes, undurchschaubares Pokerface bröckelte.

»Sie liegt im Koma, nachdem dieser Arsch …«

Sascha hielt inne. Ihm versagte die Stimme.

Mo beugte sich zu ihm und sagte in ruhigem Tonfall: »Wir haben mitbekommen, dass Ihre Frau und Ihre

Tochter einen schlimmen Unfall hatten. Unser aufrichtiges Beileid.«

Frank legte Sascha eine Hand auf die Schulter.

»Entschuldigen Sie, wir sind auch gleich fertig. Gibt es jemanden, der Ihr Alibi bestätigen kann? Hat Sie dort jemand gesehen?«

»Angela, die Nachtschwester. Die hat mich gesehen und kann versichern, dass ich die ganze Nacht lang da war.«

»Das werden wir überprüfen. Übrigens haben wir über die Telefonverbindungen von Herrn Kling mitbekommen, dass Sie ihn in den letzten Wochen zwanzig Mal angerufen haben. Was genau war der Grund dafür?«

»Also ja, ich habe ihn angerufen … aber …«

Sascha druckste herum.

»Ich wollte, dass er zugibt, was er getan hat. Laut und deutlich.«

»Warum wollten Sie das?«

Sascha setzte sich aufrecht hin. Er wirkte plötzlich wie ein Gepard, der im hohen Gras eine Antilope beobachtete und gleich lospreschen wollte.

»Er sollte diesen Tag immer wieder erleben und nicht ungeschoren davonkommen. Dieser Mistkerl war schuld. Der hat meine Familie zerstört. Meine Tochter ist tot und meine Frau …«

Sascha stockte. Frank fixierte ihn. Ja, dieser Mann bebte innerlich. War es nur die Trauer oder blanke Wut? Könnte er vielleicht sogar einen Mord begehen?

Frank senkte seine Stimme. Er sprach langsam und überdeutlich.

»Sie hatten alles verloren, was Sie liebten. Und das war dann zu viel für Sie.«

Sascha nickte.

»Ihr Hass auf Uwe Kling wurde so groß, weil er keine Verantwortung für seine Tat übernehmen wollte. Das konnten Sie so nicht stehenlassen. Also haben Sie ihn zur Rechenschaft gezogen.«

Im Raum wurde es schlagartig totenstill. Man hätte eine Stecknadel fallen hören können. Saschas Halsschlagader pulsierte sichtbar. Mit schmalen Augen starrte er Frank an.

»Wollen Sie damit andeuten, dass ich ihn getötet habe? Hab ich nicht, aber ich bin froh, dass dieser Sack tot ist. Hat er verdient. Ich würde dem Kerl, der ihn umgebracht hat, gerne eine Dankeskarte schicken. Und wenn Sie weitere Fragen haben, dann klären Sie die mit meinem Anwalt. Jetzt raus hier!«

Sascha war aufgesprungen. War seine coole, fast stoische Art nur eine Maske gewesen? Jetzt sah er aggressiv aus. Sein Gesicht war verzerrt und sein Körper angespannt wie eine Sprungfeder.

Mo war schon ein paar Schritte zur Wohnungstür gegangen. Frank hingegen stand noch neben Sascha und versuchte, ihn zu besänftigen.

»Wir müssen diese Fragen stellen. Allerdings, wenn Sie nicht der Täter sind, dann haben Sie nichts zu befürch-

ten. Ich lasse Ihnen meine Karte da, falls Ihnen noch etwas einfällt.«

Frank legte seine Visitenkarte auf den Wohnzimmertisch, tippte mit dem Zeigefinger darauf und drehte sich zu Mo, der schon die Türklinke in der Hand hielt.

Draußen auf der Straße zückte Mo sofort sein Handy und öffnete die Fotogalerie.

»Ich glaube, wir haben hier was.«

Er hatte den Schuhkarton, der an der Wand hing, fotografiert. Und zwar jede Einzelheit. Auch den Inhalt. Außen war das Familienfoto zu sehen, aber was darin verborgen war, das ließ Franks Augen größer werden.

»Das glaub ich jetzt nicht. Und der Zettel … Was bedeutet ‚Luigi‘?«

Wow, das war ja ein Ding. Damit hätte Frank nicht gerechnet. Er starrte auf das Display des Handys. Mehrere Fotos zierten die Rückwand des Schuhkartons. Immer das gleiche Konterfei. Uwe Kling im Bus, in einem Geschäft und sogar in der Viktoria Klause. Mehrere Stecknadeln steckten im Foto, direkt auf dem Kopf von Uwe. Er sah aus wie ein Foto-Igel. Neben einem der Bilder hing ein Notizzettel: Luigi, Samstag, Pizzeria Mario.

»Was hat das zu bedeuten?«, fragte Frank verblüfft.

Mo zuckte mit den Schultern.

»Das sollten wir herausfinden. Vielleicht hat Luigi etwas mit dem Tod von Uwe zu tun.«

Wie passte denn jetzt auch noch dieser Luigi ins Bild? War er ein Freund von Sascha, vielleicht ein Schnüffler oder gar der Mörder selbst?

Frank schaute noch einmal auf das Handydisplay, dann gingen sie zum Wagen.

»Luigi, ein Auftragskiller?«, fragte Frank.

»Ja, das könnte doch sein.«

»Okay. Lass uns herausfinden, wer Luigi ist, und Saschas Alibi überprüfen. Glaubst du, dass der wirklich die ganze Nacht bei seiner Frau war?«

Die beiden Kommissare stiegen in den Wagen. Mo drehte sich noch einmal kurz zu Frank.

»Das Krankenhaus ist ja nur ein paar Kilometer vom Tatort entfernt. Ich kümmere mich gleich um die Nacht-schwester. Die kann uns bestimmt mehr sagen.«

Was für ein Hochgefühl. Einer der beiden Tatverdäch-tigen musste es sein. Sollte er mit Mo nachher noch ein Bierchen trinken gehen? Auf den möglichen Erfolg an-stoßen?

»Ach, eins noch. Das war klasse, wie du mir vorhin zu-gezwinkert hast, als ich Sascha ablenken sollte, richtig gut. Das kannte ich von Marco.«

»Ich weiß, Frank. Es war ein Zeichen zwischen dir und Marco. Hab mir ein paar Verhöre von euch auf Video angesehen. Wenn er wollte, dass du den Raum verlässt, dann hat er dir zugezwinkert. Ich dachte mir, dass du das Zeichen erkennst und verstehst.«

Verdammt. Geile Nummer, sinnierte Frank und startete lächelnd den Wagen.

Kapitel 8

Was für ein Tag. Frank war todmüde. Ihm schwirrte der Kopf. Nach dem Besuch bei Sascha hatten sie versucht, Nachtschwester Angela zu erreichen. Leider erfolglos. Die war laut einer Kollegin für ein paar Tage mit ihrem Freund irgendwo ins Sauerland gefahren, in eine Hütte ohne fließendes Wasser und Strom. Sollte wohl so ein romantisches Bärenfell-Wochenende werden. Auch ihr Handy war ausgeschaltet. Hoffentlich würde sie bald ihre Nachrichten abhören. Mo hatte ihr drei davon hinterlassen. Jetzt hieß es abwarten.

In der Pizzeria Mario waren sie ebenfalls erfolglos geblieben. Es gab zwar einen Gast, der sich Luigi nannte, aber der tauchte nur gelegentlich auf, wenn ihm der Sinn nach einer frischen Pizza stand. Keiner wusste, wo er wohnte und wie er mit Nachnamen hieß. Paolo, der Gastwirt, würde sich melden, sobald Luigi wieder da war. Bis dahin würden sie selbst versuchen, ihn zu finden. Paolo konnte ihn grob beschreiben: Etwa 1,85 Meter groß, leichter Bauchansatz, Mitte dreißig, dunkle gegelte Haare, schmaler Schnauzbart. Ein Pornobalken, wie Mo flachsend angemerkt hatte,

als er wieder mit Frank allein war. War dieser Mafiosiverschnitt überhaupt Italiener und Luigi sein richtiger Name? Durchaus möglich, dass Luigi einfach ein südländischer Typ mit einem Faible für italienische Spitznamen war.

Ach, verflixt. Heute wollte aber auch nichts richtig klappen. Selbst die Forensik ließ sie im Stich. Sie konnten erst morgen die Waffen untersuchen, die Frank und Mo von André mitgebracht hatten. Es war zum Aus-der-Haut-Fahren, auch wenn Frank wusste, dass die Forensik nicht allein für ihn da war. Die hatten gerade genug andere Fälle, die Vorrang hatten.

»Mo, kannst du morgen früh im Labor anrufen? Ich habe heute dreimal wegen den Messern nachgefragt. Die wollen meine Stimme bestimmt nicht nochmal hören.«

Mo lächelte müde.

»Mach ich. Meinem Charme können die bestimmt nicht widerstehen.«

Mit hängenden Armen schlich Mo neben Frank her durch den langen Flur im Erdgeschoss des Präsidiums, der kein Ende zu nehmen schien. Links und rechts Bürotüren, in einem tristen Beige. Ein grauer Steinfußboden unter ihren Schuhen.

Max Gruber, der pensionierte Pförtner, der den Eingangsbereich nachts betreute, verabschiedete Frank und Mo, ohne von seinem Buch aufzuschauen. Auf dem

Buchrücken las Frank ‚Mieses Karma‘. Wie passend. Nach dem triumphalen Anfang des heutigen Tages war es umso enttäuschender, dass nichts mehr richtig klappen wollte. Lag es an seinem Karma?

»Tschüss, die Herren Kommissare.«

Mo nickte freundlich, während Frank ein lapidares ‚Ciao Max‘ in den Glaskasten flötete.

Frank gähnte herzhaft, als er die Ausgangstür aufdrückte.

***

»Hallo, ich hab noch was vergessen«, schallte es durch die Verglasung im Eingangsbereich.

Max Gruber blickte von seinem Buch auf. Es war gerade einmal fünf Minuten her, dass Frank zusammen mit Mo das Präsidium verlassen hatte.

»Oh, Frank. Ich mach auf.«

Er betätigte den Summer und die Zwischentür ließ sich aufdrücken.

Max grinste und sagte etwas gestelzt: »Was man nicht im Kopf hat …«

‚… das hat man in den Beinen‘, vollendete der Rückkehrer beim Weitergehen in Gedanken den Satz. Kurz blieb er vor dem Schilderwald stehen, schaute auf sein Handy und trabte dann in die zweite Etage. Am Ende des Ganges lag das Büro. ‚Kommissar Frank Lederer‘ stand auf dem Schild neben der Tür. Und direkt darunter der Name Mohamed Ceylan.

Zwei Uniformierte liefen palavernd an ihm vorbei.

»Hey, Frank, noch keinen Feierabend?«

»Nein, noch nicht, aber gleich.«

Er betrat den kleinen, muffigen Raum, durchstöberte die aktuelle Fallakte, die oben auf einem Stapel lag, und notierte sich einige Details. Ein paar Minuten später verließ er das Büro und beeilte sich, aus dem Präsidium zu kommen.

Gut, dass er ein Auge auf alles hatte.

Kapitel 9

Freitag, 22. Juli 2022, 19.30 Uhr.

Frank hockte im Fond eines dunkelblauen Van, gut hundert Meter vor dem Funny-Pub, einer kleinen Kneipe auf der Rüttenscheider Straße. Hoffentlich war Wladimir keiner, der zu früh kam. Frank wollte unbedingt vor ihm im Gastraum sitzen. Den Platz aussuchen, alles im Blick haben, das Geschehen kontrollieren.

Astrid rückte noch ein letztes Mal Franks Hemd zurecht, damit die drahtlose Abhörwanze nicht zu erkennen war. Fertig. Raul öffnete die Autotür. Zum Abschied schlug er Frank dreimal auf die Schulter. Das machte er immer, wenn er jemandem Glück wünschte. Eine echte Marotte von Raul und ein erster Akustiktest für Astrid, die den lauten Klatscher über den Kopfhörer mitbekam. Sie kniff die Augen zusammen und schüttelte den Kopf.

»Wir hören mit und wissen Bescheid, wenn der Fisch am Haken zappelt. Danach sind wir dran«, sagte Raul.

Mit einem ‚Wird schon schiefgehen‘ verließ Frank seine Kollegen. Er fühlte sich wie eine gespannte Sprungfeder.

Als Frank die Tür vom Funny-Pub öffnete, hörte er den Soundtrack von Footlose. Ganz schön laut. Hoffentlich gab es keine Rückkopplung mit dem Equipment. In

seinem Ohr steckte ja auch noch ein Funksender für den Fall, dass Astrid oder Raul ihm etwas mitteilen wollten.

Im Halbdunkel der Kneipe erkannte er einige längliche Tische nebst Bestuhlung. Auf der linken Seite des Raumes befand sich eine gut sortierte Bar mit einem vollbärtigen Wirt. Die Comicfiguren an den Tresenbalken sahen richtig gut aus. Goofy, Micky und Donald. Da war jemand wohl ein großer Comic-Fan. Ganz hinten gab es eine winzige Bühne mit ein paar Instrumenten darauf. Ein Grüppchen gestylter junger Frauen saß direkt davor und diskutierte lautstark. Von Wladimir war noch nichts zu sehen. Sehr gut.

In einer Ecke entdeckte Frank einen freien Tisch. Er bestellte an der Bar schon mal ein alkoholfreies Bier und begab sich damit zu seinem erkorenen Sitzplatz. Von hier konnte er sehen, wer in den Pub kam. Er gönnte sich einen ersten großen Schluck von seiner Hopfenkaltschale. Dabei lehnte er sich zurück und starrte gedankenverloren in den Raum. Der gestrige Tag wollte ihn nicht loslassen.

Die Techniker hatten kein Blut an Andrés Messern und Wurfsternen gefunden. Aber das hatte Frank auch nicht erwartet. Wer würde schon eine Mordwaffe so offen drapieren? André war dennoch nicht aus dem Schneider, auf keinen Fall.

Ob er wirklich eine Schusswaffe beim Antiquariat abgegeben hatte, mussten sie in den nächsten Tagen noch herausfinden. Falls nicht, hatte auf dem leeren Regalbrett möglicherweise die Tatwaffe gelegen. So oder so war André offenbar ein Mensch, den das Töten faszinierte. Oder hatte stattdessen Sascha etwas mit dem Tod von Uwe zu tun? Vielleicht auch indirekt, mit einem Auftragsmörder? Derzeit wartete Frank auf die Nachtschwester, die sich anscheinend immer noch im Sauerländer Liebesnest mit ihrem Lover vergnügte. Und als krönender Abschluss hatte sich heute Jochen gemeldet, gerade als Frank sein Büro verlassen wollte. Plötzlich wusste er wieder, wie man ein Telefon bediente. Hatte der doch echt rumgemeckert, Frank solle nicht ständig wegen dieser blöden Toilette nerven. »Später«, hatte er gesagt, später würde er sich darum kümmern. Frank war enttäuscht. Er und Jochen waren einmal so gute Freunde gewesen und jetzt das. Nie hätte Frank damit gerechnet, dass Jochen ein solch gleichgültiges Arschloch werden würde. Frank war so wütend gewesen, dass er Jochen mit rechtlichen Konsequenzen gedroht hatte. Mo, der sich ebenfalls noch im Büro befand, hatte einen Daumen hochgereckt, während Frank selbst sich hundsmiserabel fühlte.

Frank schaute auf seine Armbanduhr. Gleich acht.

In dem Moment ging die Tür auf. Zwei junge Frauen in Jeans und Bluse enterten den Raum. Gleich dahinter tauchte Wladimir auf. Oh Gott. Was hatte der denn an? Umgeschlagene zweifarbige Jeans, spitze weiße Lackschuhe und pinke Hosenträger, die sich über einem geblümten, kurzärmeligen Hemd spannten. Dann noch diese dämliche Kapitänsmütze. Alberner ging es kaum noch. Wie Popeye, der in einen Farbtopf gefallen war.

Wie ein eitler Pfau durchschritt Wladimir den Raum. Er genoss seinen vermeintlichen Auftritt sichtlich. Kurz darauf stand er vor Frank.

»Hallo Frank. Schön, dass Sie heute dem Meister bei der Arbeit zuschauen möchten.«

Was für ein Großkotz vor dem Herrn.

Frank schluckte einen Lachanfall runter.

»Ja, Mensch, toll sehen Sie aus. Ein richtiger Hingucker.«

Wladimir plusterte sich einmal kurz auf und drehte sich geschmeichelt um seine eigene Achse. Ein paar jüngere Frauen am Nachbartisch verzogen angewidert das Gesicht. Kaum zu glauben, dass so jemand Anna auf dem Gewissen haben sollte.

»Heute bin ich auf der Pirsch. Das ist wie bei einem Großwildjäger. Der hat ja auch keine Hip-Hop-Klamotten an, wenn er auf die Jagd geht. Deshalb habe ich mich extra für den Funny-Pub hergerichtet. So steche ich aus der Masse heraus und ich habe mit den Frauen gleich einen Gesprächsaufhänger. Diesem Anblick kann schließlich keine Frau widerstehen.«

Wladimir schob seine Kapitänsmütze zurecht und nickte Frank würdevoll zu. War das Hochmut? Na, dann konnte ja gleich der Fall kommen. Hatte der mit solchen Sperenzchen auch sein Mordopfer für sich gewonnen?

Mit einem Blick zum Wirt bestellte Wladimir lautstark ein Bier. Eine Blonde unbestimmten Alters, die an der Theke einen Schnaps nach dem anderen kippte, warf ihm einen Handkuss zu. Irre, dass es tatsächlich Frauen gab, die auf solche Witzfiguren ansprangen!

Wladimir war jetzt nicht mehr zu bremsen. Er erklärte Frank, wie er die Frauen rumkriegte und was er genau machte, wenn er eine Frau am Haken hätte. Ab und zu vernahm Frank ein leises ‚Oh Gott‘ oder ‚Widerlich‘ aus seinem Ohrstöpsel. Ein leichtes Grinsen huschte dann über sein Gesicht. Kontenance, ermahnte er sich. Gleich darauf zog sich eine Gänsehaut über seine Unterarme. Irgendwie war es ganz schön gruselig, diesem lächelnden Tod ins Gesicht zu sehen.

Wladimir monologisierte mittlerweile seit mehr als einer halben Stunde und trank inzwischen sein zweites Bier. Der Raum füllte sich nach und nach mit Gästen. Alt, jung, gestylt, fröhlich und ausgelassen. Auch der Geräuschpegel war enorm angestiegen. Hoffentlich konnten Astrid und Raul noch alles mithören, was er und Wladimir sprachen. Er musste unbedingt einen Vorwand finden, um das Gespräch auf Boris zu lenken, ehe es hier noch lauter wurde.

»Wissen Sie eigentlich …«

Wladimir lachte, als hätte Frank einen Witz gemacht.

»Hab ich Ihnen schon mal erzählt, wie ich drei Frauen gleichzeitig verführt habe?«

Wladimir wartete keine Antwort ab. Er schwadronierte weiter, berauscht von seinen eigenen Worten. Frank rutschte ungeduldig auf seinem Stuhl hin und her. Er wollte endlich sein Netz auswerfen. Den Fisch darin zappeln sehen.

Im Augenwinkel bemerkte Frank, wie die blonde Schnapsdrossel drüben an der Theke, die Wladimir schon eine Weile bestaunt hatte, umständlich vom Barhocker rutschte und ihre fülligen Brüste zurechtrückte. Schwankend hielt sie sich am Tresen fest, verzog kurz ihre Mundwinkel und machte einen ersten torkelnden Schritt in ihre Richtung.

»Achtung, die Dame von der Theke kommt hierher«, flüsterte Frank. »Sollen wir sie ignorieren, wie Sie es mir erklärt haben? So macht man doch die Frauen richtig heiß, stimmt's?«

Wladimir zog leicht eine Augenbraue nach oben.

»Genau. Wir sollten uns in ein Gespräch vertiefen. Wichtige Themen, die Frauen sowieso nicht verstehen«, sagte er.

Frank nickte wie ein kleiner Schuljunge, der Fußballbildchen geschenkt bekommen hatte. Er freute sich wie ein Schneekönig. Endlich konnte er den Gesprächsfaden an sich reißen.

»Ich kann Ihnen sagen, dass wir im Mordfall Ihrer Geliebten Anna einen großen Schritt weitergekommen sind.«

Wladimirs Mundwinkel fielen für den Bruchteil einer Sekunde gen Süden.

»Was … was genau haben Sie für Neuigkeiten, Herr Lederer?«

Sehr schön. Jetzt konnte Wladimir mal den wahren Meister erleben. Nämlich Frank.

»Wir sind uns jetzt sehr sicher, dass es Boris gewesen sein muss, der Anna getötet hatte. Er wollte sich wahrscheinlich absetzen, denn kurz vor seinem Verschwinden hatte er fünfzigtausend Euro von der Bank abgehoben. Stellen Sie sich vor, der hatte alle Konten geleert und das Geld in einem Geldgürtel unter seinem Hemd verstaut. Der Kassierer der Bank hat uns das erzählt.«

Wladimir kratzte sich die Stirn. Schweiß tropfte von einem Augenlid. Direkt hinter ihm tauchte das blonde Thekengift auf und lallte: »Hey Matrose … Bin das Meer. Magst du in See … See stechen?«

Ein bisschen plump. Aber bei einem Alkoholwert weit über dem Himalaya-Gipfel war das schon fast ein pfiffiger Anmachspruch.

Wladimir drehte sich zu ihr um und sah sie abschätzig von oben bis unten an, um sich dann wieder Frank zu widmen.

»Wie, der Boris hatte so viel Geld dabei? Woher hatte er die Knete? Das gibt es doch gar nicht!«

Unruhig nestelte Wladimir an seiner Unterlippe. Frank lehnte sich zurück. Die Falle war gestellt. Die Ratte konnte hineintappen.

»So genau weiß ich das auch nicht. Aber wir werden es bald wissen. Er hat nämlich ausschließlich Fünfhundert-Euro-Scheine genommen. Die sind alle nummeriert. Damit können wir ihn finden, wenn er etwas Größeres bar bezahlt.«

Bei Wladimir zeigten sich rötliche, fleckige Stellen am Hals. Er rutschte auf seinem Stuhl hin und her, als säße er auf einem spitzen Stein.

Seine Verehrerin ließ unterdessen nicht locker. Sie hielt sich mit einer Hand am Stuhl fest und strich mit der anderen über Wladimirs Nacken.

»Hey Süßer …«

Es knallte laut. Mit der flachen Hand hatte Wladimir auf den Tisch geschlagen.

»Verpiss dich! Siehst du nicht, dass ich mich hier mit meinem Freund unterhalte?«

Da war er, der wahre Wladimir. Keine umständlichen Spielchen. Rotzig und vulgär. Um seinen Worten Nachdruck zu verleihen, schob Wladimir die verdatterte Blondine von sich. Sie schaffte es gerade noch, sich an einer Tischkante festzuhalten. Wutentbrannt starrte sie Wladimir an.

»Wichser!«

Sie wankte zu ihrem angestammten Platz an der Theke zurück.

Die Gäste, die etwas mitbekommen hatten, lachten oder schüttelten den Kopf.

Wladimirs Gesicht verlor derweil weiter an Farbe. Auf seiner Stirn bildeten sich Falten. Seine Augen flackerten unruhig. Ja, fast panisch. Sehr gut.

»Ich muss los. Hab ganz vergessen, dass ich noch einen wichtigen Termin habe.«

Hektisch stürzte Wladimir sein Bier hinunter, winkte Frank halbherzig zu und stakste hölzern davon. Beim Wirt zahlte er seine Zeche. Es hatte etwas Fluchtartiges. Die Blonde warf ihm noch einen bösen Blick zu und kippte erneut einen Schnaps hinunter. Die musste doch bald genügend Brennstoff für einen Düsenjet intus haben.

Frank beugte sich mit einem breiten Grinsen vor.

»Er kommt. Bleibt an ihm dran. Bin gespannt, wo er hin will.«

Kapitel 10
Samstag, 23. Juli 2022, 10.00 Uhr

Frank saß an diesem Samstagmorgen um kurz nach zehn noch allein in seinem Büro. Er fühlte sich riesig, wenn er an letzte Nacht zurückdachte.

Was für ein Vollidiot, dieser Wladimir! Es hatte richtig Spaß gemacht, diesen selbsternannten Frauenflüsterer mit einem einfachen Trick reinzulegen. Wie konnte der nur annehmen, dass Boris die ganze Zeit mit einem so fetten Geldgürtel durch die Gegend laufen würde?

Astrid hatte Frank bereits letzte Nacht angerufen und ihm alles en détail erzählt.

»Als Wladimir aus dem Funny-Pub kam, stürmte er zu seinem Auto, sprang hinein und fuhr schnurstracks nach Duisburg, zum Holzhafen. Dort eilte er zielstrebig zu einem alten, abgesperrten Lagerhaus und zwängte sich durch ein kaputtes Kellerfenster. Wir kurz danach hinterher. In einer Ecke der leeren Lagerhalle fanden wir ihn. Er hatte sich über einen leblosen Körper gebeugt und dessen Hemd aufgerissen. Wie sich herausstellte, war das die Leiche von Boris. Stell dir vor, Frank, Wladimir, dieser Depp, hat wirklich nach dem vermeintlichen Geld gesucht. Er gestand sofort, dass er sowohl Boris als auch

Anna auf dem Gewissen hat. Später im Präsidium erfuhren wir dann …«

Frank wurde in seinen Erinnerungen unterbrochen, als sich die Tür knarrend öffnete. Mo betrat mit einem äußerst zufriedenen Emil im Schlepptau das Büro.

»Ich habe gerade mit Astrid über den gestrigen Abend gesprochen. Sie war begeistert von deiner Aktion im Funny-Pub«, sagte Emil, wobei er sich mit einer Hand auf Franks Schreibtisch abstützte. Er machte eine kurze Pause, als erwarte er von Frank eine Stellungnahme. Als die ausblieb, fügte er hinzu: »Meinen herzlichen Glückwunsch, Frank. Gut gemacht.«

Mit einem genüsslichen Grinsen lehnte Frank sich zurück. Das konnte er sich nicht verkneifen. Tatsächlich hätte er vor Freude am liebsten geheult. Ihm war zumute, als würde plötzlich ein Damm brechen. Seine verschissene Angst wurde regelrecht weggespült. Emils Unsicherheit, ob Frank wirklich wieder diensttauglich war, war jetzt hoffentlich Geschichte. Er, Frank, hatte gezeigt, dass er wieder hundertprozentig fit war. Endlich. Darauf hatte er so sehr hingefiebert.

Als Emil nach ein paar weiteren Lobesworten das Büro verließ, klopfte er Frank noch freundschaftlich auf die Schulter.

»Wow, so gut gelaunt wie heute habe ich den Chef noch nicht erlebt. Was war denn letzte Nacht?«, fragte Mo, der sich ausgiebig räkelte.

Frank erzählte Mo alles haarklein. Als er bei der Festnahme und dem jämmerlichen Geständnis von Wladimir ankam, lachte Mo lauthals los.

»Der ist echt das Risiko eingegangen, nur wegen den Moneten noch mal zur Leiche zu fahren?«, fragte Mo, nachdem er wieder Luft bekam.

Frank nickte und grinste gleichzeitig verschmitzt.

»Ja, er brauchte doch jetzt Geld, nachdem sein vorheriger Plan schiefging. Wladimir hatte Anna wohl ein schönes gemeinsames Leben versprochen, wenn Boris weg wäre. Anna sollte Boris in einen Hinterhalt locken, damit Wladimir ihn umbringen konnte. Er ging davon aus, dass man Boris zügig in dem Lagerhaus finden würde, da Gesundheitsinspektoren die Halle bald aufsuchen wollten. Anschließend hätte Anna die trauernde Witwe gespielt und die Versicherungssumme bekommen. Wladimir hatte Anna versprochen, mit ihr und dem ganzen Geld ein neues Leben anzufangen. Aber anstatt gemeinsam in den Sonnenuntergang zu reiten, stritten sie. Anna bekam nämlich nach dem Mord an Boris ein schlechtes Gewissen. Sie wollte zur Polizei und die Tat beichten. Das hätte nicht nur Anna hinter Gitter gebracht, sondern auch Wladimir. Also musste er auch Anna loswerden. Aber ihr Tod hatte den Nachteil, dass es kein Versicherungsgeld für Wladimir gab. Deshalb habe ich ihm einen neuen finanziellen Anreiz gegeben, indem ich ihm vorgaukelte, dass Boris einen Geldgürtel umhätte. Falle aufgestellt, Mörder reingetappt.«

Mo klatschte in die Hände.

»Den hast du sauber reingelegt, Frank.«

Was für ein Wahnsinns-Hochgefühl. Frank hätte vor Glück die Wände hochklettern können. Endlich führten sein messerscharfer Verstand, der aufmerksame Detailblick und seine schauspielerischen Fähigkeiten wieder zum Erfolg. Und trotzdem, bei aller Freude fühlte sich Frank unwohl. Als habe er einen Knoten im Magen. Diese total verkackte Zeugenbefragung von Mo bei diesem Fall stand immer noch im Raum. Warum war Mo an diesem Tag mit der Zeugin nur so nachlässig umgegangen? Es belastete Frank, nicht zu wissen, warum Mo damals derart gepatzt hatte und im Gegensatz dazu jetzt tadellos arbeitete. Er musste unbedingt mit Mo darüber reden. Vielleicht noch heute, nach einer kleinen Stärkung?

»Danke, Mo. Aber jetzt brauche ich erstmal was zu beißen. Hab noch nicht gefrühstückt. Die haben heute Veggie-Burger in der Kantine. Soll ich dir was mitbringen?«

Mo verneinte.

Frank marschierte zur Kantine, öffnete die Glastür und betrat den Raum. An mehreren Tischen saßen Kollegen und Kolleginnen, die frühstückten.

Er begab sich zielstrebig zur Theke, baute sich davor auf und fragte: »Machst du mir bitte einen Veggie-Burger mit allem, Uschi?«

Uschi war das Unikum der Kantine. Die voluminöse Frau mit dem Haarnetz und der geblümten Schür-

ze kannte ihre Pappenheimer und deren Geschmäcker. Frank konnte zugucken, wie der Burger mit jeder Zutat Stück für Stück anwuchs. Nach einer schier endlosen Zeit überreichte ihm Uschi seinen Teller mit dem exorbitant großen Burger. Er zahlte und stiefelte zum nächstgelegenen freien Tisch. Dort biss er in die Köstlichkeit. Hmm. Was war der lecker.

In diesem Moment klingelte sein Handy. Mit klebrigen Fingern und vollem Mund nahm er das Gespräch an.

»Kommifar Lederer … Hallo.«

»Hallo? Frank, bist du es?«

Er erkannte Martinas Stimme. Was wollte die denn jetzt? Er schluckte den halb zerkauten Brot-Gemüse-Matsch hinunter.

»Ja, was gibt es denn? Bin gerade im Dienst und hab nicht so viel Zeit.«

Martina seufzte.

»Ich wollte mit dir über Jerome reden.«

»Was ist denn mit ihm?«

»Ich weiß nicht, ob er der Richtige ist.«

Eine kurze Pause trat ein, als wollte Martina von Frank eine Antwort darauf haben. Aber woher sollte er wissen, wer für sie der passende Mann war? Sie hatte schon so viele Dates mit unterschiedlichen Männern gehabt, aber immer wieder waren die Verehrer nicht das, was sie suchte.

»Er hat sich total verändert und ist irgendwie komisch geworden. Als hätte er bei unseren Dates nur eine Rolle gespielt.«

Frank runzelte die Stirn.

»Was genau meinst du damit?«

Sie hatte doch Jerome gerade erst kennengelernt. Frank kannte dieses Muster, nicht nur von Martina, sondern auch von sich selbst. Hieronymus hatte es einmal auf den Punkt gebracht: Er hätte Bindungsängste, daher suche er jedes Mal nach dem Haar in der Suppe, um sich nicht auf eine dauerhafte Beziehung einzulassen. Auch seine Ehe wäre dadurch kaputtgegangen. Seine Ex hätte es bemerkenswert lange mit ihm ausgehalten. Und Martina war ein ähnlicher Fall.

Vielleicht sollte Frank ihr von Hieronymus und seiner Bindungsangst-Diagnose erzählen. Ob sie sich darin wiedererkennen würde?

»Weißt du ...«, begann Martina.

Frank war so in sein Telefonat versunken, dass er Astrid erst sah, als sie direkt vor ihm stand.

»Hey Frank, endlich hab ich dich erwischt. Konnte dich nicht anrufen. Du wirst gebraucht. Es gibt einen neuen Mordfall. Im Grugapark ist eine Leiche gefunden worden. Wieder ohne Augen.«

Ach du Scheiße.

»Martina, ich muss los. Wir reden die Tage weiter.«

Frank legte auf, ohne eine Antwort abzuwarten. Den

Burger konnte er wohl vergessen, genauso wie das Gespräch mit Mo. Schade.

»Ich soll mit euch mitkommen«, ergänzte Astrid. »Der Chef meint, ihr könntet ein weiteres Paar Augen gebrauchen.«

... weil da jemandem welche fehlen, ergänzte Frank für sich. War die Bemerkung von Astrid jetzt zynisch gemeint? Trotz der Hitze kroch wieder eine Gänsehaut über Franks Unterarme. Er sah die leeren Augenhöhlen von Uwe vor sich. Schwarz und düster, wie ein Tunnel ohne Ausgang. Unheimlich.

Kapitel 11

Samstag, 23. Juli 2022, nach 12.00 Uhr

Wow, was für ein Menschenauflauf, der sich um die Absperrung auf der Grünanlage drängte. Ein Geschiebe wie früher beim Sommerschlussverkauf. Da wollte jeder sein Schnäppchen haben; hier hingegen versuchten die Gaffer, den besten Platz zu ergattern, um nichts zu verpassen. Zum Glück lag diese Wiesenfläche, bestehend aus Rasen, ein paar großen Ahornbäumen, Buschwerk und dem ein oder anderen Mäuerchen mit Skulpturen, ziemlich am Anfang des Grugaparks. Bei dem achtzig Fußballfelder großen Park hätten sie sonst ziemlich lange gehen müssen, da nicht alle Wege mit dem Auto befahrbar waren.

Frank war nur noch gut einhundert Meter von der Absperrung entfernt, als er den Sichtschutz sah, den die Spurensicherung aufgestellt hatte. Als er noch näher kam, bemerkte er, dass das abgesperrte Areal viel zu klein war. Etwa fünf mal fünf Meter groß. Da konnten Neugierige womöglich einen Blick auf das Opfer erhaschen oder Gespräche zwischen ihm und seinen Kollegen belauschen. Das brauchte er nicht.

Er marschierte zu einem der Streifenpolizisten, der etwas abseits stand, und hielt ihm seine Dienstmarke entgegen.

»Die Absperrung muss unbedingt erweitert werden. Mindestens fünf Meter mehr Abstand zur Leiche. Die Gaffer zertrampeln uns sonst noch die Beweise. Haben Sie mich verstanden?«

»Ja, Kommissar Lederer. Wird gemacht.«

Der Uniformierte schnappte sich einen Kollegen und beeilte sich, das Flatterband weiter nach hinten zu versetzen.

Frank begab sich derweil hinter die Absperrung. Astrid und Mo warteten bereits auf ihn. Forensiker wuselten umher und stellten Markierungen für gefundene Spuren auf. Zigarettenstummel, eine plattgetretene Coladose, eine Tageszeitung und ein paar Essensreste. Kleine nummerierte Schildchen markierten den jeweiligen Fundort auf dem Rasen.

Astrid klopfte Frank auf die Schulter.

»Hast du das Schild bei dem Wurstverkäufer gesehen?«

»Äh, nein. Warum fragst du?«, wollte Frank wissen.

Astrid zeigte auf ein handgemaltes Pappschild, das an einem fahrbaren Stand hing. ‚Frische Bratwurst, für den Mordshunger.‘

Frank schüttelte nur den Kopf und trat zusammen mit seinen Kollegen hinter den Sichtschutz.

Der Tote befand sich gleich neben einem Meer aus grünem Buschwerk und blühenden Hortensien. Ein starker blumiger Duft stach Frank in die Nase. Der Leichnam, ein Mann etwa Mitte vierzig, saß an einen großen Ahornbaum gelehnt. Die Hände hingen links und rechts an seinem Körper runter. Ein Buch auf seinem Schoß. Gleich neben seiner Hand lag eine dunkle Sonnenbrille. Sie musste runtergefallen sein und gab nun den Blick auf zwei schwarze Höhlen frei, wo einmal Augen gewesen waren.

Frank schaute in das verstümmelte Antlitz, atmete einmal tief durch und kniete sich direkt neben die Leiche.

Verdammt! Diese lange Narbe direkt unterhalb der Nase kannte er. Gehörte die nicht …? Frank beugte sich weiter vor und starrte ungläubig in das fahle Gesicht des Opfers.

Er war es tatsächlich. Jochen, sein Vermieter und langjähriger Freund. Nur seine leuchtenden Augen waren verschwunden. An ihrer Stelle gab es jetzt zwei dunkle Löcher. Eine gefühlte Ewigkeit starrte Frank in die blutverkrusteten Höhlen. Sein Herz fühlte sich wie ein kalter, schwerer Lehmklumpen an.

»Jochen«, kam es halb erstickt aus Franks Mund. Er hatte einen Kloß im Hals, sodass der Name kehlig klang.

»Etwa der, mit dem du dich gestern am Telefon so gezofft hast?«, fragte Mo sichtlich erstaunt.

Frank nickte nur.

Auf den Anblick der ausgeschälten Augen hatte er sich schon innerlich vorbereitet. Aber seinen Jugendfreund

hier zu finden, war einfach zu viel. Franks Magen wollte rebellieren. Ihm war übel. Um sich nichts anmerken zu lassen, zündete er sich eine Zigarette an.

Astrid wedelte den Qualm von sich und beugte sich über die Leiche.

»Kehle durchgeschnitten … Aber das geschah nicht hier. An der offenen Halswunde befindet sich kaum Blut, genau wie an den Augenrändern. Der Tote wurde hier nur abgelegt.«

Wie hatte der Täter Jochen mit dem Rollstuhl unbemerkt bis zum Park und dann auch noch am Kassenhäuschen vorbei bis zu diesem Platz bekommen? Das waren nochmal gut zwei- bis dreihundert Meter. Eine ganz schön weite Strecke, um eine Leiche zu transportieren. Das war extrem riskant.

Astrid wischte sich den Schweiß von der Stirn und richtete sich wieder auf. Sie fixierte Frank und fragte mit gesenkter Stimme: »Also, du kennst wirklich unsere Leiche hier?«

Frank holte tief Luft.

»Ja, das ist Jochen Westermann, mein Vermieter.«

Frank schaute zu seinem alten Freund, mit dem er gerne noch einmal so wie früher rumgealbert hätte. Das Letzte, was er Jochen an den Kopf geworfen hatte, waren Beschimpfungen. Was für ein dämlicher Streit. Es ging doch nur um ein verstopftes Rohr. Verdammt. Frank hätte sich in den Hintern beißen können, dass er diesen

Konflikt nicht anders geklärt hatte. In Gedanken sah er sich und Jochen als Teenager an ihrem Lieblingsplatz an der Ruhr sitzen und über eine Reise nach Marokko palavern, die sie unbedingt machen würden, sobald sie die Schule beendet hätten. Dieser Abend war grandios gewesen. Fast schon magisch. Sie hatten die ganze Nacht hindurch gequatscht und getrunken. Und wäre Jochens Multiple Sklerose nicht kurze Zeit später ausgebrochen, dann hätten sie die Reise bestimmt unternommen.

Ein Streifenpolizist kam zu ihnen hinter den Sichtschutz und sagte mit gedämpfter Stimme: »Es gibt ein paar Zeugen, die etwas gesehen haben. Die da vorne.«

Er zeigte über den Sichtschutz auf ein Mäuerchen, das einen Teil der großen Wiese abgrenzte. Dort saßen drei Kinder bei einer Polizistin. Sie waren etwa zehn Jahre alt.

»Die haben den Mann heute Morgen gegen neun Uhr dreissig beim Fußballspielen gefunden. Der saß mit seiner Sonnenbrille angelehnt an einen Baum im Schatten, ein Buch auf dem Schoß. Sie sagten, er sah aus, als wäre er beim Lesen eingeschlafen. Der Ball traf ihn am Kopf. Dadurch ist ihm die Brille runtergefallen. Daraufhin haben sie die ausgehöhlten Augen gesehen.«

»Oh Gott«, kommentierte Astrid, »haben Sie schon die Eltern benachrichtigt?«

»Ja, die müssten bald hier sein.«

Na, hoffentlich. Frank war erwachsen und trotzdem stieg immer, wenn er die Augenhöhlen sah, Panik in ihm auf. Wie würden erst die Kinder damit klarkommen?

»Gibt es noch weitere Zeugen, die etwas mitbekommen haben?«, fragte Frank den Streifenpolizisten.

Dieser nickte und deutete auf einen Mann mit Hut, etwa Ende sechzig. Er trug eine dunkle Stoffhose, ein kurzärmeliges, schwarzweiß kariertes Hemd und einen altmodischen braunen Pullunder. Der Mann saß hinter der Absperrung an einem Tisch im Terrassenbereich eines Cafés und unterhielt sich gerade mit einer Frau, die ein Mikrofon in der Hand hielt.

Frank schaute den Uniformierten verärgert an.

»Seit wann lassen wir einen Zeugen allein? Einer von uns Polizisten muss immer beim Zeugen sein. Jetzt quatscht der da vorne womöglich mit jemandem von der Presse. So ein Mist.«

Frank stürmte zu dem Endsechziger. Hoffentlich hatte der nichts Wichtiges ausgeplaudert. Die letzten Meter lief Frank fast blind, da die große Glasfront des Cafés die Sonne so sehr spiegelte, dass er geblendet wurde.

Am Tisch angekommen, erkannte Frank die Frau. Claudia Wohnstetten, Redakteurin der hiesigen Tageszeitung.

»Und können Sie den Täter beschreiben?«, fragte sie soeben.

Frank schnappte sich das Mikro und hielt es mit einer Hand verdeckt.

»Halt. Nicht weiterreden. Sie kommen mit mir.«

Frank berührte den Zeugen an der Schulter, der daraufhin aufstand.

»Frau Wohnstetten, Sie mischen sich gerade in polizeiliche Ermittlungen ein. Das wissen Sie ganz genau. Das Interview ist beendet. Ich möchte Sie bitten, nichts von dem, was dieser Herr …«

»Schminke. Klaus Schminke ist mein Name«, quatschte der ältere Herr dazwischen.

»Danke. Was Herr Schminke gesagt hat, bleibt vorerst unveröffentlicht. Ist das klar?«

»Aber …«, wollte Frau Wohnstetten einwenden.

Frank sah die Reporterin scharf an.

»Lassen Sie uns einen Deal machen. Sie bringen keine Infos von dem Zeugen in der Zeitung, dafür erhalten Sie von mir als Erste Neuigkeiten zu der Mordserie, sobald diese veröffentlicht werden dürfen.«

Täter, die ihre Opfer derart in Szene setzten, waren oft mediengeil. Zu viel Aufmerksamkeit konnte diese Typen anstacheln, weiter zu morden. Das wollte Frank verhindern.

Frau Wohnstetten verzog das Gesicht, nickte dann aber.

»Gut, ich halte die Infos von Herrn Schminke zurück, aber dafür denken Sie bitte daran, mich als Erste zu informieren, wenn es Neuigkeiten in dem Fall gibt, Herr Lederer.«

Frank wandte kurz den Kopf in ihre Richtung und gab ein genervtes ‚Ja‘ von sich, um sich gleich darauf seinem Zeugen zu widmen.

»Wir gehen da rüber.«

Frank wies in Richtung der abgesperrten Wiese. Danach drehte er sich zu Klaus Schminke und schaute ihm direkt ins Gesicht. Wow, war der blass.

»Ich habe doch dem Streifenpolizisten schon alles gesagt. Ich wollte hier nur Vögel beobachten und dann …«

Frank setzte sein freundlichstes Gesicht auf. Er wollte nicht zu verärgert rüberkommen, nur weil Klaus mit der Presse gesprochen hatte. Manche Journalisten wussten ganz genau, wie sie wichtige Personen zum Reden bringen konnten.

Es war notwendig, jetzt das Vertrauen des Zeugen zu gewinnen, damit der sich öffnete und ihm alle Details erzählte. Daher legte Frank dem älteren Mann beruhigend eine Hand auf die Schulter.

»Ich bin Kommissar Frank Lederer und ich benötige Ihre Aussage. Bitte erzählen Sie mir, was Sie heute Morgen alles gesehen und gehört haben. Das ist sehr wichtig.«

»Ich … ähm …«

Erst jetzt fiel Frank auf, dass die Hände des Mannes leicht zitterten. Seine Bewegungen waren fahrig und seine Stimme brüchig. Er hatte offensichtlich noch Angst, panische Angst. Das war ihm nicht zu verdenken. So ein Leichenfund war bestimmt nicht leicht wegzustecken. Frank selbst hatte schon viele Tote gesehen, aber das galt nicht für den Otto-Normal-Bürger.

Frank schaute sich um. Im ersten Moment erkannte er keinen Flecken, an dem sie in Ruhe miteinander reden konnten. Als er seinen Blick den Hügel hinter der großen Wiese hinaufschweifen ließ, konnte er eine flatternde Eis-Fahne sehen. Er erinnerte sich daran, dass dort eine kleine Gastro war.

»Herr Schminke, lassen Sie uns doch zu dem Kiosk da oben gehen. Da sind wir unter uns. Weg von all den Neugierigen und vor allem von dem Toten.«

Klaus Schminke räusperte sich nervös und nickte Frank zu.

»Ja, das wäre wirklich gut.«

Der arme Kerl sah noch ganz mitgenommen aus. Frank legte fast freundschaftlich einen Arm um den Zeugen und schob ihn vorsichtig den kleinen Hügel hinauf. Links von ihnen zeigte sich die Grugatherme mit ihrem eingezäunten Saunabereich. Auf der rechten Seite säumten Büsche und große Ahornbäume die Wiesenfläche.

Sie gingen gut zweihundert Meter über das frische Grün und stiegen anschließend einige Steinstufen hinauf zu einer Terrasse. Dort befanden sich gut ein Dutzend Tische mit Sitzbänken. Ein paar Meter dahinter befand sich der Kiosk. Zum Glück war kaum jemand hier. Die Neugierigen lungerten wohl alle unten auf der großen Wiese herum, um einen Blick auf die Leiche zu erhaschen. Widerlich.

»Wollen Sie etwas trinken?«, fragte Frank.

Klaus sah aus, als würde er jeden Moment zusammenklappen.

»Könnten Sie mir bitte eine Cola bringen? Ich brauche dringend etwas Zucker.«

Oh Mist, hoffentlich kippte der nicht gleich um.

Klaus nahm seinen Hut ab. Eine glänzende Glatze kam zum Vorschein. Er setzte sich an einen schattigen Tisch. Hier standen große Kastanien und eine sauber getrimmte Hecke begrenzte zusätzlich den Sitzbereich. Von dieser Stelle aus konnte man den Tatort nicht einsehen.

Als Frank mit zwei zuckerhaltigen Getränken zurückkam, setzte er sich Klaus gegenüber. Beide Männer nahmen erstmal einen Schluck von ihrem Kaltgetränk.

»Fühlen Sie sich jetzt besser, Herr Schminke?«

Klaus wischte sich mit einem Stofftaschentuch den Schweiß von der Stirn.

»Ja, viel besser.«

Nicht gerade glaubwürdig. Sein ganzer Körper wirkte total verkrampft und sein linkes Bein wippte nervös auf und ab. Frank musste versuchen, den Mann ein wenig zu beruhigen.

»Herr Schminke …« Frank sprach leise und möglichst langsam, fast schon hypnotisch. »Ich habe bemerkt, dass Sie noch ein wenig aufgebracht sind. Daher möchte ich Sie bitten, tief ein- und auszuatmen. Und schließen Sie dabei bitte die Augen. Das wird Sie etwas entspannen und Sie werden sich besser an die Details des Vormittags erinnern. Und haben Sie keine Angst. Ich bin die ganze Zeit bei Ihnen.«

Die Augenlider des Zeugen flackerten, nachdem er sie geschlossen hatte.

Mit sanfter Stimme sprach Frank weiter: »Denken Sie an heute Morgen. Wann genau sind Sie hier angekommen und was haben Sie beobachtet?«

Auf der Stirn von Klaus bildeten sich Falten. Er zog eine Augenbraue hoch.

»Ja, äh. Das war so gegen neun Uhr. Bin direkt zur großen Wiese und habe dort Vögel beobachtet. Also, ich bin Ornithologe.«

Franks Zeuge war also Vogelkundler. Sehr gut. Noch einen glücklichen Moment bei seinem Gegenüber erzeugen, dann konnte die Befragung gut weitergehen.

»Ich möchte Sie bitten, an etwas Wunderschönes zu denken. Vielleicht an Ihren Lieblingsvogel.«

Die Miene von Klaus wurde deutlich geschmeidiger. Ein feines Lächeln zeigte sich.

»Ein Distelfink. Ich kann ihn vor mir sehen.«

»Das ist schön, Herr Schminke. Wenn Ihnen etwas Angst macht, dann denken Sie einfach an den Distelfink. Sein buntes Gefieder und seinen Gesang.«

Klaus wirkte jetzt ruhig und entspannt.

»Sie kamen hier an der Wiese an. Was passierte dann? Schildern Sie es mir bitte.«

Klaus zog seine Stirn kraus.

»Ich sah einen Zaunkönig. Der flog direkt in das Gebüsch hinter dem Toten, der an einem Baum saß. Also, da wusste ich natürlich noch nicht, dass er tot war.«

Klaus kniff seine Augen zusammen, als wolle er auf keinen Fall an diesen Moment erinnert werden.

Frank legte eine Hand auf den Arm von Klaus und sagte in beruhigendem Tonfall: »Sie brauchen keine Angst zu haben. Ich bin bei Ihnen und passe auf Sie auf.«

Das Gesicht des Vogelkundlers entspannte sich wieder.

»Als ich an dem Mann vorbeigehen wollte, kam ein anderer Mann auf mich zu und sprach mich an. Ich hatte gerade mein Aufnahmegerät angestellt, weil ich den Zaunkönig aufzeichnen wollte. Da tauchte der auf. Wie aus dem Nichts. Er hielt mich am Arm fest und sagte, ich solle seinen Onkel nicht aufwecken. Der sei gerade eingeschlafen. Müsste seine müden Augen schonen. Und gelacht hat der, wie eine Hyäne.«

Das musste der Täter gewesen sein. Was für ein dreister Mistkerl, sich bei Klaus richtiggehend aufzudrängen. So etwas war Frank in seiner ganzen Laufbahn noch nicht begegnet. Der hatte echt Eier.

»Hat er noch etwas erzählt? Können Sie mir das genau sagen?«

Klaus öffnete die Augen und kramte in seiner Umhängetasche.

»Sie können sich gern anhören, was er gesagt hat.«

Der Vogelkundler holte ein großes Diktiergerät aus seiner Tasche und stellt es auf den Tisch.

Franks Anspannung wuchs. Gleich würde er den Mann hören, der für Jochens Tod verantwortlich war. Wie feingliedrige Spinnen kroch die Nervosität stückweise unter Franks Haut, von den Fingerspitzen angefangen bis zu seinem Hals, der sich immer enger zusammenzog.

»Einen Moment.«

Klaus drückte auf den Wiedergabeknopf. Ein leichtes Rascheln, dann ein Klackern. Klaus hatte das Aufnahmegerät wohl unruhig in der Hand gehalten. Franks Aufregung steigerte sich. Er hielt kurz die Luft an. Und dann hörte er ihn. Den Täter.

»Seien Sie bitte leise.«

Frank lief es eiskalt den Rücken runter. Die Stimme des Fremden klang ungewöhnlich fröhlich. Außerdem sehr ruhig, fast schon tiefenentspannt. Hatte der Scheißkerl Freude an dem Spiel?

»Mein Onkel ist gerade eingeschlafen. Er hatte eine sehr anstrengende Nacht und muss jetzt seine Augen ein wenig schonen.«

Du verdammte Drecksau, wetterte Frank gedanklich. Seine Nackenhärchen stellten sich auf. In ihm brauste ein Tornado aus Wut und Hass.

Dann erklang die Stimme von Klaus. Wispernd und sehr dezent.

»Natürlich, ich werde ganz leise sein und Ihren …«

»… Onkel. Mein Onkel JOCHEN braucht Ruhe. Ich gehe noch kurz rüber ins Restaurant und hole ihm einen Kaffee. Falls er die Augen aufmacht, dann teilen Sie ihm bitte mit, dass ich gleich wieder da bin.«

Was für ein teuflisches Spiel. Hatte dieser Höllenhund einen solchen Hass auf Jochen, dass er ihn sogar verhöhnte?

Klaus drückte auf die Stopp-Taste an seinem Aufnahmegerät.

»Hat … Hat der wirklich den Mann umgebracht?«, fragte er und seine Hände begannen erneut zu zittern.

Er nahm einen großen Schluck Cola.

Frank antwortete mit sanfter Stimme: »Ja, das hat er vermutlich. Aber wir werden ihn erwischen und einsperren.«

Frank wollte selbstsicher klingen. Hoffentlich kam es bei Klaus auch so an. Er wollte seinem Zeugen die Angst nehmen, schließlich hatte der den Täter gesehen.

»Wie genau sah denn der Fremde aus?«, fragte Frank.

»Also, er trug ein Basecap, eine Sonnenbrille, ein dunkelgrünes Shirt und eine Jeans. Sein Gesicht konnte ich wegen der Kappe und der Brille nicht so gut erkennen. Es war schmal, mit einer geraden Nase … Wie bei Ihnen, glaub ich.« Klaus schaute nachdenklich zur Seite. »Hm, wenn ich so drüber nachdenke … Ja, der sah tatsächlich aus wie Sie.«

Frank war irritiert. *Als ob ich heute Morgen vor der Arbeit noch flott meinen Freund umgebracht und hier abgeladen hätte,* dachte er für einen Moment erschüttert. *So ein Blödsinn.* Er war gar nicht in der Nähe von Jochens Haus oder dem Grugapark gewesen. Frank erinnerte sich noch an den schmierigen Typen, der auf der Rubensstraße plötzlich an der roten Ampel neben seinem Dienstwagen gestanden und seine Windschutzscheibe geputzt hatte. Ach nee, das war gestern gewesen. Schon verrückt, was für Streiche das eigene Gehirn einem manchmal spielte.

»Aber Sie kamen mir sowieso von Anfang an so bekannt vor. Komisch«, redete Klaus weiter. Er strich mit einer Hand über sein Kinn und ergänzte: »Ah, ja, jetzt fällt es mir wieder ein, woher ich Sie kenne. Hab Sie schon des Öfteren im Fernsehen gesehen. Bei Pressekonferenzen. Zuletzt bei der Sondersendung wegen dieser Wasserleiche aus dem Baldeneysee. Ich verfolge die Fälle in Essen ganz genau. Will doch wissen, was in meiner Stadt vorgeht. Und Sie sehe ich immer besonders gerne, weil Sie nicht so verknöchert sind wie die anderen Polizisten, sondern auch gelegentlich was Privates von sich preisgeben.«

Frank war erleichtert. Ein Trugbild also! So etwas hatte er in seiner langjährigen Laufbahn schon ein paar Mal erlebt. Wenn man eine Person relativ oft sah und dann jemand anderen beschreiben sollte, konnte es sein, dass das vertraute Gesicht das andere überlagerte. So war es scheinbar auch Klaus ergangen, als er den Täter gesehen hatte. Der Vogelkundler hatte wohl ein großes Interesse an allem, was in seiner Heimatstadt passierte, und Franks

Gesicht wurde oftmals lange und ausführlich im Fernsehen gezeigt. Emil hatte wohl doch recht und Frank sollte seine Medienpräsenz etwas einschränken.

Frank musste grinsen.

»Nun ja, ich freue mich, dass Sie meine Fälle so genau verfolgen. Aber nun zurück zu dem heutigen Tag. Was haben Sie gemacht, nachdem der Fremde gegangen war?«

Klaus kniff seine Augen fest zusammen.

»Ich blieb lange neben dem Toten stehen. Ein paar Kinder spielten in der Nähe Fußball. Die kamen immer näher und waren total laut. Ich wollte ihnen gerade zurufen, dass sie gefälligst vorsichtig sein sollen. Da schoss einer von ihnen den Ball genau an den Kopf des Toten. Die Brille flog runter … Ich hab mich total erschrocken, als ich gesehen habe … Na ja, bin dann rüber zum Café und hab die Polizei angerufen.«

Der letzte Satz schien dem Vogelkundler echt schwer gefallen zu sein.

Frank notierte die Aussage von Klaus, lehnte sich zurück, kramte seine Zigarettenschachtel aus seiner Hemdtasche und bot Klaus eine Fluppe an. Der lehnte dankend ab.

Frank zündete sich selbst einen Glimmstängel an und sagte: »Wir haben jetzt dank Ihnen eine Beschreibung des Täters und können sogar die Stimme abgleichen. Daher benötigen wir noch Ihr Aufnahmegerät, damit wir die Stimme des Täters einem Phonetiker vorspielen können. Der kann uns vielleicht weiterhelfen.«

Frank beteuerte noch, dass Klaus sein Aufnahmegerät so schnell wie möglich zurückbekommen würde, und verabschiedete sich von seinem Zeugen. Auf dem Rückweg zum Ablageort der Leiche hielt er auf einer der Stufen mitten auf der Steintreppe inne.

Er war ein paar hundert Meter vom Fundort entfernt und konnte erkennen, dass der Platz gut einsehbar war. Der Täter hatte offenbar die Öffentlichkeit gesucht. Er wollte wohl zeigen, dass er am helllichten Tag eine Leiche inmitten eines belebten Parks ablegen konnte, ohne erwischt zu werden. Warum fühlte der sich nur so sicher?

Ob die Experten etwas mit der Stimme des Täters anfangen konnten?

Frank zog noch einmal an seiner Zigarette und ging über die Wiese zurück zu dem abgesperrten Ablageort. Dort traf er Mo und Astrid.

Mo berichtete: »Die Jungs konnten nichts Wesentliches beitragen, da sie den Täter nicht gesehen haben. Sie haben nur die Leiche gefunden. Aber Max, unser Pathologe, konnte sich auf einen ungefähren Todeszeitpunkt festlegen. Er meinte, er läge zwischen Mitternacht und drei Uhr. Nach der Obduktion weiß er mehr.«

»Hat Max sonst noch was herausgefunden?«

»Er bestätigte, dass Jochen woanders umgebracht wurde.«

»Wir sollten bei Jochen zu Hause nachschauen. Ich denke, dass er dort umgekommen sein könnte«, erklärte Frank.

Er wusste, dass Jochen durch seine Multiple Sklerose kaum noch das Haus verließ. Jochen hatte sich immer mehr zurückgezogen und wie ein Eremit gelebt.

Frank erzählte den beiden noch, was er von dem Vogelkundler erfahren hatte, und übergab das Aufnahmegerät einem Techniker der Spurensicherung. Er war jetzt richtig in Fahrt, selbstsicher wie schon lange nicht mehr.

Abschließend sagte er: »Mo, du kommst mit mir. Astrid, würdest du bitte zu André und Sascha fahren. Wir brauchen von den beiden noch genaue Informationen, wo sie in der letzten Nacht gewesen sind. Einer von ihnen könnte der Täter sein.«

»Oder Luigi. Der könnte ein Auftragskiller sein und sowohl Uwe als auch Jochen umgebracht haben«, kommentierte Mo.

»Ja, aber den müssen wir erstmal finden«, erklärte Frank.

Luigi machte den Fall noch mysteriöser, als er ohnehin schon war. Dieses Ausschälen der Augen war für einen Auftragskiller sehr ungewöhnlich. Ein solcher Täter blieb normalerweise lieber unauffällig im Hintergrund. Aber möglicherweise war das seine Signatur. So konnte er dem Auftraggeber beweisen, dass er selbst diesen Mord begangen hatte.

Fünfzehn Minuten später kamen Frank und Mo im Villenviertel in Essen-Bredeney an. Die Straßen waren fast menschenleer. Nur eine ältere Dame, die ihren Pekinesen Gassi führte, stolzierte über den Bürgersteig. Vom Gehweg aus konnten sie die Eingangstür von Jochens freistehendem Einfamilienhaus sehen. Sie wirkte verschlossen.

Frank betrat den Vorgarten des Hauses, gefolgt von Mo. Schritt für Schritt näherten sie sich auf dem schmalen gepflasterten Weg der Vordertür, vorbei an einer gestutzten Ligusterhecke, bis sie den Eingangsbereich erreichten. Frank stellte sich vor die Haustür und drückte sanft mit einer Hand gegen den Türknauf. Verschlossen. Also war die Tür nicht aufgebrochen worden. Mo hielt sich schräg hinter ihm, die Dienstwaffe im Anschlag. Er spähte in alle Richtungen wie ein Adler, der seine Beute suchte. Eigentlich war es unwahrscheinlich, dass der Täter hierher zurückgekehrt war. Aber dieser Mörder war unberechenbar. Zuerst die perfektionistische Inszenierung bei Uwes Tod und nun hatte der Täter sogar den Kontakt mit dem Vogelkundler im Grugapark gesucht. Bei alldem musste der Mörder doch immerzu damit rechnen, erwischt zu werden. War er wirklich so größenwahnsinnig, dass er glaubte, mit allem durchzukommen?

»Lass uns auf der Rückseite nachsehen«, wisperte Frank, »vielleicht gibt es dort Spuren.«

Frank zwängte sich über einen Pfad, der sich zwischen Rhododendronbüschen hindurchschlängelte. Mo folgte ihm. Durch die Hitze der letzten Wochen waren viele Blätter vertrocknet und zu Boden gefallen. Es raschelte und knackte, als sich die Kommissare durchs Gebüsch arbeiteten. Der hintere Teil des Gartens war der reinste Dschungel. Hier hatte lange keiner mehr die Büsche beschnitten und den Rasen gemäht.

Als sie endlich vor der Verandatür aus Glas standen, zückte auch Frank seine Waffe. Mo zeigte auf ein klaffendes Loch in der Verandatür. Vorsichtig drückte er die Klinke hinunter und öffnete die Tür. Innen lagen einige Scherben. Schweiß lief Frank in seinen Kragen und seine Nackenhärchen stellten sich auf. Was würde er gleich vorfinden?

Frank und Mo betraten das Haus. Wow. Was für ein großer Wintergarten! Mitten im Raum standen zwei Zitrusbäumchen. Von der Decke hingen an langen Juteseilen Blumenampeln in unterschiedlicher Größe. In einigen davon blühten exotische Orchideen. In einer Ecke befand sich ein kleiner Tisch mit einem Korbsessel. Darauf lag ein Bildband über die schönsten Orte der Welt. Der Anblick stimmte Frank traurig. Jochen wäre wohl gerne aus seiner Wohnung rausgekommen und hätte andere Länder erkundet.

Mo öffnete eine angrenzende Schiebetür einen Spaltbreit und lugte hindurch.

»Alles klar. Wir können gehen«, flüsterte er.

Die Tür quietschte, als Mo sie weiter aufdrückte, sodass sie den Blick auf den nächsten Raum freigab. Blumentöpfe, Blumenerde und eine Gießkanne standen an einer

Wand. Frank lief voraus und leuchtete mit seiner Handytaschenlampe ins Dunkle hinein.

Als sie am Ende des Raumes ankamen, knarzte die Tür, die direkt vor ihnen war. Dann öffnete sie sich einen Spaltbreit.

Frank fasste seine Waffe fester und zielte in Kopfhöhe auf die kleine Öffnung. Die Tür bewegte sich wieder und wurde noch etwas weiter geöffnet.

»Wer ist da? Hier ist die Polizei. Geben Sie sich zu erkennen!«, rief Frank.

Mit einem lauten Maunzen schnellte eine Katze auf sie zu.

»Verdammt«, entfuhr es Mo.

Frank war kurz zusammengezuckt.

Eine Mieze! Echt jetzt? Voll das Klischee. Das war ja wie in einem schlechten Krimi, wo ein solches Tier für den passenden Schreckmoment sorgte.

Frank senkte seine Pistole. Der Stubentiger strich um Franks Beine und schnurrte. Der freute sich wohl, dass endlich wieder jemand da war.

Frank stieß die Tür ganz auf, suchte den Lichtschalter und schaltete das Deckenlicht an. Wenn wirklich jemand außer ihnen im Haus war, dann wusste der jetzt ohnehin über ihre Anwesenheit Bescheid, nachdem Frank lautstark den Polizisten hatte raushängen lassen.

»Sieh.«

Mo war an Frank vorbeigelaufen und hatte den Blick auf den Boden gerichtet.

»Ist das Blut?«

Frank kniete sich hin und tippte mit einem Finger auf die rotgefärbten Katzenspuren. Aber die waren angetrocknet. Ein mulmiges Gefühl machte sich in seiner Magengrube breit.

»Ich weiß es nicht. Folgen wir den Spuren«, antwortete Frank mit zittriger Stimme.

Sie gingen durch den schmalen Flur und folgten den roten Tapsen. Die Katze rannte in die gleiche Richtung, drückte mit ihrem Kopf eine Schwingtür auf und verschwand im Raum dahinter. Mo nickte Frank zu, dann öffnete er die Schwingtür, duckte sich und huschte hindurch.

»Sauber!«, rief er Frank zu.

Die Ermittler untereinander kannten den Ausdruck ‚sauber‘ und wussten, dass dann keine Gefahr durch Fremdeinwirkung bestand.

Frank folgte und blieb neben Mo stehen. Definitiv die Küche. Er sah zwei Stühle und einen gedeckten Tisch mit zwei Tellern, auf denen gebratene Forellen lagen. Daneben befanden sich zwei halbvolle Rotweingläser. Ein Arrangement für zwei Personen. Hatte das Jochen so angeordnet? Nein, wohl eher der Täter. Jochen war kein Rotweintrinker. Er hatte eine Histamin-Allergie. Frank konnte sich noch gut an den Tag erinnern, als Jochen das erste Mal die allergische Reaktion hatte. Sie saßen mit einer Flasche Rotwein an der Ruhr. Nachdem sie die

Flasche geleert hatten, hatte Jochen Magenkrämpfe bekommen und sich total zugeschissen. Später, beim Arzt, hatte sein Freund einen Allergietest gemacht, der seine Histamin-Allergie bestätigte. Seitdem hatte er nie wieder Rotwein getrunken.

Der eigentliche Blickfang war jedoch gut einen halben Meter breit und befand sich unterhalb des Tisches. Blut. Ein See aus Blut war dort zu sehen. Die Katze musste mehrmals hindurchgelaufen sein. Auch auf dem Tisch und an den Wänden war alles vollgespritzt mit dem roten Lebenssaft. Frank erkannte, dass sich Blut unter dem Geschirr befand. Also hatte der Täter den Tisch erst nach der Tat gedeckt. Selbst an der Decke gab es einen breiten Blutspritzer-Streifen. Frank wurde kalt und heiß zugleich. In seinem Mund sammelte sich bitterer Gallengeschmack. Warum nahm ihn dieser Tatort nur so mit? Er hatte definitiv schon Schlimmeres gesehen. Lag es daran, dass der Tote sein Jugendfreund Jochen war? Oder verfolgten ihn die leeren Augenhöhlen der beiden Leichen? Was es auch war, er musste sich jetzt zusammenreißen.

»Hier wurde Jochen umgebracht. Verdammt«, murmelte Frank laut vor sich hin. »Mo, ruf doch bitte die Forensik an. Die sollen so schnell wie möglich herkommen.«

Während Mo den Anruf erledigte, zog sich Frank ungelenk Einweghandschuhe über. Er wollte den Tatort nicht verunreinigen. Dabei sagte er: »Wir sollten noch die anderen Räume durchsuchen und danach den Technikern das Feld überlassen.«

Er wollte schon weitergehen, als er bemerkte, dass Mo, der sein Telefonat inzwischen beendet hatte, wie angewurzelt vor dem Tisch stand.

»Was ist los?«, fragte Frank.

»Hast du das gesehen?«

Frank trat näher an den Küchentisch – und erstarrte. Makaber. Was hatte der Täter sich dabei gedacht? Dort, wo bei einer der Forellen die Augen saßen, befanden sich jetzt die Augen von Jochen. Vollkommen intakt. Aufgeklebt oder aufgenäht? Das war nicht ersichtlich. Franks Magen rebellierte. Wieder hatte er das Gefühl, sich übergeben zu müssen. Auch seine Beine waren wie Pudding. Was für ein Albtraum.

»Dieses Schwein.«

Frank drehte seinen Kopf ein wenig zur Seite. Mo sollte nicht sehen, was mit ihm los war. Womöglich würde Frank noch eine Träne verlieren. Nein, das wollte er auf keinen Fall. Er räusperte sich.

»Wir sollten jetzt in die anderen Räume und schauen, was wir da noch finden.«

Mo klopfte Frank leicht auf die Schulter.

»Das machen wir so. Bin gespannt, was für Überraschungen uns noch erwarten.«

Frank atmete einmal tief durch. Gut, dass Mo kein Wort über Jochens Augen verlor.

Frank folgte Mo, der ein paar Schritte vor ihm lief. Das Wohnzimmer sah chaotisch aus. Es war total vollgestopft. Gelsenkirchener Barock in Essen-Bredeney. Sehr große Schränke, ein kaputtes Sideboard, ein höhenverstellbarer Vollholz-Tisch, ein überdimensionaler Flachbild-Fernseher mit einem Sprung auf dem Glas und jede Menge Kisten. Ein kleiner Pfad, der gerade genug Platz für Jochens alten Rolli bot, schlängelte sich zu einer abgewetzten Couch. Was sich wohl in den Kartons befand?

Mo ging zu der braunen Ledercouch.

»Hier befinden sich keine Pfotenabdrücke von der Katze und keine sichtbaren Spuren vom Täter«, erklärte Mo.

»Lass uns den nächsten Raum inspizieren«, drängelte Frank.

Im Untergeschoss gab es keine weiteren Zimmer. Daher begaben sie sich an den unteren Treppenabsatz, der in die oberen Gemächer führte.

»Siehst du das?«

Frank zeigte auf den Sitz des Treppenlifters. Alles blutverschmiert. Mo kniete sich direkt davor und nickte. Es gab auch wieder rote Katzenspuren auf der Treppe.

Vorsichtig stiegen die beiden Ermittler die Stufen hinauf, immer darauf bedacht, keine Spuren zu zerstören. Oben sichteten sie das Schlafzimmer. Ein Chaos aus zerknüllter alter Bettwäsche und offenen Schränken, als hätte jemand etwas gesucht. Auf dem Bett befanden sich die blutigen Kleidungsstücke von Jochen. Eine

Jeans, ein grünes T-Shirt und weiße Feinripp-Unterwäsche.

Als Mo die Tür zu dem anderen Raum auf dieser Etage, dem Badezimmer, aufdrückte, schnürte sich Franks Hals zusammen. Auch hier war alles voller Blut. Die alte Emaille-Badewanne, die grünen Blumen-Wandkacheln und der braune Fliesenfußboden. Dazwischen wieder Katzenspuren. Tarantino hätte seine wahre Freude an dieser Szenerie gehabt. Frank schwitzte wie ein Schwein. Lag es an der extremen Hitze hier im Raum oder daran, dass sein Puls raste?

Mo trat vorsichtig hinter Frank in die Nasszelle und ging zur Toilette. Direkt daneben lag ein Stapel nasser, blutiger Handtücher. Mit seinem Kugelschreiber hob er eines hoch.

»Ich vermute, dass der Täter Jochen ausgezogen und ihn in der Wanne gewaschen hat. Das würde erklären, warum so wenig Blut am Fundort im Grugapark war.«

Mo hatte recht. Der Täter musste Jochen hier im Haus überwältigt haben. Er hatte ihm auf dem Küchenstuhl die Kehle durchgeschnitten, ihm die Augen entfernt und ihn ausbluten lassen. Währenddessen hatte er ein Essen zubereitet. Eine Forelle für Jochen, eine für den Täter. Doch was sollten Jochens Augen auf der einen Forelle? War das eine Botschaft? Oder bloß ein diabolischer Scherz, mit dem sich der Mörder die Wartezeit vertrieben hatte? Frank hatte noch keine Ahnung. Sicher war nur, dass der Täter sich sehr viel Zeit genommen hatte. Anschließend hatte er hier in den oberen Räumlichkeiten Jochen so hergerichtet, dass er ihn mit dem Rolli zum Grugapark fahren konnte. Ganz schön kaltschnäuzig, dieser Kerl.

»Warum hat der Täter diesen Aufwand betrieben?«, fragte Frank. »Er hätte Jochen doch einfach in der Küche liegen lassen können, nachdem er ihn getötet hatte. Irgendwas will uns der Mörder sagen. Aber was?«

Mo hatte sich Frank zugewendet und schaute ihn mit zusammengekniffenen Augen an.

»Ja, das glaube ich auch. Aber lassen wir die Forensiker mal arbeiten. Vielleicht finden die einen Hinweis, der uns jetzt noch fehlt.«

Mit diesen Worten ging Mo aus dem Bad auf die Treppe zu. Frank stand noch kurz im Türrahmen des Badezimmers.

Warum gerade Jochen und warum der Grugapark? Wusste der Täter, dass Jochen früher sehr gerne da hingegangen war? Manchmal auch mit Frank.

Frank fühlte einen dicken Knoten in seinem Bauch. Was für ein scheiß Streit. Er hätte am liebsten lauthals gebrüllt. Jetzt konnte er sich für diesen blöden Disput nicht einmal entschuldigen. So wollte Frank sich nicht von seinem Jugendfreund verabschieden.

Er wusste, dass er es nicht wieder gutmachen konnte. Nicht einmal, indem er den Täter schnappte. Aber das würde er trotzdem für Jochen tun.

Kapitel 12

»Deshalb wollte ich, dass André und Sascha zur Gegenüberstellung hierbleiben«, erklärte Astrid. »Alle beide waren damit einverstanden. Ohne Gemurre. Jetzt warte ich nur noch auf Klaus Schminke, den Vogelkundler, unseren Zeugen.«

Frank und Mo saßen mit ihr zusammen im Konferenzraum des Polizeipräsidiums. Hinter einer großen Glasscheibe war in einem kleinen Raum André zu sehen, der nervös auf und ab lief. Sein karges Reich beinhaltete einen Tisch und drei Stühle. An der Decke hingen zwei Lautsprecher. Hellgraue Wände, ein dunkelgrauer Steinfußboden und eine grelle Neonbeleuchtung luden nicht gerade zum Verweilen ein. André selbst konnte von seiner Seite aus nicht zu ihnen hineinschauen, sondern nur einen Spiegel wahrnehmen. Dieser Trickspiegel wurde für Gegenüberstellungen genutzt. Außerdem fanden hier gelegentlich Befragungen statt, wenn gerade kein freies Büro zur Verfügung stand.

Astrid war wirklich klasse. Sie hatte es geschafft, sowohl André als auch Sascha zum Präsidium zu bekommen. André hatte auf die Frage, wo er letzte Nacht gewesen sei, geantwortet, er hätte zu Hause im Bett gelegen. Seine Frau könne das bezeugen. Sascha hingegen behauptete, er sei mit seinem Auto ziellos durch Essen gefahren, nachdem er seine Frau im Krankenhaus besucht hatte. Ganz allein. Stundenlang. Beiden Alibis traute Frank nicht.

Er sah wieder zu André, der ein weiteres Mal den Tisch umrundete. Sein Gesicht wirkte verkrampft, seine Augen waren nur noch Schlitze und sein Kiefer mahlte unaufhörlich.

»Was hatte denn der Vogelkundler gesagt, wann er kommen wollte?«, fragte Frank.

»Er müsste jeden Moment hier auftauchen«, antwortete Astrid.

Mo meldete sich jetzt ebenfalls zu Wort: »Wo ist denn unser anderer Verdächtiger, Sascha?«

»Der sitzt in eurem Büro. Raul ist bei ihm und hält ihn bei Laune, bis der Ornithologe kommt.«

Frank tippte nervös auf das Gehäuse seiner Armbanduhr. Albern, als ob dadurch die Zeit bis zum Eintreffen des Zeugen schneller vergehen würde! Mo lief in Richtung Tür, kam aber wieder zurück. Astrid saß mit übereinandergeschlagenen Beinen auf einem der Bürostühle. Sie schien die einzige Coole in dieser Runde zu sein.

Frank lehnte sich mit dem Rücken an die Wand und starrte zu Boden.

»Gut, dass Raul auf Sascha achtet«, sagte er, weil die erwartungsvolle, angespannte Stille nicht auszuhalten war.

172

»Ich finde Saschas Alibi nicht stichhaltig.«

Dieser Typ war durchweg suspekt. Saschas Aussagen, wo er zum Zeitpunkt des Mordes an Uwe und Jochen gewesen war, waren zwar glaubwürdig, aber kaum überprüfbar. Die Nachtschwester, die endlich aus ihrem Liebesnest aufgetaucht war, konnte nur bezeugen, dass Sascha am Abend des Mordes an Uwe das Krankenhaus um zweiundzwanzig Uhr betreten hatte. Aber wie lange er geblieben war, wusste sie nicht. Gut möglich, dass er sich schon bald in die Viktoria Klause verdrückt hatte, um Uwe abzufangen. Und jetzt diese einsame Nachtfahrt. Sascha könnte also hinter beiden Morden stecken.

»Du hast recht«, kommentierte Mo, »wir sollten uns unbedingt näher mit Sascha beschäftigen. Vor allem interessiert es mich, was er mit Luigi zu tun hat.«

Frank strich sich über eine Augenbraue.

»Ja, genau. Aber wie kommen wir an Luigi ran?«

Die Fahndung trat auf der Stelle. Paolo, der Wirt der Pizzeria Mario, hatte sich zwar zweimal gemeldet, als er Luigi in der Nähe der Pizzeria gesehen hatte, aber jedes Mal war die Polizei zu spät gekommen. Ob Luigi vielleicht in diesem Viertel in Altenessen wohnte?

Mo grinste breit.

»Dazu hab ich mir vorhin auf der Fahrt zum Präsidium was überlegt. Luigi ist doch Stammgast in dieser Pizzeria. Wir könnten den Wirt bitten, einen Aushang zu machen, die Pizzeria hätte ein Jubiläum zu feiern. Zu

Ehren der Großmutter Loretta würden darum alle Gäste der Pizzeria, deren Vorname mit einem ‚L' beginnt, eine Gratis-Pizza bekommen. Sie müssten nur am Freitag zwischen sechzehn und zwanzig Uhr persönlich in der Pizzeria Mario auftauchen. Und wenn Luigi sich zeigt, um seine Pizza abzuholen, sind wir schon da und schnappen uns den Typ.«

»Du glaubst, dass das klappt?«, fragte Frank.

»Ich hoffe es.«

Frank legte den Kopf schief. Auf seinen Unterarmen stellten sich feine Härchen auf. Er war gespannt, ob der Plan funktionierte und sie Luigi so erwischen konnten.

»Okay. Ruf du nachher den Wirt an und frag ihn, ob er mitmacht. Ich sage Emil Bescheid, was wir vorhaben.«

Frank hatte gerade den Telefonhörer in die Hand genommen, um seinen Vorgesetzten zu informieren, als es an der Tür klopfte. Im nächsten Moment wurde die Tür des Konferenzraumes geöffnet. Franks Adrenalinpegel schnellte in die Höhe.

Ein Uniformierter steckte den Kopf durch den schmalen Türspalt.

»Ich habe hier einen Klaus Schminke für euch. Er ist für eine Gegenüberstellung gekommen.«

Mo zog rasch den Vorhang an der Glasscheibe zu. Der Blick ins benachbarte Zimmer zu André wurde dadurch verdeckt.

Der Vogelkundler betrat den Konferenzraum und schaute sich um.

»Wow, das ist ja richtig modern hier. Wo soll ich denn gleich hin und wie läuft das alles ab?«

Frank trat auf ihn zu. Klaus sah jetzt entspannter aus als heute Mittag. Das war gut so.

»Schön, dass Sie uns helfen wollen. Sie werden sich gleich vier Personen ansehen und mir dann sagen, ob Sie den Mann wiedererkennen, der heute Morgen mit Ihnen gesprochen hat.«

Klaus trat von einem auf das andere Bein. Also war er wohl doch nervöser, als Frank zunächst angenommen hatte.

Frank sprach beruhigend auf ihn ein: »Sie brauchen keine Angst zu haben. Sie schauen sich die Männer durch eine Glasfront an. Die Personen in dem anderen Raum können Sie hingegen nicht sehen.«

Astrid und Mo verließen wortlos das Zimmer, um Sascha und zwei Polizeikollegen in Zivil dazuzuholen. Die beiden Letzteren waren für eine adäquate Gegenüberstellung notwendig.

»Möchten Sie ein Glas Wasser haben?«, fragte Frank.

Klaus, dem die Schweißperlen vom Kopf rannen, bejahte.

Hinter dem Vorhang klopfte es an der Glasscheibe. Das Zeichen, dass alles für den Augenzeugen bereit war.

Frank legte eine Hand auf Klaus Schulter.

»Wir fangen jetzt an. Und keine Angst. Keiner kann Sie hier sehen.«

Frank zog den Vorhang zur Seite. Im Raum zeigten sich vier Personen, die große Zahlentafeln von eins bis vier vor sich hielten. Frank beobachtete Klaus hochkonzentriert. Wie würde er reagieren?

Jeder der vier Männer trug eine dunkle Kappe und eine Sonnenbrille. Einer nach dem anderen musste vortreten, die Kappe und die Sonnenbrille abnehmen und den Satz, den Klaus aufgenommen hatte, sagen.

Nummer eins hielt das Schild vor sich und sprach die Worte. Klaus legte den Kopf schief und auf seiner Stirn kräuselten sich ein paar Falten. Bei Nummer zwei entspannte sich sein Gesichtsausdruck, wohingegen er bei dem dritten Kandidaten wieder ernster aussah. Nummer vier ließ ihn sichtbar kalt. Das Ganze dauerte kaum zwei Minuten.

»Haben Sie den Mann von heute Morgen wiedererkannt?«, fragte Frank.

Klaus Schminke runzelte die Stirn. Er wiegte den Kopf hin und her.

»Ich bin mir nicht ganz sicher. Es könnte Nummer eins sein … oder Nummer drei. Vielleicht.«

Der eine war Sascha, der andere Franks Kollege Henry aus dem Raubdezernat. Also kein unzweifelhafter Treffer. Das reichte leider nicht, um Sascha einzubuchten. Wäre auch zu schön gewesen.

»Was ist mit Nummer zwei und vier?«, wollte Frank wissen.

»Die Stimme von Nummer zwei ist viel zu hoch und Nummer vier ist ja ein Riese. Nein, so groß war der Mörder nicht. Ganz bestimmt.«

Na gut. Damit war André entlastet. Frank hatte es schon vermutet, nachdem der Vogelkundler nicht von einem extrem großen Täter gesprochen hatte. Wie schade, dass sie Luigi nicht in Gewahrsam hatten.

Herr Schminke blickte noch einmal zu den Verdächtigen und drehte sich dann zu Frank. Seine Augen leuchteten, als er fröhlich verkündete: »Also, wenn ich ganz ehrlich sein soll … Sie haben noch immer die größte Ähnlichkeit mit dem Mann von heute Morgen.«

Mist. Die Leute sollten weniger fernsehen … oder ich seltener vor eine Kamera treten, dachte Frank zerknirscht. Es half alles nichts. Er musste erstmal alle gehen lassen. Klaus hatte niemanden wirklich eindeutig erkannt.

Frank bedankte sich bei seinem Zeugen und entließ ihn. Er wollte sich keinesfalls anmerken lassen, dass er total enttäuscht war.

Er schlurfte durch den Konferenzraum hinaus auf den Gang, um den Gegenüberstellungsraum zu betreten.

»Meine Herren. Wir sind fertig.«

Einer der beiden Polizisten nahm die Schilder mit den Nummerierungen entgegen und brachte sie raus. Der andere Zivilbeamte folgte. Frank stellte sich vor André und

Sascha, die sich der Kappe und der Sonnenbrille entledigten und sie Mo in die Hand drückten, der sich soeben dazugesellt hatte.

»Ich möchte mich noch einmal herzlich für Ihr Entgegenkommen und Ihre Bereitschaft zur Gegenüberstellung bedanken und mich für die Unannehmlichkeiten entschuldigen. Sie können jetzt gehen«, sagte Frank.

André reichte beiden Kommissaren die Hand, wohingegen Sascha nur einen abwertenden Blick für Frank und Mo übrig hatte.

»Ich freue mich, dass ich helfen konnte. Aber können Sie mir bitte sagen, was die Gegenüberstellung ergeben hat?«, fragte André.

Frank zog die Augenbrauen hoch.

»Ein Zeuge hatte den Täter heute Morgen gesehen, aber der hatte keinerlei Ähnlichkeit mit Ihnen.«

André wirkte erfreut und erleichtert zugleich.

»Also bin ich nachweislich kein Mörder. Super! Das werde ich heute Abend mit meinen Freunden begießen. Jetzt wünsche ich Ihnen noch viel Glück bei der Suche nach dem echten Täter.«

André klopfte Frank auf die Schulter und entfernte sich. Sascha folgte ihm wortlos.

»Wie machen wir jetzt weiter?«, fragte Mo, als er und Frank wieder in ihrem Büro waren. Mo saß breitbeinig

auf seinem Stuhl, während sich Frank auf der Tischkarte niederließ. Er war erschöpft und enttäuscht zugleich.

Noch ehe Frank antworten konnte, ertönte der Klingelton seines Handys. Er zog es aus der Hosentasche. Auf dem Display sah er Friederikes Namen. Na, die hatte ihm gerade noch gefehlt. Frank stöhnte kurz auf, nahm dann aber das Gespräch entgegen.

»Hallo Friederike, was gibt es?«

Er hatte eigentlich überhaupt keine Lust, mit ihr zu telefonieren.

»Frank, du hast mir auf den Anrufbeantworter gesprochen, dass du mit mir über die Indienreise von Mathias reden willst. Können wir gern machen.«

Jetzt? Frank schloss kurz die Augen und legte den Kopf in den Nacken. Er wollte nicht. Nicht heute. Der Tod von Jochen setzte ihm zu, als hätte er einen Pfeil in seinem Herzen stecken.

»Hast du mich gehört?«, fragte Friederike überdeutlich.

»Ja, hab ich. Du bist ja nicht zu überhören.«

Verdammt. So scharf wollte Frank nicht antworten. Sie würde bestimmt wieder eingeschnappt reagieren.

Tatsächlich: »Das ist mal wieder typisch für dich«, giftete sie. »Du pennst am Telefon ein und wenn ich dich darauf hinweise, bist du gleich knatschig. Was ist nun mit Mathias?«

Frank schluckte ein paar pampige Gedanken runter und rollte nur mit den Augen.

»Heute passt es mir nicht so gut. Wollen wir das Gespräch nicht am Sonntag …?«

Friederike brauste auf: »So nicht. Erst soll ich dich unbedingt zurückrufen, und wenn ich endlich Zeit gefunden habe, dann kanzelst du mich ab.«

»Beruhige dich bitte. Ich wollte doch nur einen Termin mit dir ausmachen, damit wir uns in Ruhe zusammensetzen und das Problem mit den Zuschüssen für Mathias Indienreise besprechen können.«

»Also bin ich wieder die Schuldige?«, geiferte Friederike.

Frank stöhnte gedanklich auf.

»Nein, so hab ich das nicht gemeint. Ich wollte nur, dass wir uns Zeit nehmen, um eine gemeinsame Lösung für das Problem zu finden. Da wäre es besser, sich Aug in Aug gegenüberzusitzen. Was meinst du?«

Friederike ließ erneut eine Schimpftirade auf Frank los, beruhigte sich aber, nachdem er sie eindringlich beschwor, es jetzt gut sein zu lassen. Es ginge doch um ihren gemeinsamen Sohn. Frank nutzte die Chance, um das Gespräch schnell zu beenden, und einigte sich mit ihr auf ein Treffen am nächsten Sonntag, zwanzig Uhr, bei ihr zu Hause.

Als er aufgelegt hatte, musste er kurz durchatmen.

Mo räusperte sich.

»Deine Ex-Frau?«

Frank zog einen Mundwinkel nach oben.

»Ja. Sie will einfach nicht … Ach, egal.«

»Hmm, es geht um eine Indienreise von eurem Sohn? Verstehe ich das richtig?«

»Ja, genau. Und Friederike stellt sich jetzt quer.«

Mo wiegte den Kopf hin und her.

»Was genau ist dabei ihr Problem?«

»Sie wollte einen Teil der Reise finanzieren, genau wie ich. Jetzt hat sie sich umentschieden.«

Frank erklärte, warum sie nicht zahlen wollte und auch, wie ungemein wichtig Mathias diese Reise war.

Mo nickte.

»Die Möglichkeit für eine solche Reise gibt es nicht allzu oft. Ich finde auch, dass dein Sohn diese Chance bekommen sollte. Er tritt doch einige Monate danach seine erste Arbeitsstelle an, richtig? Ab da kann er sich so ausgedehnte Touren vermutlich knicken.«

Frank war baff. Es war einige Tage her, dass er gegenüber Mo fallengelassen hatte, dass Mathias bald seine Ausbildung beginnen würde. Wieso hatte Mo sich das bloß gemerkt? Seltsam. Doch darüber wollte Frank sich jetzt keinen Kopf machen. Er fühlte sich einfach nur matt und leer.

Mo erhob sich, ging um den Schreibtisch herum, setzte sich zu Frank auf die Tischplatte und legte ihm eine Hand auf die Schulter.

»Ich glaube, es geht dir heute wirklich nicht gut, Frank. Kann ich dir vielleicht helfen?«

Frank schluckte einen dicken Kloß hinunter.

»Ich verstehe nicht ganz …«

Mo blieb ungerührt neben Frank sitzen.

»Du hast heute einen guten Freund verloren. Noch dazu, nachdem du vor ein paar Tagen mit ihm gestritten hast. Da wäre es doch möglich, dass du …«

Frank schüttelte den Kopf.

»Nein, da ist alles okay. Aber danke. Ich werde gleich nach Hause fahren. Bin heute total fertig.«

Das fehlte Frank jetzt noch, dass er bei seinem Kollegen einen Seelenstriptease machen musste. Frank fühlte sich eh schon mies. Jochen war tot und Friederike wollte ihm die Hölle heißmachen. Das war für einen Tag mehr als genug.

Mo löste seine Hand von Franks Schulter und ging zur Bürotür. Dabei drehte er sich noch einmal zu Frank und sagte: »Vielleicht können wir ein andermal ein Bier trinken gehen.«

Marco hätte Frank in solch einer Situation ebenfalls auf ein Kaltschalengetränk eingeladen. War das der Moment, den Frank befürchtet und insgeheim erhofft hatte? Der alte Freund war endgültig tot und der Neue trat an seine Stelle.

»Das können wir gerne machen. Ich wünsche dir eine gute Nacht.«

Einen Moment später hatte Mo das Büro verlassen.

Kapitel 13

»Frank, lassen Sie bitte die Augen geschlossen.«

Die Stimme des Psychotherapeuten klang sanft und liebevoll.

Frank hatte wieder eine Sitzung bei Hieronymus. Der Doc hatte anfänglich versucht, etwas über Franks Empfindungen zu Jochens Tod herauszubekommen, aber Frank wollte nicht über seinen alten Schulfreund reden. Nicht jetzt. Hieronymus hatte Verständnis dafür. Dieses Thema würde er bei einer der nächsten Therapiestunden mit Frank angehen, wenn der sich dazu bereit fühlte.

Stattdessen wollte der Doc heute noch einmal in Franks Vergangenheit eintauchen, um dort einen Ansatz für Franks Erblindungsangst zu finden.

Konnte das wirklich klappen? Frank lag jetzt schon seit ein paar Minuten mit geschlossenen Augen auf der Couch. Hieronymus wollte austesten, ob er über die olfaktorische Wahrnehmung, also die Riechwahrnehmung, bei Frank verschollene Kindheitserinnerungen nach oben spülen konnte. Frank hatte dem Doc einmal erzählt, dass er sich an den Geruch seiner leiblichen Mutter erinnerte. Ein starker Lavendelduft. Darum hielt der Psycho-Doc

Frank ein Lavendelsäckchen vor die Nase und fragte mit ruhiger, fast schon hypnotischer Stimme: »Können Sie sich erinnern? An Ihre Mutter?«

Frank nahm den Duft von Lavendel tief in sich auf. Auf seinen Unterarmen zeigte sich Gänsehaut. Auf seiner Stirn bildeten sich große Falten. Er versuchte mit aller Macht, ein Bild seiner Mutter vor sich auftauchen zu lassen, aber es gelang ihm nicht. Stattdessen sah er eine verängstigte Frau. Tränen im verschmierten Gesicht. Zerrissenes Kleid, zerzauste Haare. Dann dieser Obdachlose. Schiefe schwarze Zähne, schmuddelige Kleidung. Er war jünger, als er aussah. Gerade mal fünfundvierzig. Es war Jahre her. Er war kaum fünf Meter entfernt gewesen, als ein Mann eine junge Frau zwischen dichten Rhododendronbüschen vergewaltigte. Aber sein Alkoholpegel und das Misstrauen gegenüber anderen Menschen ließen ihn fast katatonisch in seinem Nachtlager unter einer Plane verharren. Frank hatte ihn als Zeuge aufgespürt, doch seine Angst hatte seine Erinnerung blockiert. Aber mithilfe des Geruchs von Rhododendronblüten holte Frank einige wichtige Details zurück. Toll, dass der Obdachlose sich wieder an die Narbe des Täters erinnern konnte. Das war der Schlüssel gewesen, um den Vergewaltiger zu überführen.

Frank schluckte schwer. Er wollte sich jetzt nicht durch vergangene Verbrechen ablenken lassen. Nein. Er brauchte die volle Konzentration für die Sitzung bei Hieronymus.

Frank drängte den alten Fall in die hinterste Ecke seines Gehirns und erklärte: »Es tut mir leid, Doc, aber das funktioniert bei mir nicht. Wahrscheinlich, weil ich diese Methode kenne. Ich habe sie selbst schon das ein oder andere Mal bei Befragungen angewandt.«

Hieronymus, der Frank gegenübersaß, rückte seine Brille zurecht und stand auf. Er lief auf ein gut gefülltes Regal zu. In den oberen Reihen standen einige Bücher von Jung, Freud und anderen vermutlich wichtigen Menschen, die Frank nicht kannte. Im Regalfach darunter befanden sich ein paar Puppen, ein großes Duplo-Auto und Lego-Figuren.

»Ich kann Sie verstehen. Auch ein Therapeut hat manchmal Schwierigkeiten, eine ihm bekannte Therapieform anzunehmen.

Und da wir hier nicht weiterkommen, würde ich gerne eine andere Methode bei Ihnen ausprobieren.«

Frank beobachtete verwirrt, wie Hieronymus ein paar Lego-Figuren aus dem Regal zog und vor ihm auf den Tisch legte. Was sollte er denn damit? Er war doch kein Kindergartenkind mehr. Das ging jetzt aber wirklich zu weit.

Frank wollte schon protestieren, als Hieronymus erklärte: »Das mag etwas kindisch für Sie wirken, aber nehmen Sie mal an, dass jede dieser Figuren für eine reale Person steht. Vater, Mutter, Onkel, Tante und natürlich auch Sie als Kind. Wenn Sie können, dann spielen Sie eine Situation nach, die Ihnen einfällt. Irgendeine.«

»Aber …« Frank grübelte.

Er fühlte sich unsicher. Ihm war diese Aufgabe unendlich peinlich. Frank schüttelte den Kopf. Er nahm eine der Figuren in die Hand. Den Bauarbeiter. Das war doch lächerlich. Was sollte er denn damit machen? Er drehte das Männchen zwischen seinen Fingern und schaute es sich ganz genau an.

Hieronymus legte den Kopf schief.

»Wollen Sie auch einen Tee? Ich mache mir einen Grüntee mit Zitrone. Der belebt so schön.«

Wenn schon, dann Kaffee und nicht Tee.

»Nein, ich würde lieber …« Frank stockte. Eine Thermoskanne Kaffee und ein Picknickkorb. Er sah beides vor sich. Das war der Tag …

»Doch, ich nehme einen Tee.«

Hieronymus stand auf, nahm zwei Tassen aus dem Regal und gab jeweils einen Teebeutel in eines der Gefäße. Dann schaltete er den Wasserkocher, der auf einer Anrichte stand, an. Kaum zwei Minuten später standen auf dem Tisch zwei dampfende Teetassen.

»Ich sehe, Sie waren fleißig. Sehr schön.«

Hieronymus nickte Frank zu und lächelte dabei spitzbübisch.

War diese Teezeremonie eine Ablenkung gewesen?

Frank hatte in der Zwischenzeit drei Figuren vor sich drapiert. Ihre Beine waren abgeknickt. Zwei saßen nebeneinander, eine dahinter.

»Was genau zeigt diese Aufteilung der Figuren und wer sind die drei?«, fragte Hieronymus.

Frank zeigte zuerst auf den Bauarbeiter mit dem roten Helm.

»Das ist mein Vater und gleich daneben, der Mann mit der Kochmütze, das ist meine Mutter. Sie hatte die Frikadellen für den Ausflug gemacht.«

Geschafft. Frank war stolz, dass er sich überwunden hatte.

Hieronymus nippte am Tee.

»Und diese kleine Figur, wer ist das?«

Frank nahm die Kinder-Lego-Figur hoch und drehte sie versonnen zwischen seinen Fingern. Ein Junge mit braunem Haar, einem roten Pulli und einem dümmlichen Grinsen. *Hoffentlich habe ich als Kind nicht genauso blöd geguckt,* schoss es Frank kurz durch den Kopf.

»Das bin ich. Ich habe mich daran erinnert, wie wir zusammen in einen Tierpark gefahren sind. In dem großen weißen Opel.«

Ein wohliges Gefühl breitete sich jetzt in seiner Magengrube aus und der Druck, der in seinem Inneren lastete, löste sich langsam auf.

Frank setzte das Püppchen zurück. Er berichtete, wie aufgeregt er gewesen war, als sein Papa den Picknickkorb in den Kofferraum gestellt hatte. Er hatte rumgezappelt und war von einem auf das andere Bein gesprungen.

»Das ist gut, spielen Sie mit den Püppchen nach, was Sie erlebt haben. Und wenn Sie können, dann erklären Sie es mir.«

Etwas verlegen schnappte sich Frank die Figürchen und schob sie mit angedeuteten Brummgeräuschen über den Tisch. War das zu kindisch? Doch mit Hieronymus an der Seite fühlte Frank sich geborgen. Sein Doc war in den letzten Monaten für Frank ein Sicherheitsnetz geworden, wenn er auf seinem Gefühls-Trapez balancierte. Und bei dem Gedanken an den Familienausflug machte sein Herz Freudensprünge. Er hatte seine Eltern geliebt.

Gedankenverloren griff er noch eine von den kleinen Figuren, drehte sie zwischen Zeige- und Mittelfinger, schaute sie kurz an und legte sie danach vorsichtig zur Seite.

»Wir sind gefahren. Die Fahrt war lang.«

Frank schob die drei Figuren in Richtung seiner Untertasse. Er erklärte, dass dies der Parkeingang wäre.

»Während der Fahrt hat jemand gejammert. Aber vielleicht war ich das auch selbst«, teilte Frank mit.

»Was hat denn diese Person gesagt?«, fragte Hieronymus interessiert.

»Sowas wie: Anhalten, muss kotzen.«

Frank kratzte sich am Hinterkopf. Zigarettenrauch. Sein Vater rauchte während der Fahrt im Auto.

»Und wer hat das gesagt? Sehen Sie noch jemanden, der neben Ihnen gesessen haben könnte?«

Frank schaute zu Boden. Er suchte in seinen Erinnerungen krampfhaft nach einer weiteren Person. Da war ein Junge. Braunes, strubbeliges Haar, wie bei ihm selbst. Vornübergebeugt, blasses Gesicht, eine Hand auf den Mund gepresst. Franks Magen rumorte.

»Ich glaube, dass ich das war. Ich sehe mich noch im Autofenster. Also, mein Spiegelbild.«

Hieronymus legte den Kopf leicht schief.

»Sehr gut, Frank. Wie ging es weiter?«

Frank drapierte Tassen, Untertassen, Teelöffel und sein Handy. Das waren die Gehege. Es roch streng und die Sonne kitzelte auf der Haut. Er schob die Figuren zur ersten Tasse. Dort hatte Frank einen großen Bussard in einem Käfig gesehen. Während er alles kommentierte, ließ er die kleine Familie bis zu seinem Handy weitergehen. An der Stelle wäre ein großer Zaun gewesen. Frank lächelte, als er die Kinderfigur in die Hand nahm. Er erinnerte sich an einen riesigen Bison, der an dem Gatter aufgetaucht war.

»Mein Vater musste mich auf den Arm nehmen, weil ich dachte, dass der große Hund mich fressen will. Er hat mich getröstet und mir erklärt, dass dieses Tier ein Bison und noch dazu ganz lieb sei. Ich hatte geweint und mir in die Hose gemacht. Gut, dass meine Mutter eine Ersatzhose dabeihatte.«

Frank fiel noch ein, dass irgendwo im Tierpark ein paar Märchenfiguren gestanden hatten, aber das war es dann mit seinen Erinnerungen. Er spürte jetzt ein warmes Gefühl, das sich in ihm ausbreitete. Seine Eltern hatten ihn geliebt und er liebte sie noch heute. Er hatte das Bedürfnis, mal wieder ihr Grab zu besuchen.

Hieronymus lehnte sich zurück und lächelte Frank an.

»So, die Zeit ist um, aber ich denke, dass wir für heute viel erreicht haben. Sie hatten doch vorhin erwähnt, dass Sie morgen Abend bei Ihren Pflegeeltern sind. Fragen Sie die beiden doch mal, ob sie wissen, woher Ihre Erblindungsangst kommen könnte. Und selbst wenn nicht … Vielleicht können sie Ihnen ein paar Anekdoten aus Ihrer Kindheit erzählen oder haben noch Kinderfotos von Ihnen. Die könnten ebenfalls Erinnerungen wecken.«

Frank war verunsichert. Was sollte das bringen? Alte Fotos hatte Frank schon mehr als genug in der Hand gehabt, auch von seinen leiblichen Eltern, aber dadurch waren bisher keine neuen Erinnerungen aufgekommen. Seine Adoptiveltern hatten nie ein Geheimnis aus Franks Vergangenheit gemacht und ganz offen mit ihm über alles gesprochen.

Frank stand bedächtig auf und gab Hieronymus zum Abschied die Hand.

»Das kann ich machen. Ich bin gespannt, ob mein Hirn noch etwas Neues preisgibt. Dann bis nächste Woche zur gleichen Zeit, Doc.«

Vor Hieronymus Haustür zündete sich Frank eine Zigarette an. Er lehnte sich mit dem Rücken an die Back-

steinmauer, schloss die Augen und blies den Rauch langsam aus. Glücksgefühle übermannten ihn. Der Termin bei Hieronymus hatte heute einiges nach oben gebracht. Hirsche, Bisons, Märchenfiguren. Es war schön, in den Erinnerungen zu schwelgen, aber war es auch hilfreich, um die Gründe für seine Augenangst zu finden? Oder stagnierten die genauso wie der Fall um den Augenschäler selbst? Die Forensik hatte zwar sowohl am Tatort als auch am Ablageort Unmengen von Spuren gefunden. Fasern, Haare, Blut. Aber kein einziges verwertbares Indiz, das auf den Täter hindeutete. Wie konnte es sein, dass der Typ nicht mal ein einziges Haar hinterlassen hatte? Nur eines von Frank hatte die Spurensicherung gefunden. Auf dem Fisch. Na toll. Frank war total enttäuscht. Beim Blut gab es auch keine Überraschungen. Blutgruppe null negativ. Das war die von Jochen gewesen. Es wäre aber auch zu schön, wenn der Täter sich selbst verletzt und dadurch einen Hinweis hinterlassen hätte. Auch der forensische Linguist Professor Herscheid von der Uni Trier hatte seinen Bericht abgegeben. Keine sprachlichen Auffälligkeiten und ein leichter, kaum wahrnehmbarer Ruhrgebietsdialekt waren das Ergebnis. Verdammt. Frank hatte sich mehr erhofft. Jetzt war er gespannt, ob zumindest der Plan, Luigi zu fassen, gelingen würde.

Frank schnippte seine Zigarette in einen Gully und begab sich zu seinem Wagen, um ins Präsidium zu fahren.

Kapitel 14

Frank parkte seinen Wagen auf der frisch gefegten betonierten Einfahrt direkt vor der Garage seiner Eltern.
Ob er heute etwas Neues über seine leiblichen Eltern
erfahren würde? Elisabeth und Alfons, seine Adoptiveltern, hatten ihm zwar schon vor vielen Jahren ein paar
Geschichten aus seiner frühesten Kindheit erzählt. Allerdings hatte davon nichts mit seiner Erblindungsangst
zu tun.

Frank stieg aus seinem Wagen und lief über den gepflasterten Weg durch den Vorgarten. Hier auf dem Unterlehberg, dieser kleinen Seitenstraße in Essen-Kettwig,
sahen alle Häuschen ziemlich gleich aus. Die reinste Vorstadtidylle. Heute könnte er sich gar nicht mehr vorstellen,
in einem solchen Dorf zu leben. Er war jetzt Großstädter durch und durch. Für ihn war eine gute Infrastruktur
wichtig. Er liebte die große Auswahl an Lebensmittelläden, die fußläufig zu erreichende Lieblingskneipe, den
Arzt um die Ecke und das vielfältige Kulturangebot.

Frank begrüßte seine Mutter, die ihm einen Schmatzer auf die Wange gab. Sein Vater klopfte ihm zur Begrüßung auf die Schulter. Gemeinsam gingen sie ins

Wohnzimmer. Dort dröhnte »Highway to Hell« von AC/
DC, einer der Lieblingsbands seiner Eltern. Bis heute
hielten sie an ihrem Musikgeschmack aus den Siebzigern und den dazugehörigen Bands fest. Das war toll.
Sogar Franks Schulkameraden waren damals neidisch gewesen. Ihre eigenen Eltern hörten oft Schlager, die von
Frank hingegen Rockbands wie Status Quo, Kiss, Smokie
oder eben AC/DC. Auch die Aufmachung seiner Eltern
passte in die Siebziger. Bis heute trugen sie Schlaghosen,
flattrige Hemden und graue lange Haare. Seine Mutter
hatte sie im Zopf gebändigt, während sein Vater nur
ein Haargummi nutzte. Witzig, dass das Wohnzimmer
so einen krassen Gegensatz zu seinen hippen Eltern
bildete. Es stand voll mit biederen, wuchtigen Möbeln.
Eiche-Schrankwände, ein gekachelter Wohnzimmertisch
und klobige Sitzmöbel.

Franks Vater schlurfte zu dem kleinen Beistelltisch
neben der Stehlampe. Frank setzte sich auf die Couch,
während seine Mutter zur Küche ging, um ein paar Getränke zu holen. Alkoholfreie Biere und Wasser.

Frank sah sich seinen Vater genauer an, der sehr langsam ein paar Zeitschriften wegräumte.

Der war früher viel flinker und geschmeidiger, dachte Frank.
Ihm fiel auch auf, dass sein Vater wohl abgenommen hatte. Er war doch hoffentlich nicht krank?

Mit einem theatralischen »Ach herrje« ließ sich Alfons
neben Frank auf der Couch nieder.

»Ich freu mich immer, wenn du uns besuchst. Und dann gleich zweimal innerhalb von zwei Wochen.«

Frank erschrak. Was redete der? Zuletzt war Frank vor fünf Wochen bei seinen Eltern gewesen. Sie hatten den Geburtstag seiner Mutter gefeiert. Konnte es sein, dass sein Vater eine beginnende Demenz hatte? Hoffentlich nicht. Oder war Frank doch erst kürzlich zu seinen Eltern gefahren? Hatte er einen erneuten Blackout gehabt und konnte sich nicht erinnern, dass er hier gewesen war? Was könnte er noch alles getan haben, ohne es zu wissen? Vielleicht sogar einen Mord? Eine Gänsehaut überzog Franks Unterarme.

»Ja, ich freu mich auch, wieder hier zu sein. Ihr habt mir halt gefehlt. Warte kurz. Ich hole uns beiden das Bier.«

Frank schnellte vom Sitz auf und trabte zur Küche, wo ihm seine Mutter mit zwei Bierflaschen entgegenkam.

»Die nehme ich gleich mit, und …«, Frank stockte beim Weiterreden, »… vielleicht kann ich dich was fragen?«

Seine Mutter übergab ihm die zwei Hopfengetränke.

»Was willst du wissen?«

»Kann es sein, dass Vater … Wie soll ich sagen … etwas tüddelig wird?«

Das Wort Demenz wollte Frank auf keinen Fall aussprechen. Das klang so hart. Außerdem wollte sich Frank nicht in etwas hineinsteigern, solange noch gar nichts bewiesen war.

Die Mutter zog die Augenbrauen hoch.

»Warum willst du das wissen?«

War das jetzt wirklich wichtig? Machte sich Frank hier zum Narren, wenn er seine Mutter nach Vaters Geisteszustand befragte? Egal.

»Ach, er wirkt etwas zerstreut.«

Just in dem Augenblick erscholl ein Ruf aus dem Nebenraum: »Wo bleibt denn das Bier?«

»Ich bring es gleich!«, rief Frank zurück und trat aus der Küche. Seine Mutter folgte ihm.

Frank stellte eine der gut gekühlten Bierflaschen vor seinem Vater ab und pflanzte sich neben ihn auf die Couch. Seine Mutter hatte sich ein Glas Wasser mitgenommen und setzte sich in den Sessel.

Sein Vater beugte sich leicht zur Seite und drückte den Schalter an der Stehlampe. Die Glühbirne flackerte kurz auf und erlosch sofort. Seine Mutter stand auf und schaltete die Deckenleuchte ein. Dabei murmelte sie: »Die Glühbirne ist doch neu. Vielleicht ist es der Schalter oder ein Wackelkontakt am Stecker. Ich repariere kurz die Lampe.«

Sie holte ein paar Kleinigkeiten aus der angrenzenden Kammer und beugte sich kopfschüttelnd über das Kabel der Stehlampe. Gleichzeitig fragte sie: »Sag mal, Frank, wie läuft es eigentlich bei der Arbeit? Hast du wieder einen spannenden Fall?«

Er überlegte kurz, ob er ihr etwas über den aktuellen Fall erzählen sollte, und entschied sich dafür. Er

musste ja nicht alle Details ausplaudern. Die Morde und Mordopfer konnte er anreißen oder überspringen. Er wollte nicht, dass seine Eltern sich Sorgen um ihn machten, wenn sie wüssten, wie viel Grauen er zu sehen bekam. Darum erzählte er, dass heute Morgen Paolo, der Wirt der Pizzeria Mario, angerufen hatte. Er hatte Luigi vor seiner Pizzeria getroffen und der hatte ihm gesagt, dass er sich am Freitag eine Gratispizza abholen würde. Leider war Luigi zu schnell wieder weg, sonst hätten Frank und Mo ihn vielleicht sogar schon heute geschnappt.

Während Frank redete, hockte seine Mutter im Schneidersitz über dem Kabel und brummte gelegentlich zustimmend. Seine Eltern fanden es toll, dass die Falle dennoch am Freitag zuschnappen würde. Derweil wechselte seine Mutter den sichtlich angekokelten Stecker der Stehlampe aus, stand auf und schaltete die Lampe ein. Sie funktionierte wieder. Als gelernte Elektrikerin war ein kaputter Stecker für sie ein Klacks. Sein Vater hatte noch ein »Toll, Junge« für ihn auf der Pfanne, nachdem er immer wieder gezielt nachgehakt hatte, wer Luigi wäre und wie Frank auf ihn als Tatverdächtigen aufmerksam geworden war. Was für ein gewiefter Kerl sein Vater doch war. Er hatte Frank ganz schön ins Schwitzen gebracht. Eigentlich hatte er gar nicht so viele Details über den Fall preisgeben wollen.

Zugleich war Frank begeistert, dass seine Adoptiveltern Anteil an seinem Leben nahmen. Ob jetzt der richtige Zeitpunkt für Hieronymus Aufgabe war?

»Ich habe noch eine Bitte an euch«, begann Frank. »Mein Therapeut möchte, dass ich mit euch über meine Kindheit bei meinen leiblichen Eltern rede. Es geht um meine Erblindungsangst. Der Doc meinte, dass die Ursache in meiner frühesten Kindheit liegen könnte.«

Obwohl er wusste, wie offen er mit ihnen über seine Therapie reden konnte, fiel es ihm unglaublich schwer. Er hatte einen Kloß im Hals und musste sich räuspern, ehe er fragte: »Habt ihr Fotos aus der Zeit, bevor ich zu euch kam? Welche, die ich noch nicht kenne?«

Seine Mutter kratzte sich an der Stirn.

»Wir haben dir, glaube ich, schon alles erzählt. Aber wir können uns nochmals das Fotoalbum vornehmen. Vielleicht fällt uns dann etwas zu dem ein oder anderen Bild ein.«

Sein Vater stand auf, schlich zum Schrank und kramte ein großes dunkelbraunes Lederbuch hervor.

»Also gut, suchen wir nach Spuren, damit der Tatort in deinem Kopf Klarheit bekommt.«

Frank musste grinsen. Wie schlagfertig sein Vater doch war! Von wegen Demenz. Davon gab es bei ihm überhaupt keine Anzeichen. Das war ihm schon die ganze Zeit über aufgefallen. Seinem Vater war nichts entgangen. Das einzige Manko war seine nachlassende Beweglichkeit. Aber ... Frank stockte der Atem. Hieß das, dass Frank tatsächlich Blackouts gehabt hatte? Konnte es sein, dass er Morde beging, ohne etwas davon zu wissen? Frank wurde übel. Ihm war, als hätte er Wackersteine im Magen. Seine Hände begannen zu zittern. Nein, er wollte sich jetzt nichts anmerken lassen. Auf keinen Fall sollten seine Eltern merken, wie er sich fühlte. Er atmete tief durch.

Alle drei rückten auf der Couch zusammen, um in das Fotoalbum zu schauen. Sie blätterten durch das Album. Die Zeitreise verlief umgekehrt, denn Franks Vater hatte hinten mit dem Blättern begonnen. Seine Eltern schmunzelten bei einem Foto, auf dem Frank als Vierjähriger mit zusammengekniffenen Augen im Meer stand. Er hatte eine kleine Welle ins Gesicht bekommen. Seine Mutter zog eine Grimasse. So hätte Frank ausgesehen, verkündete sie unter Kichern und prustete dann lauthals los. Er hätte so gern mitgelacht, aber sein Magen war viel zu verknotet. In ihm tobte immer noch die Angst, dass er mal Jekyll und mal Hyde sein könnte. Sein Vater klopfte ihm lachend auf die Rücken. Frank versuchte sich an einem verkniffenen Lächeln, während sein Vater weiterblätterte.

Als Frank seine leiblichen Eltern auf einem Foto sah, spürte er, wie sein Herz schneller schlug. Wehmut überkam ihn, obwohl er fast nichts mehr über sie wusste. Auf der nächsten Aufnahme erkannte er sich selbst als kleinen Jungen. Er saß in einer Scheune, hielt ein Kätzchen auf dem Schoß und wirkte glücklich.

Das Bild hatte er früher schon gesehen und dennoch kroch ein mulmiges Gefühl durch seinen Körper und hinterließ Gänsehaut auf seinen Unterarmen. Ein Name drängte sich in sein Bewusstsein. Pinkie. Genau, so hieß die Katze. Seine Mieze. Er hatte sie geliebt.

Er schaute noch eine Weile das Foto an, als müsste es ihm den Schlüssel zu einer wichtigen Erinnerung geben. Aber nichts passierte. Also blätterte er weiter, in der Hoffnung, auf der nächsten Seite eine neue Erkenntnis zu bekommen. Da war das Gehöft zu sehen, auf dem er damals mit seinen leiblichen Eltern in Heiligenhaus in der Nähe von Essen gewohnt hatte. Also nichts Neues. Als Jugendlicher war er einmal mit seinen Adoptiveltern daran vorbeigefahren. Und später, als Erwachsener, war er erneut dagewesen. Als er Anfang zwanzig war, hatte er an einem Fall mitgearbeitet, bei dem eine Mutter ihren leiblichen Sohn suchte. Daraufhin wollte er mehr über seine eigenen leiblichen Eltern in Erfahrung bringen. Wer sie waren und wo sie mit ihm gewohnt hatten. Doch der Besuch auf dem Gehöft war nicht so spannend gewesen, wie er es erwartet hatte. Zu diesem Zeitpunkt lebte dort ein Bauernpaar. Die hatten ihm nichts über seine leiblichen Eltern erzählen können. Ob er mal wieder hinfahren sollte? Es könnte neue Erinnerungen freisetzen.

Frank ging mit seinen Adoptiveltern noch weitere Fotos durch und hörte sich die Geschichten dazu an. Langsam fühlte er sich wohler. Sein anfängliches Unbehagen löste sich auf und er schwelgte mit ihnen in alten Anekdoten. Es war mittlerweile ein Uhr nachts.

Seine Mutter stand auf und gähnte herzhaft.

»Ich glaube, ich muss ins Bett, Frank.«

Auch sein Vater saß etwas zusammengekrümmt auf der Couch. Ja, es war wirklich spät. Frank klopfte seinem Vater auf die Schulter und drückte seine Mutter. Sie gab ihm einen Kuss und schenkte ihm ein müdes Lächeln, als er ging.

»Und beim nächsten Mal kannst du mir alles über deinen Täter erzählen, wenn du ihn geschnappt hast.«

Aber erst muss ich ihn kriegen, dachte Frank. Anschließend fuhr er mit seinem Auto davon.

An einem Parkplatz etwas außerhalb von Essen-Kettwig hielt er an und stieg aus. In seinem Kopf ging es noch immer drunter und drüber. Er wollte sein inneres Chaos erst beruhigen, bevor er weiterfuhr. Was für ein Abend. Sein Vater war offensichtlich nicht dement. Schön zu wissen, dass der alte Mann ihn noch lange wiedererkennen würde. Aber was bedeutete das für Frank? War er vor knapp zwei Wochen doch bei seinen Eltern gewesen und vielleicht noch ein paar Mal woanders, ohne es zu wissen? Konnte es wirklich sein, dass er ein Mörder war? Einer, der nicht wusste, was er tat?

Und was war mit Pinkie? Wieso hatte er seine Katze vergessen?

Die Nacht war schwülwarm und dennoch kroch Kälte von seinen Füßen hoch.

Frank kramte seine Zigarettenschachtel raus und steckte sich eine Zigarette an. Er wollte jetzt nur noch rauchen und den bitteren Geschmack überdecken.

Kapitel 15
Freitag, 29. Juli 2022, 16.30 Uhr

»Meinst du wirklich, dass er so blöd ist und hierher kommt?«, fragte Mo.

Frank saß ihm gegenüber an einem gedeckten Tisch in der Pizzeria Mario. Weiße Stofftischdecken, eine Kerze, zwei Getränke und ein paar Pizzabrötchen auf kleinen Tellern. Der Laden hatte trotzdem etwas von einer Mafiakaschemme. Er war durch die wenigen Buntglasfenster recht duster und hatte einige uneinsehbare Nischen. Darin hätten sich durchaus Al Capone und seine Handlanger verstecken können.

Frank knabberte an einem Pizzabrötchen. Er war gespannt wie eine Sprungfeder. Für Frank könnte sich heute alles ändern, wenn sie Luigi festnehmen und als Täter überführen könnten. Dann wären die Blackouts definitiv nur seine eigenen Hirngespinste gewesen, von denen er sich endlich verabschieden könnte. Sein rechtes Bein zitterte unruhig.

»Ich denke schon, dass er auftaucht. Zumindest hat er es gegenüber Paolo angekündigt.«

Mo blickte an Frank vorbei zum Eingang und nahm einen Schluck von seinem Eistee.

»Die Frage ist allerdings, wann? Der Laden hat bis Mitternacht auf. Das kann also noch Stunden dauern.«

Mo hatte recht. Sie mussten wohl oder übel warten.

Frank kratzte sich am Hinterkopf. Was, wenn Luigi nicht kam? Oder wenn er doch nichts mit dem Fall zu tun hatte? Ach, er musste einfach der Richtige sein.

Franks Blase drückte. Er stand auf.

»Bin gleich wieder da. Muss eben zur Toilette.«

»Schon wieder?«

Frank antwortete seinem Kollegen nicht und ging zum dritten Mal innerhalb einer Stunde in die Kachelabteilung des Restaurants. Was er jetzt nicht brauchte, waren blöde Sprüche von Mo. Ihm war bewusst, dass er einen starken Harndrang hatte. Diese verdammte Ungewissheit. Kurz vor dem Klo schaltete er das Mikro aus. Schließlich mussten Astrid und Raul nicht mitbekommen, wie er pinkelte. Sie saßen draußen im Van als Rückendeckung.

Nach ein paar Minuten war er zurück und setzte sich wieder zu Mo an den Tisch. Gerade als er das Mikro einschalten wollte, fiel ihm das entgangene Gespräch mit Mo wieder ein. Ob er jetzt mit ihm über den Fall Anna und die klägliche Zeugenbefragung von Mo sprechen sollte? Schließlich konnte es ja noch Stunden dauern, bis Luigi erschien. Aber wie würde Mo reagieren? Vielleicht verärgert? War es denn wirklich so wichtig? Frank kniff seine Augenbrauen zusammen. Doch, er wollte mit Mo reden. Es sollte nichts mehr zwischen ihnen stehen.

Er schluckte einen Kloß hinunter und setzte an: »Ich habe vor ein paar Tagen mit dir ein Gespräch führen wollen.«

Frank räusperte sich verlegen. Was für ein blöder erster Satz. Das war ja, als würde ein Teenager sein erstes Date klarmachen wollen. Peinlich.

Mo starrte ihn an. Frank versuchte es erneut.

»Also, wir haben einen schweren Start gehabt. Zumindest, was unsere Zusammenarbeit betrifft.«

Mo schüttelte den Kopf.

»Ich fand, wir waren bisher ein tolles Team. Worum genau geht es?«

Frank atmete tief ein und beugte sich etwas vor.

»Ich meine die Zeugin in unserem allerersten Fall, dem Fall Anna.«

Frank wischte sich den Schweiß von der Stirn.

Mo setzte sich aufrecht hin.

»Ich hab die Alte damals falsch eingeschätzt und habe voreilige Schlüsse gezogen. Du hast recht. Ich hätte die Sache mit mehr Bedacht angehen sollen. Aber ich wollte dir einfach zeigen, was ich draufhabe, und naja …«

Mo druckste herum und erklärte dann, dass er am Anfang versucht hatte, Marco zu ersetzen. Schließlich hatten ihm Franks Kollegen erzählt, wie eng die Beziehung zwischen Marco und Frank gewesen war. Und Mo wollte für Frank ein ebenso guter Partner werden.

»Beim nächsten Mal wird es besser«, stellte Mo fest.

Frank lächelte.

204

»Du bist nicht der Einzige, der Fehler gemacht hat. Ich habe dich auch immer wieder mit Marco verglichen und dir damit wohl das Leben schwer gemacht. Sorry.«

Bei Mo zeigten sich ein paar Lachfältchen. »Danke«, sagte er erleichtert.

Frank schaltete das Mikro wieder ein. Ihm fielen Wackersteine vom Herzen. Vielleicht konnten sie beide tatsächlich gute Freunde werden. Frank wollte gerade fragen, ob Mo in den nächsten Tagen ein Bier mit ihm trinken gehen wollte, da knarzte der Ohrsender.

»Aufgepasst, da kommt jemand in die Pizzeria. Der könnte unser Mann sein.«

Frank gab Mo ein Zeichen, indem er mit dem Kopf in Richtung Tür nickte.

»Achtung.«

Mo versteckte sein Gesicht hinter der Speisekarte, während Frank erneut an dem trockenen Pizzabrötchen knabberte.

Mit einem leisen Quietschen wurde die Eingangstür geöffnet. Ein Mann mit Sonnenbrille stand unschlüssig im Türrahmen und schaute sich vorsichtig um. Hoffentlich fielen Mo und Frank nicht auf. Sie waren zwar in Zivil, aber manche Kriminellen hatten eine Nase für Bullen.

Reglos stand er einige Sekunden da. Endlich schritt er langsam auf die Theke zu. Frank nestelte nervös an seinen Fingern, während er sich verstohlen umblickte. Zum Glück gab es keine weiteren Gäste.

»Das vereinbarte Zeichen«, flüsterte Mo.

Frank schielte zur Theke und sah, wie Paolo, der Wirt, andauernd an seinem Ohr spielte. *Aufhören. Das war doch viel zu auffällig,* dachte Frank.

Nach einer gefühlten Ewigkeit ging Paolo wie abgesprochen in die Küche. Er sollte dort bleiben, bis Frank und Mo diesen Luigi eingesackt hatten.

Frank stand auf und schlenderte zur Theke. Der Fremde, den Paolo als Luigi erkannt hatte, nahm die Sonnenbrille ab und sah Frank gelangweilt an. Frank lächelte breit und checkte Luigi ab. Dünne Stoffhose und ein Shirt mit der Aufschrift ‚Ciao Bella‘. Keine verräterischen Beulen im Stoff. Scheinbar hatte Luigi keine Waffe dabei.

Franks Nackenhärchen stellten sich auf. Er war bereit.

»Sind Sie Luigi?«, fragte Frank.

Luigi schaute ihn mit zusammengekniffenen Augen an.

»Wer will das wissen?«, kam die Gegenfrage.

»Ich.« Frank zog seine Dienstmarke aus der Hosentasche und hielt sie Luigi entgegen. »Kommissar Lederer. Sie sind verhaftet.«

Luigi brüllte: »Nein!«, schubste Frank zur Seite und rannte in Richtung Tür. Mo sprang blitzschnell auf, riss Luigi um und drückte ihn auf den Boden. Die ganze Aktion dauerte nur Sekunden. Mo verpasste Luigi Handschellen und stellte ihn auf die Beine.

»So schnell kommen Sie uns nicht davon«, erklärte Mo.

Frank rappelte sich wieder auf und kam dazu.

Luigi senkte den Kopf. Während sie zusammen zum Dienstwagen gingen, erteilte Mo ihm die Rechtsbelehrung. Frank musterte Luigi. Dieses weiche, kindliche Gesicht und der gebeugte Gang passten nicht zu einem gestandenen Auftragskiller. Den hatte er sich anders vorgestellt. Härter, bissiger.

Mo bugsierte Luigi auf die Rückbank des Dienstwagens und schloss die Tür. Frank lehnte sich an die Beifahrertür. Astrid und Raul kamen auch hinzu.

»Glückwunsch«, sagte Astrid und klopfte erst Frank und dann Mo auf die Schulter. Raul hielt einen ‚Gefällt-mir‘-Daumen in die Höhe. Diese Art der Anerkennung kannte Frank von ihm. Nur nicht zu viele Worte.

»Danke. Dann bis gleich im Präsidium«, sagte Frank.

Astrid und Raul gingen zurück zum Van und fuhren vor.

Frank sog einmal bewusst Luft durch die Nase ein. Ihm war, als würden seine Beine wegknicken. Gut, dass er noch am Dienstwagen lehnte. Vielleicht war heute das Ende seines Blackout-Dramas. Endlich wieder ruhig schlafen, ohne Angst zu haben, dass er etwas Schlimmes gemacht haben könnte.

Mo stellte sich neben ihn.

»Was meinst du, ist Luigi wirklich ein Auftragsmörder?«

Frank zuckte mit den Schultern. Er wünschte es sich mehr als alles andere auf der Welt.

»Wir werden es rausfinden. Er ist weggerannt. Hat also Dreck am Stecken.«

Kaum dreißig Minuten später erreichten sie das Präsidium, wo sie Luigi in den Verhörraum brachten.

»Ein bisschen seltsam finde ich das schon, dass er keinen Anwalt verlangt hat«, sagte Mo.

»Uns soll's recht sein«, fand Frank und schaute durch den Einwegspiegel in den dahinter liegenden Raum. Dort saß Luigi vornübergebeugt und stützte seinen Kopf in seine Hände. Ein merkwürdiger Typ. Erst war er total cool und wollte sogar fliehen und jetzt wirkte er eher wie ein Häufchen Elend. Spielte er ihnen etwas vor? Aber was genau?

Ein Klopfen an der Tür holte Frank aus seinen Gedanken. Raul betrat den Raum.

»Wir haben Sascha Mutzen hergebracht. Er sitzt zusammen mit seinem Anwalt im anderen Verhörraum.«

Mo fragte: »Was, sein Anwalt ist schon da? Wieso ging das so schnell?«

Raul zog seine Augenbrauen hoch.

»Als wir zu ihm kamen und mitteilten, dass er verhaftet ist, hat er sofort seinen Anwalt angerufen. Ich konnte ihm nicht einmal seine Rechte zu Ende erklären.«

»Verstehe«, sagte Frank. »Sieht aus, als hätte er damit gerechnet. Na, wir werden sehen. Jetzt kümmere ich mich erstmal um Luigi.«

Raul verließ den Konferenzraum. Mo setzte sich auf eine Tischkante und fragte: »Denkst du, dass die beiden zusammengearbeitet haben?«

Frank hockte sich neben Mo und antwortete: »Vielleicht. Aber das müssten wir noch beweisen. Ich habe einen Plan.«

Frank erklärte Mo sein Vorhaben. Dieser stimmte zu.

Frank klopfte Mo auf den Rücken und ging in den Verhörraum zu Luigi, der noch immer gekrümmt dasaß.

Es war kalt in dem Raum. Frank hatte absichtlich die Klimaanlage runtergedreht. Er wollte, dass sich Luigi unwohl fühlte, damit er schneller gestand. Frank zog einen Stuhl zurück und setzte sich Luigi gegenüber, der daraufhin den Kopf hob. Er sah blass aus.

Frank öffnete die Mappe, die er mitgebracht hatte.

»Wir wissen, wer Sie sind. Ihre Fingerabdrücke waren im System. Vor ein paar Jahren hatten Sie eine Bewährungsstrafe bekommen.«

Frank überflog den Bericht und schüttelte den Kopf.

»Ein Zeuge hatte Sie damals am Tatort eines Raubmordes gesehen. Sie saßen in einem Wagen, der von dort fluchtartig davongeprescht war. Sie rammten ein anderes Fahrzeug. Wir konnten Ihnen Fahrerflucht nachweisen. Mehr aber nicht. Sowohl die Beute als auch die Waffe sind bis heute unauffindbar, aber das sieht beim Mord an Uwe Kling anders aus. Wir haben handfeste Beweise gefunden.«

Frank atmete einmal tief durch und schaute sich Luigi an. Die angeblichen Indizien vom Tatort waren natürlich ein Bluff. Ob Luigi darauf reinfiel und ein Geständnis ablegen würde?

»Beweise?«, fragte Luigi trocken. »Welche sollten das sein?«

Frank bemerkte, dass Luigi sich wohl gefasst hatte. Verdammt. Was für ein guter Schauspieler.

Frank stand auf. Er reckte sich und ging auf Luigi zu.

»Wenn Sie mit mir kooperieren, dann wird sich das bestimmt positiv auf Ihr Strafmaß auswirken. Also schildern Sie mir genau, was passiert ist. Wie Sie den Auftrag bekommen und wie Sie ihn dann ausgeführt haben.«

Frank kramte seine Zigarettenschachtel hervor.

»Zigarette?«

Luigi blickte in eine Richtung. Dort hing ein Schild.

»Hier ist doch Rauchen verboten.«

»Sie haben recht. Dann nehmen Sie einen Glimmstängel für später.«

Frank legte die Schachtel vor Luigi.

»Ich besorge uns mal einen Kaffee.«

Frank öffnete die Tür und lugte durch den Spalt. Er wusste, dass Mo gleich dahinter stand. Das war der Plan.

»Kann ich mal zwei Kaffee haben?«

Mo antwortete wie abgesprochen: »Ja, bring ich gleich. Muss aber erst noch mal zu Sascha Mutzen. Der hat gestanden, den Mord in Auftrag gegeben zu haben, und zwar an Luigi. Das Geständnis wird gerade aufgenommen.« Mo brachte die Lüge total glaubhaft rüber. Frank verbarg ein Schmunzeln und räusperte sich gekünstelt.

»Sehr gut. Danke.«

Frank schloss die Tür hinter sich und ging wieder zu Luigi. Der knabberte an seinen Fingernägeln.

»Nein, nein, nein«, stammelte Luigi leise vor sich hin.

»Doch!«, brüllte Frank. »Sie haben Uwe Kling umgebracht und den Mord an Jochen Westermann werden wir Ihnen ebenfalls nachweisen.«

Unruhig rutschte Luigi mit seinem Hintern auf dem Stuhl hin und her, als hätte er einen Schwarm Termiten in der Gesäßfalte. Er sah jetzt noch blasser aus.

»Nein, Herr Kommissar. Ich habe noch nie jemanden getötet. Wirklich. Das müssen Sie mir glauben.«

Frank schlug einmal mit der flachen Hand auf den Tisch.

»Warum sollte ich das tun? Mein Kollege wird Sascha Mutzen gleich weiter befragen. Was denken Sie, wird Herr Mutzen aussagen? Er wird Ihnen alles anhängen, um möglichst glimpflich aus der Nummer rauszukommen. Sie hingegen werden die volle Strafe absitzen. Wissen Sie, was das heißt? Lebenslänglich! Wollen Sie wirklich allein für die Tat im Knast verrotten?«

Ja, jetzt hatte er Luigi bei den Eiern. Aus der Nummer konnte er sich nicht rauswinden.

Luigi schloss die Augen und senkte den Kopf. Eine beklagenswerte Figur. Er biss sich auf die Unterlippe.

»Ich …«, begann er zögerlich.

Frank schaute von der Kladde auf.

»Ja?«, fragte er süffisant.

»Es ist nicht so, wie Sie denken, Herr Kommissar. Ich wollte doch nur …«

Frank legte den Kopf schief.

»Ein Geständnis wird Sie erleichtern. Ganz bestimmt. Sie haben ja gehört, was mein Kollege soeben gesagt hat. Geben Sie uns Ihre Darstellung der Geschehnisse.«

Luigi wischte sich den Schweiß von der Stirn.

»Diesen Sascha … den hab ich vor drei oder vier Wochen kennengelernt. In meiner Lieblingskneipe ‚Moin Moin‘. Er war total besoffen und hat mir die Ohren vollgeheult. Seine Tochter wäre tot und seine Frau bald auch. Dieser Uwe wäre schuld. Wir haben noch ein paar Bierchen getrunken und dann sagte er, dass jemand Uwe umbringen müsste.«

»Nur weiter«, forderte Frank sein Gegenüber auf.

»Er würde sogar Geld springen lassen. Viel Geld. Zehntausend Euro. Das war meine Rettung. Ich hatte Schulden bei einem Buchmacher. Der hatte mir gedroht. Wollte mir die Beine brechen lassen. Ich sagte Sascha, dass ich den Auftrag annehmen würde, und habe mich ein paar Tage darauf mit ihm in der Pizzeria Mario getroffen.«

»Und wie ging es weiter?«

»Er gab mir dort einen Zettel mit allen Details. Sascha hatte Uwes Tagesablauf minutiös aufgeführt. Dann gab er mir das Geld. Ich habe ihm vorgeflunkert, dass ich Uwe kaltmachen würde, aber das hab ich nicht getan. Ich nahm nur das Geld und zahlte meinen Buchmacher.«

Frank verdrehte innerlich die Augen.

»Halten Sie mich für so dämlich, dass ich Ihnen diese Geschichte abnehme?«

»Bitte, Herr Kommissar. Glauben Sie mir«, flehte Luigi.

Frank kniff die Augen zusammen.

»Und wieso ist Uwe jetzt tot?«

Luigi zuckte mit den Schultern.

»Das weiß ich nicht, Herr Kommissar. Vielleicht hatte Sascha noch jemanden beauftragt?«

Das klang total an den Haaren herbeigezogen. Warum sollte Sascha einen zweiten Auftragskiller engagieren?

»Und wie wollten Sie aus der Nummer wieder rauskommen? Sascha war doch nicht blöd. Er würde merken, dass Sie den Auftrag nicht erledigt hätten.«

Luigi gestikulierte mit seinen Händen.

»Was sollte Sascha denn machen? Mich bei den Bullen verpfeifen? Damit hätte er sich selbst belastet und wäre in den Knast gekommen. Und für die Geldübergabe gibt es keinen Beweis. Das taucht nirgends auf.«

Clever.

»Kommen wir doch einmal zur Nacht vom 18. auf den 19. Juli. So zwischen null und drei Uhr. Wo waren Sie zu der Zeit?«

Luigi kratzte sich am Kinn.

»Ich war … bei meiner Oma, in Castrop-Rauxel. Sie hatte Geburtstag.«

»Gibt es außer der Oma noch andere Personen, die das bezeugen können?«

Luigi nickte heftig.

»Na klar. Onkel Horst und Tante Inge waren noch bis nach Mitternacht dort. Die können Sie fragen. Und später hab ich auf Omas Couch gepennt, da ich hackevoll war. Bin am nächsten Tag erst mittags zu Hause gewesen.«

»Ich werde alles überprüfen. Darauf können Sie sich verlassen.«

Luigi verschränkte seine Arme vor der Brust und machte ein mürrisches Gesicht.

»Okay, aber jetzt sag ich kein Wort mehr. Ich will einen Anwalt.«

So ein Mist. Aber dieser Luigi war halt ein Krimineller und nicht zum ersten Mal beim Verhör. Der wusste, wann man seine Klappe halten sollte.

Frank seufzte, zog die Nase kraus und umrundete den Tisch.

»Stehen Sie auf. Sie sind vorläufig festgenommen.«

Ihm war klar, dass er Luigi ohne stichhaltige Beweise für den Mord nicht lange hierbehalten konnte. Aber er wollte erst mal das Alibi überprüfen und die Gegenüberstellung mit Klaus Schminke abwarten.

Nachdem Luigi abgeführt worden war, trafen Mo und Frank sich im Büro.

»Ich habe mit Sascha gesprochen. Er gibt nur zu, dass er Luigi kennt. Mehr aber nicht. Was machen wir jetzt?«, fragte Mo.

Frank erzählte, was bei dem Verhör von Luigi herausgekommen war.

»Ich denke, dass Luigis Alibi stimmt«, schloss er ab.

So ein verdammter Scheiß. Frank fühlte sich taub. Seine Arme, seine Beine und auch sein Kopf. Alles um ihn herum schien weit weg zu sein. Er wollte raus.

Ein paar Minuten später saß Frank in seinem Wagen. Er hatte so sehr gehofft, dass Luigi der Täter wäre. Das Verhör war so gar nicht nach Franks Geschmack verlaufen. Luigi hatte zwar den Auftrag angenommen, aber er war wohl nicht der Täter.

»Verdammte Scheiße!«, schrie Frank und hämmerte wild auf sein Lenkrad ein.

Kapitel 16
Montag, 1. August 2022, 18.00 Uhr

Der Mann mit dem Hoodie schaute an einem großen Holzpfosten hinauf, der sich in der Mitte des Raumes befand und bis zur Decke emporragte. Auf Kopfhöhe war ein alter Eisenring in das Holz hineingeschraubt.

Der Hoodie-Mann zerrte an dem Ring. Bombenfest. Den konnte niemand entfernen. Es ist so schön, sich seiner Berufung hinzugeben und seinem Gast ein einschneidendes Erlebnis zu verschaffen, sinnierte der Hoodie-Mann.

Gleich neben dem Pfosten stand ein kleiner alter Holztisch. Der Hoodie-Mann zog ein weißes Spitzendeckchen aus einer Stofftasche, die er neben den Tisch abgestellt hatte, und breitete es über der Tischplatte aus. Es sollte gediegen aussehen und das rissige Holz verbergen. Nicht, dass sich jemand womöglich an einem Holzsplitter verletzte. Sicherheit ging vor.

Leise pfiff er vor sich hin und griff erneut in die Stofftasche. Zwei große Küchenmesser, ein Pizzaroller, eine Axt und ein paar Schaschlikspieße kamen zum Vorschein. Damit konnte sich das kreative Künstlerherz so richtig austoben.

Er legte seine Arbeitsmaterialien parallel zueinander auf die Tischdecke. War das wirklich schon alles? Der Hoodie-Mann kratzte sich am Kinn. Salz. In der Tasche war keines. Wie hatte er das bloß vergessen können? Schließlich war dieses Hausmittel einfach unschlagbar, wenn es darum ging, den Schmerz einer offenen Wunde zu vervielfachen.

Der Hoodie-Mann ging beschwingten Schrittes hinüber ins Haupthaus und dort in die Küche. Wo mochte nur das Kochsalz sein? Nach kurzem Suchen fand er es über der Dunstabzugshaube in einem schmalen Küchenschrank. Ja, hier bei der alten Bäuerin hatte halt jedes Teil seinen Platz. Die Teller, die Tassen und auch die Gewürze. Zu schade, dass er ihr nicht mehr danken konnte. Sie war so abwesend.

Er schnappte sich das Salz und wollte wieder gehen. Dabei fiel sein Blick auf die frischen Zitronen auf der Anrichte. Hach, er brannte für Säure. Sein Gast bestimmt auch.

Als er am Bad vorbeikam, fiel ihn noch ein weiteres wichtiges Detail ein. Er brauchte einen Verbandskasten. Es wäre zu blöd, wenn sein Gast an einer Verletzung schweren Schaden nehmen würde oder gar daran verstarb. Der Hoodie-Mann schüttelte den Kopf und lachte dabei kurz auf.

Als er wieder vor dem Holztisch stand, drapierte er alles fein säuberlich neben all den schönen scharfen Instrumenten auf dem Spitzendeckchen. Hach, das war ja wie Weihnachten. Und das mitten im Hochsommer!

Der Hoodie-Mann schloss die Augen. Er sah seinen Gast vor sich, verschnürt wie ein Päckchen, das unter dem Weihnachtsbaum lag. Solche Geschenke liebte er. In diesem Fall wollte er es sich selbst geben.

Der Hoodie-Mann beförderte noch zwei Stricke aus der Stofftasche, befestigte den einen am Metallring und platzierte den anderen bei den Messern auf dem Spitzen- deckchen. Fertig. Jetzt konnte das Christkind kommen.

Du wirst es genießen, sinnierte der Hoodie-Mann lä- chelnd, drehte sich um und verließ den Raum.

Kapitel 17

Frank griff nach der Bierflasche und gönnte sich einen erfrischenden Schluck von dem gut gekühlten Hopfengetränk. Er saß an diesem Abend zusammen mit Martina im zweiten Stock auf dem Balkon ihrer Wohnung. Bananenstauden auf Rollbrettern, Blumenkästen mit blühenden Geranien. Dazu zwei korbgeflochtene Stühle, ein alter, wackeliger Holztisch und einige Windlichter. Dieser Balkon war eine kleine Oase. Saugemütlich. Schon oft hatten Frank und Martina hier heiße Diskussionen geführt. Über die Arbeit, Freunde oder Beziehungen. Heute ging es um Jerome. Sie hatte die Beziehung mit ihm beendet und wollte mit Frank darüber reden.

»Er war ein wirklich charmanter und gutaussehender Typ. Ich hatte auch das Gefühl, dass wir auf einer Wellenlänge funkten. Er brachte mich mit Kleinigkeiten zum Lachen. Aber dann …«, erzählte Martina. In ihrer Stimme schwang Enttäuschung mit.

Frank sah zu Martina rüber. Am liebsten hätte er sie in seine Arme genommen und getröstet, aber sowas mochte Martina überhaupt nicht.

»Und was war dann?«, fragte Frank. Er war jetzt sowas von neugierig.

Martina leerte aber erst ihr Weißweinglas zur Hälfte.

»Er wurde komisch. Quatschte nur noch über sich und seine eingebildeten Krankheiten.«

»Ist er ein Hypochonder?«, fragte Frank erstaunt.

Sie hatte aber auch immer wieder Pech mit ihren Beziehungen.

Martina setzte sich ruckartig auf.

»Und was für einer. Dunkle Augenringe, Haarausfall und lebensgefährliche Leberflecke waren da nur der Anfang. Alles Symptome für Krebs, davon war er überzeugt. Später kam noch Parkinson dazu, nur weil er mal zitterte, und dann eine Lungenembolie. Deswegen angelte er beim Sex sogar zwischendurch immer wieder sein Nasenspray vom Nachttisch. Als wenn das bei einer echten Embolie helfen würde.«

Martina schmunzelte. Auch Frank konnte ein Kichern nicht unterdrücken, als sie ausführte, was er gesagt hatte, noch dazu mit dieser nasalen Stimme.

»Ne Zeitlang hab ich noch versucht, mir den Kerl schönzureden, aber …« Martina verdrehte die Augen. »Heute Morgen war endgültig Feierabend. Hat der mir doch allen Ernstes erzählt, dass er wohl bald sein rechtes Bein amputieren lassen müsste. Diese dunkle Ader an seinem Oberschenkel würde auf eine Blutvergiftung hindeuten. Ich sollte schon mal meine Wohnung kündigen,

damit wir in ein barrierefreies Eigenheim ziehen könnten, da er bald im Rollstuhl sitzen würde.«

»Echt jetzt?«

Martina nickte und lachte.

»Ja. Ich hab ihm daraufhin gesagt, dass er sich jemand anderes für seine Doktorspiele suchen soll.«

Frank hielt sich den Bauch vor Lachen. Ihm flossen die Tränen die Wangen hinunter.

Wie gut, dass sie diesen Spinner los war. Hoffentlich würde sie bald mal einen vernünftigen Mann finden.

Nach gut einer halben Stunde hatte sie genug Dampf abgelassen und wurde neugierig, wie Frank mit dem Fall um den Augenausschäler weitergekommen war.

Er erzählte ihr von Luigi und Sascha und dass die beiden leider nicht als Täter infrage kamen. Das Alibi von Luigi hatte sich bestätigt. Der war tatsächlich bei seiner Oma gewesen. Sascha hatte inzwischen gestanden, den Mord an Uwe in Auftrag gegeben zu haben. Ebenso hatte der Vogelkundler keinen der beiden bei der Gegenüberstellung erkannt. Frank spürte einen Stich in seiner Magengrube. Der ganze Fall war ja sowas von frustrierend. Und beängstigend, weil da draußen immer noch ein irrer Serienkiller rumlief und niemand wusste, wann er erneut zuschlagen würde. Zerknirscht hob Frank sein Bier in die Höhe.

»Auf dass der morgige Tag besser wird.«

Er setzte die Flasche an und ließ das kühle Nass durch seine Kehle rinnen.

»Wir lassen uns den heutigen Tag nicht vermiesen. Und morgen bin ich schon unterwegs zu Andrea, meiner Freundin aus dem Schwarzwald. Da bleib ich ne Woche. Hau wech die Scheiße«, ergänzte Martina.

Sie leerte ihr Glas, rülpste danach lautstark und kicherte. Frank schenkte ihr nach. Als sie erneut einen Schluck nehmen wollte, hielt sie in ihrer Bewegung inne.

»Das darf doch nicht wahr sein. So ein Scheißkerl!«

Frank folgte ihrem Blick. Unten auf der gegenüberliegenden Straßenseite stand ein Mann unter einer großen Kastanie und fotografierte in ihre Richtung.

»Das ist Jerome«, zischte Martina. »Was sucht der Typ hier?«

Sie sprang auf und stieß dabei den Tisch an. Franks Bier verteilte sich großflächig auf der Tischdecke. Martina stellte ihr Glas ab und stürmte davon. Dabei zeterte sie: »Den werde ich gehörig in den Arsch treten. Erst heult er rum, weil ich Schluss gemacht habe, und jetzt stalkt er mich.«

»Warte auf mich!«, rief Frank und spurtete hinter ihr her. Sie war schnell, trotz ihrer Flip-Flops. Laut polternd rannten sie die ausgetretene Granittreppe hinunter. Der Hall wurde durch die hohe Decke verstärkt.

Zwei Stockwerke in unter sechzig Sekunden. Wow.

Sie riss die Haustür auf und knallte sie gegen die Wand. Zum Glück blieb der Glaseinsatz in der alten Holztür heil.

Frank trat direkt hinter Martina ins Freie. Wie eine Lokomotive voll unter Dampf marschierte sie weiter. Ohne sich umzublicken, überquerte sie die Straße.

»Martina, pass auf!«, schrie Frank.

Ein Auto hupte und der Fahrer pöbelte im Weiterfahren aus dem offenen Fenster hinter ihr her.

Martina stapfte unbeirrt weiter. Auf der anderen Straßenseite angekommen, schritt sie an dem Bushaltestellenhäuschen vorbei zu dem Kastanienbaum, an dessen Stamm sich Jerome lässig lehnte. *Nicht, dass dieser schlaksige Typ jetzt noch eine schwere Baumharzinfektion bekam*, dachte Frank.

»Tickst du nicht ganz richtig?«, fuhr Martina ihn an. »Oder verstehst du nicht, dass ich mit dir Schluss gemacht habe?«

Ein paar Köpfe aus dem Wartehäuschen drehten sich in ihre Richtung. Frank blieb ein paar Meter entfernt stehen. Er war komplett außer Atem.

»Was willst du von mir?«, fragte Jerome ruhig. Er hatte nicht einmal mit der Wimper gezuckt, als sie wild auf ihn zugestürmt war.

»Was ich will?!«, brüllte Martina. »Ich will wissen, was du hier suchst, direkt vor meiner Wohnung!«

Frank setzte sich auf eine kleine Steinmauer und klaubte eine Zigarette aus seiner Schachtel. Seltsam war es schon, dass dieser abgelegte Freund hier auftauchte. Frank spitzte die Ohren. Er war auf die Ausrede von Jerome gespannt.

»Eigentlich«, fing Jerome mit unterkühlter Stimme an, »geht dich das nichts an. Wir sind kein Paar mehr. Hast du selbst gesagt. Aber wenn du schon so neugierig bist: Ich war bei einem Freund und fahre gleich nach Hause.«

Jerome setzte ein breites Lächeln auf, wandte sich seiner Kamera zu und fotografierte in Franks Richtung. Hatte der Schmierlapp hier in der Gegend wirklich einen Freund besucht?

»Ist das der Bulle, von dem du mir erzählt hast? Seid ihr etwa doch ein Paar? Hab mir gleich gedacht, dass du zweigleisig fährst«, sagte Jerome lässig und ließ die Kamera sinken.

Martina erstarrte.

»Das ist … meine Sache. Und jetzt sieh zu, dass du Land gewinnst.«

»So was lasse ich mir nicht gefallen!«, brüllte Jerome, stopfte seine Kamera in eine Tasche und marschierte zur Bushaltestelle.

Martina drehte sich zu Frank. Sie sah ihn mit weit aufgerissenen Augen an.

»Hast du das mitbekommen?«, fragte sie irritiert.

Frank nickte.

»Ja, hab ich. Vergiss ihn und lass uns wieder nach oben gehen.«

Was für ein Psycho. Warum hatte Jerome erst diese ruhige, kaltschnäuzige Art und dann explodierte er förmlich?

Frank schaute in Jeromes Richtung, da hielt ein Bus an der Haltestelle. Jerome trat an die Eingangstür des Fahrzeugs und drehte sich noch einmal zu ihnen. Er blickte Frank direkt an und … hatte er ihm tatsächlich zugezwinkert? Was für ein Freak. Gleich darauf war der Bus samt Jerome verschwunden.

Kapitel 18

»… je grüner, desto schwimmt es.«

Mo saß vornübergebeugt in seinem Bürostuhl, klatschte in die Hände und kringelte sich vor Lachen. So ausgelassen hatte Frank seinen Kollegen bisher noch nicht erlebt. Offensichtlich waren Antiwitze voll sein Ding.

Frank hing breitbeinig auf seinem Stuhl und grölte: »Der war gut!«

Mo holte tief Luft und wischte sich ein paar Lachtränen aus den Augenwinkeln.

»Eine Tomate und eine Gurke …«, begann er.

Just in dem Moment wurde die Tür ruckartig geöffnet und Emil stapfte herein.

»Hey Leute, seid ihr bereit? Die Pressekonferenz geht gleich los. Alles wartet auf euch.«

Frank schälte sich aus seinem Sitz und gluckste noch einmal kurz auf.

»Ja, wir sind startklar.«

Emil, Frank und Mo marschierten durch den Flur zum Konferenzraum. Bevor sie eintraten, hielt Emil Frank am Arm fest.

»Bitte gib heute nichts Privates von dir. Bleib bei dem abgesprochenen Text.«

»Ich werde mich zurückhalten, versprochen.«

Emil schaute ihn noch eine Weile ernst an und sagte dann: »Sehr gut.«

Na, dem würde Frank gleich zeigen, dass er die Pressekonferenz hochkonzentriert halten konnte. Er wollte definitiv nicht noch einmal über seine Angst vor einem möglichen Augenverlust reden, so wie damals, bei diesem peinlichen Medienauftritt. Und falls Frank ins Stocken kommen würde, würde Mo einspringen. Das hatte Mo ihm versprochen.

Frank straffte seine Schultern und bahnte sich seinen Weg durch die Reihen der Medienvertreter. Mo und Emil folgten ihm.

Frank und Mo betraten als erste das Podium und stellten sich vor einen Wald aus Mikrophonen. Emil setzte sich hinter seine Kommissare auf einen Stuhl.

Frank begrüßte die Pressemeute. In seiner Magengrube kribbelte es, als hätte er tausend Ameisen darin. Er war nervös. Am liebsten hätte er gleich mit der Finte begonnen, die er sich zurechtgelegt hatte, aber er musste zuerst die allgemeinen Infos loswerden.

Nach den ersten etwas holprigen Sätzen lief es für Frank richtig gut. Er fühlte sich deutlich entspannter. Das Warm-up war ihm gelungen. Selbst als der Radiofuzzi Smolinski dazwischenrief, blieb Frank ruhig. Ob es denn nichts Neues gäbe, wollte Herr Smolinski wissen. Das wäre doch alles alter Käse.

Frank kannte diesen Schwätzer und seine Sendung. Nur reißerischer Mist.

Er atmete tief durch, drehte sich zu Mo und räusperte sich. Mo nahm ein Blatt, das er auf dem Pult platziert hatte.

»Das ist der Mann, den wir suchen. Wir möchten die Bevölkerung bitten, uns sachdienliche Hinweise zu geben, wenn jemand ihn erkennt. Oder seine Stimme.«

Mo hielt mit einer Hand das Blatt hoch, auf dem die Skizze eines Mannes im mittleren Alter zu sehen war, und tippte mit der anderen auf das Aufnahmegerät. Gut dreißig Sekunden lang war die warme, sympathische Stimme des Mörders zu hören. Die Techniker hatten die Aufnahme des Vogelkundlers aus dem Grugapark zurechtgeschnitten. Die Stimme von Klaus Schminke war nicht mehr dabei.

Dann drückte Mo die Stopptaste.

Stille. Frank wusste, dass die Phantomzeichnung und die Sprachaufnahme nur ein Ablenkungsmanöver waren. Nichts davon war wirklich wichtig, aber ein guter Trick brauchte eine gute Vorbereitung.

Frau Wohnstetten meldete sich als Erste zu Wort: »Der sieht ja wie Sie aus, Herr Kommissar Lederer.« Sie wirkte total erstaunt.

Frank würgte einen Kloß hinunter, nahm Mo die Zeichnung aus der Hand und hielt sie neben seinen Kopf.

»Das ist eine Bleistiftzeichnung von einem durchschnittlichen 08/15-Mann. Dem Täter.« Frank wedelte mit dem Blatt Papier hin und her. »Und das hier«, Frank drehte seinen Kopf von links nach rechts wie ein Model, »ist das wunderschöne Antlitz von Kommissar Lederer. Der Unterschied ist doch unverkennbar.«

Frank wollte locker rüberkommen. Ob es geklappt hatte?

War dieser blöde Vergleich von Frau Wohnstetten eine Retourkutsche, weil Frank ihr Exklusivrechte versprochen hatte und jetzt der gesamten Pressemeute die neuen Infos gab? Verdammt. Vielleicht konnte er ihr nach der Konferenz noch etwas anbieten. Ein Exklusiv-Interview oder so. *Jetzt nicht ablenken lassen,* dachte Frank. *Gleich ist es so weit.*

In Franks Körper rumorte es. Die Anspannung schlug ihm auf den Magen. Er atmete einmal tief durch und gab sehr sachlich noch schnell ein paar optische Details des Täters bekannt, wie Haarfarbe und diverse Kleidungsstücke.

Bevor weitere Fragen kamen, legte er beide Hände auf das Pult und reckte seinen Kopf ein wenig vor.

»Und der Täter ist definitiv ein Feigling.«

Hoffentlich sprangen die Presseheinis darauf an. Schließlich hatte er mit dieser Unterstellung den Mörder eindeutig provoziert. So war es mit Emil und Mo abgesprochen. Ob dieser Trick funktionieren würde? Frank war ja so aufgeregt. Auch Mo schwankte unruhig von einem Bein aufs andere.

Es wurde lauter. Die Anwesenden redeten durcheinander. Frank schaute in die Riege der Presseleute und zeigte dann auf Frau Wohnstetten. Vielleicht konnte er seinen Fehler wiedergutmachen, indem er sie bei dieser Konferenz bevorzugte.

»Wie kommen Sie darauf, dass der Augenschäler ein Feigling ist?«, fragte Frau Wohnstetten.

Frank kniff seine Augen zusammen.

»Bitte geben Sie diesem Subjekt keinen speziellen Namen. Er ist einfach nur ein feiger, mieser Mörder. Wir haben zusammen mit einem Psychologen ein Profil von ihm erstellt.«

Frank musste sich erstmal sammeln. Da gab er Frau Wohnstetten die Möglichkeit für eine intelligente Frage und was macht sie daraus? Sie gab dem Täter einen heroischen Namen. Wie konnte sie nur so dumm sein und auch noch das Ego des Mörders streicheln. Sie musste doch wissen, dass das solche Typen anstachelte. Genau das wollte Frank verhindern. Frank schluckte seinen Groll hinunter.

»Nachdem wir die Gemeinsamkeiten der Mordopfer ausgewertet hatten, war uns klar, dass der Täter ausschließlich leichte Ziele ausgewählt hatte, wie Uwe Kling, der betrunken war, oder Jochen Westermann, einen Multiple-Sklerose-erkrankten Rollstuhlfahrer.«

Frank ließ auch im weiteren Verlauf der Pressekonferenz kein gutes Haar am Täter. Immer wieder betonte er, was für ein Angsthase dieser Mörder war. Frank fühlte sich nach Wochen der Unsicherheit endlich wieder glücklich. Fast schon euphorisch. Das war hoffentlich genug Munition, die er der Presse gegeben hatte.

Eine halbe Stunde später saßen Frank und Mo wieder im Büro. Franks Adrenalin baute sich langsam ab, die Herzfrequenz wurde ruhiger, aber jetzt war er sich auch nicht mehr sicher, wie er sich fühlen sollte. Ja, die Pressekonferenz war gut gelaufen. Aber reichten Franks Beleidigungen aus, um den Täter zu einer Handlung zu zwingen?

Hatte Hieronymus wirklich recht gehabt? Der hatte betont, dass der Täter ein Narzisst sein könnte. Die Akribie des Mörders und die Inszenierungen wären ein Beweis für seinen Größenwahn. Er wollte unbedingt bewundert werden. Die Beleidigungen von Frank sollten ihn wütend machen. Hieronymus vermutete, dass dieser Täter auf den ein oder anderen Presseartikel reagieren könnte, zum Beispiel mit einem verärgerten Statement in den Kommentaren. Ein wütender Schreiberling, der den Mörder in Schutz nahm, sollte auffallen. Danach sollten sie Ausschau halten.

Ob Hieronymus recht hatte, würden sie in den nächsten Tagen herausfinden, wenn sie die Kommentare durchforsteten.

Mo öffnete eine Coladose und prostete Frank zu. So richtig nach Feiern war Frank allerdings nicht zumute. Immer noch blieb ein Rest von Unsicherheit übrig. Gab es diesen Scheißkerl von einem Mörder tatsächlich oder hatte Frank vielleicht doch Blackouts gehabt? Frank atmete einmal schwer durch, während Mo selbstbewusst erklärte: »Wir kriegen ihn. Verlass dich drauf.«

Kapitel 19

»Nein, schon wieder diese Iris!«, rief Mo und schlug mit einer Hand auf die Tastatur seines Rechners.

Er und Frank saßen schon seit einer ganzen Weile im gemeinsamen Büro und durchforsteten die Kommentare zu den Beiträgen, die die Journalisten nach der Pressekonferenz geschrieben hatten. Blöd war nur, dass Frau Wohnstetten in ihrem Artikel in der Tageszeitung die vermeintlich witzige Feststellung geäußert hatte, der ermittelnde Kommissar – also Frank - würde genauso aussehen wie die abgedruckte Täterzeichnung. Das war wohl ihre Retourkutsche für Franks nicht eingehaltenes Versprechen, dass sie als Erste Informationen bekommen sollte. Dementsprechend gab es viele schräge Bemerkungen über die Ähnlichkeiten zwischen Frank und der Skizze. Am schlimmsten war diese Iris, die sich durch ihre besonders nervigen Kommentare hervortat.

»Die hat allein unter der Tageszeitung mehr als zwanzig Mal ihren Mist abgelassen«, ergänzte Mo. »Und jetzt auch noch in diesem Online-Magazin. Immer der gleiche Stuss. Sie hätte dich in der Viktoria Klause gesehen, wie du mit Uwe gequatscht hättest.«

So ein Scheiß. Frank runzelte die Stirn. In ihm brodelte es. Was sollten diese Unterstellungen? Diese verkackten Kommentarschreiber konnten Frank mal am Arsch lecken.

Eigentlich hatte er gehofft, dass Attacken gegen den unfähigen Profiler kämen. Aber die waren komplett ausgeblieben. Dafür gab es nur diese unsäglichen Vergleiche zwischen ihm und der Täterskizze.

Was hatte es mit dieser Iris auf sich? Warum wollte sie Frank als Täter erkannt haben? War sie eine Wichtigtuerin? Wollte sie den Mörder schützen? Oder war sie es gar selbst? Schließlich war ihr Name mehr als auffällig. Iris Retina. Beide Worte kamen aus dem Lateinischen und hatten etwas mit Augen zu tun.

»Vielleicht sollten wir uns diese Schreiberin einmal genauer ansehen. Irgendwas stimmt mit ihr nicht«, sagte Frank.

Mo runzelte die Stirn und schaute Frank ernst an.

»Hast du vielleicht jemanden so verärgert, dass er oder sie sich jetzt an dir rächen will?«

»Jeder Bulle hat seine Feinde.«

Frank wusste zwar, dass er sich im Laufe seiner Dienstzeit mit einigen Menschen angelegt hatte, aber das waren Mörder, Vergewaltiger und andere Schwerverbrecher. Diese Typen würden kein solch infantiles Spiel mit ihm treiben und damit riskieren, wieder in den Knast zu kommen. Bestimmt nicht. Diese Nachrichten wirkten eher wie ein Ablenkungsmanöver. Hier versuchte diese Iris, die Aufmerksamkeit auf Frank zu lenken, um den wahren Täter zu verschleiern.

»Wir sollten schauen, ob wir die IP-Adresse von Frau Retina rausbekommen«, teilte Frank mit.

»Ich kümmere mich darum. Werde unserer IT-Forensik gleich eine Mail schicken. Die finden bestimmt raus, wo die Kommentare abgeschickt wurden.«

Mo tippte schnell ein paar Zeilen auf seinem Rechner.

»Fertig.«

Hoffentlich waren die IT-Leute auf Zack. Frank hatte das Warten satt. Dies konnte vielleicht eine heiße Spur sein.

Er drehte sich zu Mo.

»Magst du einen Kaffee haben?«, fragte Frank.

Mo schüttelte den Kopf.

Frank schlurfte zur Kantine. Er wollte nicht länger auf den Bildschirm starren und weitere doofe Kommentare lesen.

Ein paar Minuten später trat Frank mit einer heißen Tasse Kaffee wieder ins Büro.

»Die Kollegen von der IT haben sich schon gemeldet. Sie haben rausgefunden, wo die Kommentare geschrieben wurden. In dem Internetcafé Jadoo in der Innenstadt. Wollen wir uns da mal näher umschauen?«, fragte Mo.

Frank überlegte kurz.

»Nein, das können die Kollegen machen. Sag Raul Bescheid. Er soll mit Astrid hinfahren. Vielleicht haben sie Glück und bekommen eine Beschreibung von dem Kommentarschreiber.«

Mo schaute über seinen Bildschirm zu Frank, der sich jetzt langsam auf seinen Platz setzte.

»Hast du Angst, dass wieder jemand dein Gesicht erkannt haben will, wenn du hinfährst?«, fragte Mo.

Wow, das war direkt. Treffer und versenkt.

»Nein. Aber wir sollten uns lieber um die anderen Kommentare kümmern. Es könnten noch wichtige Details darin enthalten sein.«

Frank wollte jetzt definitiv nicht weiter darüber reden, ob er der Mörder sein könnte oder nicht. Er hatte schon so oft darüber nachgedacht, wo er zu den jeweiligen Tatzeiten gewesen war, konnte es sich aber selbst nicht genau erklären. Bei Jochens Mord hatte er im Bett gelegen und geschlafen. Nachts war er hochgeschreckt. Ein Albtraum hatte ihn geweckt. Oder hatte er das auch nur geträumt? Konnte es sein, dass er während eines Blackouts das Haus verlassen hatte? Und wie war es beim ersten Mord, bei dem an Uwe? Hatte er da geschlafen oder nicht? Er konnte sich noch daran erinnern, wie er die Flimmerkiste ausgeschaltet, sich seiner Hose entledigt und ins Bett gelegt hatte. Und dann? Immer diese verdammten Gedächtnislücken. Frank wusste aus eigener Erfahrung als

Ermittler, dass gerade Alltagsabläufe in der Erinnerung falsch sein konnten. Er hatte das schon in der Ausbildung gelernt und später nicht nur bei Zeugen beobachtet, sondern auch bei sich selbst. Wenn er auf dem Weg zum Präsidium war, holte er sich immer mal wieder einen Coffee-to-go. Aber schon eine Woche später konnte er nicht mehr sagen, an welchen Tagen er einen Kaffee für unterwegs gehabt hatte und an welchen nicht. Bei solchen Banalitäten verschwammen Erinnerungen schnell. Tägliche Routinen liefen oft unbewusst ab. Somit konnte es sein, dass Fehlinformationen im Kopf abgespeichert wurden. Vielleicht war es auch bei Frank so, dass er glaubte, in der Mordnacht etwas getan zu haben, was an einem anderen Wochentag stattgefunden hatte. Schweißperlen liefen ihm über die Stirn. Er musste tief durchatmen, damit Mo nicht mitbekam, wie angespannt er war. Verschämt nippte er an seinem Kaffee und stierte weiter auf seinen Bildschirm. Auch Mo verkroch sich hinter seinen Rechner.

Beide sichteten weiterhin die Kommentare unter den Artikeln. Hin und wieder sprach einer der beiden Kommissare einen erneuten Fund an. Sie diskutierten kurz darüber, kamen aber jedes Mal zu dem Schluss, dass auch dieser nichts Handfestes bot.

Zwei Stunden später platzte Raul ins Büro.

»Hey, wir kommen gerade von dem Internetcafé. Das war eine Sackgasse. Der Besitzer, ein gewisser Jadoo, konnte uns nichts zu dem Verfasser dieser Anschuldigungen sagen. Es wären so viele Internetnutzer an dem Tag dagewesen.«

»Gibt es denn keine Kamera in dem Laden?«, wollte Frank wissen.

Raul schüttelte den Kopf.

»Nee, nur eine Attrappe, um Einbrecher und Diebe abzuschrecken.«

Mist. Wäre auch zu schön gewesen. Frank bedankte sich bei Raul, der das Büro wieder verließ.

Mo hob den Kopf.

»Ich weiß nicht, wie es dir geht. Aber ich habe nichts Konkretes finden können. In den Kommentaren gab es keinen versteckten Hinweis. Hattest du Erfolg?«

»Nein, ich auch nicht. Ich mach Schluss für heute«, antwortete Frank.

Er lehnte sich enttäuscht zurück, legte seine Beine auf den Schreibtisch und verschränkte die Hände hinter seinem Kopf.

Es klopfte. Ohne eine Antwort abzuwarten, wurde die Tür geöffnet. Astrid schritt mit einer Frau im Schlepptau ins Büro. Zerzaustes rotes Haar, knochiges Gesicht, spitze Nase, schlank, fast schon dürr und kaum größer als Astrid. In der Hand hielt sie eine zerknitterte Zeitungsseite.

»Das ist Frau Anja Weniger. Sie sagt, sie war an dem Tatabend von Uwes Mord in der Viktoria Klause und ...«

Zugleich schrie die Zeugin auf: »Das ist der Mann, den hab ich gesehen!«

In ihren Augen spiegelte sich Panik. Sie zeigte auf Frank, wirbelte danach um ihre eigene Achse, ließ das Blatt Papier fallen und preschte davon. Astrid versuchte sie noch an ihrem Shirt festzuhalten. Zwei Uniformierte, die gerade in der Nähe des Büros waren, überwältigten die Frau, die wild um sich schlug. Da sie sich nicht beruhigte, fesselten sie Frau Weniger mit Handschellen, damit sie sich nicht selbst verletzte, und brachten sie in den Verhörraum. Sie schrie so lange, bis Frank den Raum verließ. Erst dann wurde es stiller in dem Zimmer. Sie schien sich etwas beruhigt zu haben.

Kurz danach kam Astrid zu Frank und übergab ihm eine Karte, die sie in der Brieftasche von Anja Weniger gefunden hatte. Darauf war ein Notfallkontakt eingetragen. Marion Weniger, ihre Schwester. Wofür brauchte Anja einen Notfallkontakt? Frank rief Marion an. Sie kam eine halbe Stunde später aufs Präsidium und Frank führte sie in den Verhörraum.

Die Ähnlichkeit der beiden Frauen war kaum zu übersehen.

»Hey meine Liebe, ist alles okay?« Marion beugte sich zu Anja und strich ihr über den Kopf.

Anja sah an Marion vorbei und brüllte wieder lauthals los, als sie Frank erblickte.

Marion schaute Frank an.

»Was haben Sie mit meiner Schwester gemacht? Und warum ist sie mit Handschellen gefesselt?«

Frank erklärte Marion in kurzen Zügen, warum Anja hier war und weshalb die Beamten sie fixiert hatten.

Marion kratzte sich an der Schläfe und sagte: »Ich bin nicht nur ihre Schwester, sondern auch ihre Ärztin. Vor Jahren ist bei ihr Schizophrenie diagnostiziert worden.«

Anja kreischte derweil lautstark und wand sich auf ihrem Stuhl.

»Ich spritze ihr jetzt ein Sedativum, damit sie sich beruhigt.«

Gekonnt gab Marion ihr das Beruhigungsmittel, das rasch wirkte. Anja wurde sehr schnell ruhiger, fast schon lethargisch. Frank befreite sie von den Handschellen.

»Wissen Sie, meine Schwester lebt allein und hat normalerweise keine Probleme. Aber ich denke, dass sie ihre Tabletten abgesetzt hat«, erklärte Marion.

Frank strich über sein Kinn und sagte: »Ich wollte Ihre Schwester nicht ängstigen. Das tut mir sehr leid. Aber sie kam zu uns und wollte eine Zeugenaussage machen. Sie hat meiner Kollegin erzählt, dass sie in der Viktoria Klause mit Herrn Kling, einem Gast, geredet hätte. Nur wenige Stunden, bevor er umgebracht wurde. Aber als sie mich sah, drehte sie durch und schrie mich an. Sie hielt mich wohl für den Täter.«

Frank entfaltete die Zeitungsseite vor Marion und legte sie auf den Tisch.

240

»Den Artikel hatte Anja dabei.«

Marion las den Bericht von Frau Wohnstetten und blieb offensichtlich an einer Stelle hängen.

»Hah, der sieht Ihnen ja wirklich ziemlich ähnlich.«

Sie zeigte auf die Täterskizze und grinste.

Frank zog die Schultern hoch und versuchte zu lächeln. Er war es so leid. Immer die gleichen bekloppten Anmerkungen.

»Ja, ich weiß.«

Marion legte den Kopf schief und fixierte Frank.

»Es wäre möglich, dass Anja glaubt, Sie wären der Mann von dieser Täterskizze. Und …«, Marion sog hörbar Luft ein, »manchmal bekommt sie Panikattacken bei Männern.«

Frank fragte: »Was genau meinen Sie damit?«

Marion rutschte auf ihrem Stuhl unruhig hin und her.

»Sie … wurde als Kind missbraucht. Von unserem Vater.«

Die Worte fielen Marion sichtlich schwer. Sie schüttelte kaum sichtbar den Kopf. Mehr wollte sie anscheinend nicht dazu sagen.

Frank kannte solche Situationen aus seiner langjährigen Dienstzeit.

»Oh, das tut mir sehr leid.«

»Danke, das konnten Sie ja nicht wissen«, sagte Marion.

Frank fragte: »Kann meine Kollegin am kommenden Vormittag Ihre Schwester befragen? Wir benötigen noch eine Aussage über den Abend, an dem sie in der Viktoria Klause war.«

»Ja, elf Uhr würde passen. Ich denke, dass sie dann wieder ansprechbar ist.«

Marion sah geschafft aus, als hätte sie eine Zwanzig-Stunden-Schicht im Krankenhaus hinter sich.

Sie bedankte sich und ging zu ihrer Schwester. Anja hing noch richtig in den Seilen. Marion packte sie beherzt und zog sie auf die Beine. Die beiden Frauen torkelten Arm in Arm, ohne sich noch einmal umzudrehen, den Gang entlang.

»Auf Wiedersehen«, rief Frank ihnen hinterher.

Und ich werde morgen zu Daniel fahren. Vielleicht kann der sich an Anja erinnern, dachte Frank. Verdammt traurig, was die Frau in ihrem Leben schon durchmachen musste.

Kapitel 20

Frank fuhr mit seinem Wagen langsam über eine kleine Kreuzung. Er hatte absolut keinen Bock auf das Treffen mit seiner Ex. Das war wieder so typisch für Friederike, dass sie behauptete, die Reise sei zu gefährlich für Mathias. Absoluter Unfug. Er könnte genauso gut auch hier über die Fahrbahn laufen und vom Bus überfahren werden.

Frank bog in eine Seitenstraße in Essen-Huttrop ein. Ein wenig Grün am Wegesrand und ein paar historische Zechenhäuser. Normalerweise ein schöner Anblick, aber jetzt war es Frank egal. Nur noch ein paar Minuten, dann war er in Essen-Steele, seinem ehemaligen Wohnviertel. Er hatte dort in einem schönen kleinen Einfamilienhaus gelebt, zusammen mit Friederike und Mathias. Jetzt gehörte ihr allein dieses Domizil.

Frank brauchte Sauerstoff. Er öffnete das Seitenfenster seines Dienstwagens. Die frische Brise tat ihm gut. Vielleicht konnte er so seinen Kopf freibekommen. Der gestrige Tag lief noch wie ein Film vor seinen inneren Augen ab. Die schizophrene Anja hatte ihn und seine Kollegen ganz schön auf Trab gehalten. Frank war bei Daniel, dem Wirt der Viktoria Klause, gewesen. Der wusste aber nicht, ob Anja dort gewesen war und konnte Frank nicht weiterhelfen. Mo war es nicht besser ergangen. Er hatte die Nachbarschaft von Anja befragt. Doch keiner hatte sie an dem fraglichen Abend gesehen. Also konnte keiner aus ihrem Wohnumfeld sagen, ob sie zu Hause gewesen war oder vielleicht doch unterwegs.

Astrid wiederum hatte sich mit Anja in deren Wohnung getroffen. Allerdings war Anja wenig hilfreich gewesen. Sie hatte zwar definitiv mit Uwe gesprochen, aber es ließ sich nicht mehr rekonstruieren, wann das gewesen war, weil sie ständig die zeitlichen Abläufe durcheinandergeworfen hatte. Uwe hatte ihr persönliche Details aus seinem Busfahrerleben anvertraut. Doch irgendwelche hilfreichen Erkenntnisse waren beim Gespräch zwischen Uwe und Anja nicht rumgekommen.

Frank steckte sich eine Zigarette an und blies den Rauch durch das offene Fenster hinaus.

Ob Friederike heute wieder so hochgehen würde wie früher? Verdammt. Der Gedanke an seine Ex war alles andere als angenehm. Frank schaute aus dem Fenster. Auf der gegenüberliegenden Seite lief ein Mann in seine Richtung. Kurzes dunkles Haar, schlaksiger Typ. Verrückt, der sah ja aus wie Jerome! Aber wieso sollte der hier sein? So ein Quatsch. Frank schüttelte irritiert den Kopf und beschleunigte sein Gefährt.

Kaum sechzig Sekunden später kam er ‚Am Stadtgarten' an. Er parkte seinen Wagen auf dem Seitenstreifen gegenüber von seinem ehemaligen Eigenheim. Die Jahre hatten dem Einfamilienhäuschen zugesetzt. Die Dachziegel beherbergten mehr Moos, der Schornstein war ganz windschief und die Eingangstür hatte einen größeren Riss im Holz als noch vor Jahren. Frank drückte seine Zigarette im Aschenbecher aus und schritt zur Haustür.

Der Vorgarten sah ordentlich aus. Kurz gemähter Rasen, eine gut gestutzte Hecke und zwei sauber geschnittene Buchsbäume. Er drückte die Klingel. Im Haus polterte es.

»Moment«, rief eine Stimme aus dem Inneren.

War das ein fröhlicher Ausruf oder ein genervter? Was würde ihn gleich erwarten?

Mit einem Ruck wurde die Eingangstür aufgerissen. Friederike stand vor ihm und tippte auf ihre Armbanduhr. Sie schnaubte.

»Du bist zwanzig Minuten zu spät. Warum … Ach, was soll's.«

Gereizt. Auf jeden Fall.

»Ich wünsche dir auch einen guten Abend, Friederike.«

Frank versuchte, nicht allzu sarkastisch zu klingen. Er wollte nicht von vornherein eine schlechte Stimmung erzeugen. Lächelnd gab er ihr einen flüchtigen Kuss auf die Wange. Anschließend trat er zusammen mit ihr in die Wohnung.

Friederike blaffte: »Glaub ja nicht, dass du mich umstimmen kannst. Du kennst meine Einstellung zur Indienreise von Mathias. Und wie ich dich kenne, hast du dich nicht mal informiert, wie gefährlich es in Indien ist. Deine Meinung ist ja schließlich immer die einzig richtige.«

Dann knallte sie die Tür zu.

Knapp zwei Stunden später riss Frank die Haustür auf und rauschte hindurch. Als er auf dem Bürgersteig ankam, drehte er sich noch einmal um. Friederike stand jetzt im Türrahmen und gestikulierte wild.

»Du haust mal wieder ab, anstatt dir meine Argumente anzuhören. Das ist so typisch für dich.«

Franks Kopf fühlte sich heiß an. In seinem Inneren brodelte es, als würde gleich ein Vulkan ausbrechen.

»Und du …«, brüllte Frank. »Ach, das bringt doch nichts. Mit dir kann man nicht vernünftig diskutieren.«

Friederike schüttelte vehement den Kopf, drehte sich um, stapfte ins Haus und knallte die Tür hinter sich zu.

Frank seufzte.

Was für ein Schwachsinn. Dieser Abend hätte ganz anders verlaufen sollen. Frank war traurig, dass es ihm nach so vielen Jahren immer noch nicht gelang, mit Friederike ein sachliches Gespräch zu führen. Aber glaubte sie wirklich diesen Stuss, den ihr diese Gisela eingeredet hatte? Indien wäre eine gefährliche, keimverseuchte Kloake.

Wow, was für eine bescheuerte Tussi, diese Freundin. Die war doch bisher noch nie aus Deutschland rausgekommen. Und als Frank Gisela als destruktive Kuh betitelt hatte, war Friederike ausgerastet. Angeschrien hatte sie ihn. Gisela sei zumindest immer für sie dagewesen, er hingegen nie. Schon früher hätte sie alle Probleme mit Mathias allein regeln müssen, genau wie heute. Daher würde sie keinen Cent für diese Schwachsinnsreise geben. Frank hatte gebrüllt, dann würde er selbst halt die komplette Reise allein zahlen. Das war ein riesiger Fehler gewesen. Friederike war explodiert und hatte ihn rausgeschmissen.

Mit hängendem Kopf lief Frank über die Straße. Wie hatte er sich nur so blöd anstellen können? Deeskalation. Das hatte er schon als Polizeianwärter gelernt und im Dienst mehr als einmal umgesetzt. Warum wendete er das nicht bei Friederike an? Verdammter Scheiß.

Frank erschrak, als die Tür des Nachbarhauses aufflog und ein lautes Scheppern erklang. Er drehte sich um und sah seinen ehemaligen Nachbarn Franz. Der hob eine Schüssel auf, die ihm scheinbar runtergefallen war, und stopfte sie in den Mülleimer neben seiner Haustür.

»Hey Frank, wie geht's dir?«

Frank schaute ihn an und runzelte die Stirn.

»Gut, Franz.«

Der hatte jetzt zu Franks Glück gerade noch gefehlt. Franz war der neugierigste Wachhund dieser Siedlung.

Frank hatte seinen Ex-Nachbarn sogar mal erwischt, wie er die Mülltonne einer Nachbarin durchwühlt hatte.

»Bist du mal wieder bei Friederike zu Besuch gewesen?«

Frank schluckte einen bissigen Kommentar runter und versuchte, locker zu wirken. Er wollte diesem Blockwart keinen Anlass für neuen Tratsch geben. Franz hatte einfach zu viel Zeit als Frührentner. Ganz bestimmt hatte er den Streit zwischen Frank und Friederike mitangehört und war allein deshalb rausgekommen.

»Ja, aber ich hab´s grad total eilig.«

Frank winkte seinem Ex-Nachbarn noch einmal beiläufig zu und stieg in sein Auto. Er lehnte sich in den Sitz und stierte durch die Windschutzscheibe. Wie konnte er mit Friederike auf einen Nenner kommen? Irgendwie musste doch eine friedliche Lösung zu finden sein. Frank startete gedankenverloren den Wagen und fuhr davon.

***

Zehn Minuten später klopfte er an Friederikes Haustür. Sie öffnete.

»Bist du gekommen, um dich zu entschuldigen?«, fragte Friederike zynisch.

»Lass uns nochmal …«, begann er.

»Was ist los mit dir, Frank? Du wirkst irgendwie anders. Hast du dich doch noch abgeregt?«

»Ja, bin jetzt ganz ruhig. Wollen wir nochmal reden?«

Friederike starrte ihn durchdringend an.

»Na dann. Komm rein. Sag mal, warum trägst du jetzt einen Trenchcoat? Ist der nicht zu warm?«

»Schon möglich.«

Sein Grinsen wurde breiter. Im Nachbarhaus wurde ruckartig ein Vorhang zugezogen.

Er trat ein und Friederike schloss die Eingangstür hinter ihm.

Kapitel 21

Montag, 8. August 2022, morgens 10.00 Uhr

Frank stieg aus seinem Dienstwagen und lief auf Mo zu.

»Was ist so eilig, dass ich sogar meine Therapiestunde abbrechen musste?«, fragte er unsicher.

Normalerweise wollte Frank bei den Sitzungen mit Hieronymus nur in absoluten Notfällen gestört werden. Das hatte er auch Mo gesagt.

Frank hatte ein flaues Gefühl in der Magengegend. Hier war er gestern schon gewesen, als er Friederike besuchte. Die Menschentraube vor seinem ehemaligen Eigenheim machte Frank nervös.

Mo flüsterte: »Lass uns nach da vorne gehen. Hier sind mir zu viele Lauscher.«

Mo schob Frank mit sanftem Druck in Richtung der Kreuzung, weg von dem Trubel, der sich vor dem Haus seiner Ex gebildet hatte. Widerwillig begleitete Frank Mo bis zu einer Eiche. Dort schaute er sich noch einmal um. Hinter dem Absperrband, das die Gaffer fernhielt, wuselten Uniformierte und Techniker herum.

»Was ist das für ein Menschenauflauf hier?«

Mo räusperte sich. Er wirkte angespannt.

»Ich wollte es dir am Telefon nicht sagen, deine Ex-Frau ist tot.«

Nein, das konnte nicht sein. Er war doch gestern noch hier gewesen. Da war alles in Ordnung. Sie lebte. Ganz bestimmt.

Frank fühlte einen Stich im Herzen. Er musste jetzt zu ihr. Wollte sie sehen. Unbedingt. Er schob Mo zur Seite und rannte los. Mo versuchte Frank noch festzuhalten, aber der riss sich los. Brachial zwängte Frank sich zwischen ein paar Neugierigen hindurch und schob sich an einem Uniformierten vorbei. Mo musste sich einfach irren.

Er stürzte durch die offene Haustür, dann weiter durch den Flur ins Wohnzimmer, vorbei an Astrid und Raul. Sein Herz pumpte mit Hochdruck Blut durch seinen Körper.

Da lag er, der leblose, schlaffe Körper von Friederike. Abrupt hielt Frank inne. Ihr Oberkörper befand sich auf dem Wohnzimmertisch, das Gesicht zur Seite gedreht. Ihr Kopf war blutüberströmt.

Frank rang nach Luft. Seine Beine fühlten sich wie Pudding an.

»Nein!«, schrie er und stützte sich am Wohnzimmerschrank ab.

Astrid hatte Raul ihren Block in die Hand gedrückt und steuerte auf Frank zu. Zugleich taumelte Frank Friederike entgegen. Als er näher kam, sah er ihren weit ge-

öffneten blutigen Mund und die ausgeschälten Augen. Ein Schauer lief über seinen Rücken und sein Magen rebellierte. Neben ihrem Kopf lag das Fotoalbum von Mathias Einschulung. Ein einzelnes Bild befand sich auf dem Tisch neben dem Buch. Frank ließ sich schluchzend auf das Sofa fallen. Wie unter Trance griff er sich die Aufnahme. Friederike und sein Sohn waren darauf abgebildet. Er selbst war damals hinter der Kamera gewesen. Daran konnte er sich noch gut erinnern. Aber warum lag dieses Bild separat da? Er drückte das Foto an sein Herz und ließ seinen Tränen freien Lauf.

Hinter ihm machte sich Astrid bemerkbar, indem sie ihn anstupste.

»Du kannst hier nicht …«

»Das ist meine Ex-Frau!«, brüllte Frank. Seine Stimme überschlug sich.

Er strich Friederike übers Haar. Seine Finger konnten nicht mehr durch ihre Strähnen fahren. Das Blut hatte sie verklebt. Das seidige Gefühl ihrer Haare war verschwunden, wie das Leben aus ihrem Körper.

»Nicht berühren!«, rief der Pathologe, der gerade zur Tür reinkam.

Astrid griff Franks Arm und zog ihn zur Seite.

»Ihre Augen …«, stammelte Frank.

Er schluchzte. War das hier seine Schuld? War das eine Racheaktion wegen der Pressekonferenz? Der Täter sollte doch auf ihn reagieren und nicht Friederike angreifen.

Oder hatte er, Frank, einen Blackout gehabt und sie …
umgebracht?

Frank stand schwankend auf, ging ein paar Schritte und
lehnte sich gegen die Wand. Ihm wurde speiübel.

Mo kam jetzt auf ihn zu und sagte: »Lass uns nach
draußen gehen.«

Mit etwas Druck bugsierte er Frank durch die Wohnung und wieder ins Freie. Franks Kopf pochte wie wild.
Als wollten sämtliche Synapsen auf einmal rausspringen.

Am Rande des Getümmels setzten sie sich auf eine
Bordsteinkante.

»Geht's wieder?«, fragte Mo sanft. Frank atmete tief
durch und nickte.

»Kannst du mir sagen, wer sie gefunden hat und wann
das war?«, fragte Frank.

»Eine Freundin wollte sie heute Morgen so gegen neun
Uhr zum Sport abholen. Sie hat ihren leblosen Körper
durch das Fenster im Wohnzimmer gesehen.«

»Und was ist hier abgelaufen? Weißt du schon Nähe-
res?«

»Noch nichts Genaues. Aber ich muss dir jetzt ein paar
Fragen stellen.«

Mo schluckte einmal sichtlich.

»Ich gehe nicht davon aus, dass du ihr etwas angetan
hast, aber … ihr habt euch gestritten, wegen Mathias, wie
du mir gesagt hast. Und damit ich dich entlasten kann,
muss ich wissen, wo du letzte Nacht gewesen bist?«

»Das … das ist nicht dein Ernst!«

Mo legte eine Hand auf Franks Arm.

»Ich glaube ja nicht, dass du sie getötet hast, aber … Sag mir einfach, wo du gewesen bist.«

Frank schüttelte den Kopf. Mit zittrigen Händen holte er seine Zigarettenschachtel aus der Hemdtasche, klaubte eine Zigarette heraus und zündete sie an. In seinem Kopf wirbelte alles durcheinander. Das war doch alles Mumpitz. Eine Horrorshow. Als würde er im Kino sitzen und einen grausigen Film sehen. Und er hätte darin unfreiwillig die Hauptrolle.

Er senkte den Kopf.

»Frank, bitte. Wo warst du gestern Abend?«

Frank blickte in den Rinnstein. Seine Wangen glühten. Er unterdrückte ein Schluchzen.

»Bis kurz vor zehn war ich hier, bei Friederike. Wir mussten was besprechen. Aber … sie hat gelebt, als ich weg bin. Ganz bestimmt.« Die letzten Sätze hatte Frank geflüstert.

Er atmete schwer.

»Hast du jemanden bemerkt, als du weggefahren bist? Oder ist dir irgendwas ungewöhnlich vorgekommen?«

Frank zog an seiner Zigarette. Wie war der gestrige Abend abgelaufen?

»Nein, außer diesem dämlichen Ex-Nachbarn war da niemand, glaube ich.«

Mo runzelte die Stirn.

»Schließ bitte deine Augen und geh den Weg von Friederikes Haustür zum Auto. Was siehst oder hörst du?«

»Ein Scheppern. Franz, also der Ex-Nachbar, hatte wohl etwas in den Mülleimer geschmissen.«

Mo kratzte sich am Kinn.

»Bist du dir sicher, dass das Geräusch von dort kam?«

»Du hast recht. Vielleicht …«

Frank zuckte zusammen und riss die Augen auf, als ein Kriminaltechniker Mo ansprach. Er hatte ein Handy dabei und drückte es Mo in die Hand.

»Weißt du, ob das Friederikes Telefon ist?«, fragte Mo, während er Frank das Handy vor die Nase hielt.

Frank nickte. Ein goldenes Handy mit einem Fck-AfD-Sticker. Das gehörte definitiv ihr.

»Du kennst nicht zufällig ihre Pin?«

Frank ratterte Tag und Monat ihres Geburtsdatums runter. Sie hatte das für ein besonders gutes Passwort gehalten.

Mo gab die Pin ein und schaute sich die WhatsApp-Nachrichten an.

»Das ist die letzte gespeicherte Nachricht.«

Frank blickte mit wässrigem Blick auf den Bildschirm, den Mo ihm entgegenhielt. Die Nachricht stammte von gestern Abend, kurz bevor Frank und sie den Streit gehabt hatten.

»Du machst nicht mit mir Schluss. Das wirst du bereuen, Bitch. Jerome«, las Mo vor.

»Wie war der Name?«

Frank wischte sich die Tränen aus dem Gesicht.

»Jerome. Warum fragst du?«

Frank riss Mo das Handy aus der Hand und öffnete das Profilbild des Schreiberlings. Verflucht. Das war Martinas Jerome. Dann hatte er ihn gestern tatsächlich gesehen, und zwar kurz bevor er selbst bei Friederike eintraf. Und Jerome hatte ihr gedroht. Ganz offen.

»Ich …«

Hinter Franks Rücken erklang eine wohlbekannte Stimme: »Es tut mir sehr leid, Frank. Wie geht es dir?«

Frank drehte seinen Kopf. Emil kam auf ihn zu. Sollte er ihm sagen, dass er diesen Jerome kannte? Frank stand auf. Er schwankte ein wenig, während er ansetzte: »Wir haben in Friederikes Handy …«

Emil unterbrach ihn: »Lass gut sein. Du weißt selbst, dass Angehörige in einem Mordfall nicht ermitteln dürfen. Nimm dir ein paar Tage frei. Raul und Astrid werden Mo bei den Ermittlungen unterstützen.«

Frank presste die Lippen aufeinander. Natürlich kannte Frank die Bestimmungen. Aber jetzt fühlte es sich an, als hätte ihm Emil den Boden unter den Füßen weggezogen.

Frank schaute seinem Chef hinterher, wie er durch die Absperrung auf Astrid zulief. Die hatte Emil augenscheinlich viel zu erzählen. Nach ein paar Minuten beendete Astrid ihren Redefluss.

Emil kam zu Frank zurück. Er sah ernst aus. Sein knittriges Gesicht war noch faltiger geworden.

»Was gibt es?«, fragte Frank besorgt.

»Gib mir bitte deinen Dienstausweis und deine Dienstwaffe, Frank.«

Irritiert starrte Frank Emil an.

»Du bist vorläufig suspendiert. Ein Zeuge hat dich gestern Abend hier am Haus gesehen, wie du dich mit deiner Ex-Frau gestritten hast.«

Zornig antwortete Frank: »Ja, das stimmt. Aber ich hab sie nicht getötet.«

Franz, dieser miese Schnüffler. Frank schaute in die Menge und entdeckte nahe der Absperrung seinen ehemaligen Nachbarn. Der sah sowas von selbstzufrieden aus. Arme vor dem Körper verschränkt, Kopf angehoben, Hühnerbrust vorgestreckt. Toller Hecht. Der hatte bestimmt gequatscht.

»Der Zeuge hat auch ausgesagt, dass du ein paar Minuten später wiedergekommen und zusammen mit deiner Ex-Frau im Haus verschwunden bist.«

In Frank zerbrach etwas. Wie konnte Emil so etwas glauben? Sie kannten sich doch schon seit Jahrzehnten. Emil war mehr ein Freund als ein Chef für Frank.

»Ich bin nach dem Streit weggefahren und nicht wiedergekommen.«

Frank wusste zwar, dass Franz ein Mistkerl war, aber so viel verlogenes Denunziantentum hätte er ihm nicht zugetraut.

»Hier hast du meinen Ausweis und meine Waffe.«

Frank sicherte seine Sig und übergab beides Emil. Er fühlte sich verraten und alleingelassen. Frank verließ den Tatort mit hängendem Kopf und Tränen in den Augen. Sein Hirn war wie in Watte getaucht. Er torkelte zu seinem Wagen. Als er dort ankam, hörte er eine Stimme hinter sich. Es war die von Mo.

»Hau nicht einfach ab. Ich bin dein Partner und ich denke nicht, dass du deine Ex getötet hast.«

Frank drehte sich um und schaute in Mos Gesicht. Mo sah ernst und traurig aus.

Wenigstens einer, der an meine Unschuld glaubt, dachte Frank.

»Danke, Mo, aber du hast ja gehört, was der Chef gesagt hat. Ich bin raus.« Frank öffnete die Wagentür. »Aber vielleicht kannst du mich auf dem Laufenden halten? Check mal diesen Jerome. Ob seine Drohung etwas mit dem Mord an Friederike zu tun hat, weiß ich nicht, aber er ist ein seltsamer Typ. Martina, eine gute Freundin von mir, war mit ihm zusammen. Nachdem die Beziehung beendet war, hab ich ihn einmal kurz kennengelernt. Er lungerte vor ihrem Haus rum. Zufällig, wie er sagte. Der benahm sich extrem komisch. Von jetzt auf gleich verwandelte er sich von einem sachlich ruhigen Mann in einen kalten Eisblock.«

Mo ging einen Schritt auf Frank zu, woraufhin Frank ihm in die Arme fiel. Es tat so gut, dass Mo für ihn da war.

»Ich ruf dich an, dann können wir einen Treffpunkt ausmachen und besprechen, wie wir weiter vorgehen. Du kannst auf mich zählen«, sagte Mo.

Frank setzte sich in seinen Wagen und startete ihn. Er wollte nicht mehr hierbleiben. Und außerdem musste er Mathias mitteilen, was passiert war. Wie sollte Frank ihm erklären, dass seine Mutter tot war? Am liebsten hätte er sich in einem Loch versteckt.

Mit einem tiefen Seufzer fuhr Frank los.

Kapitel 22

So ein Mist. Frank hatte doch versucht, einfühlsam mit Mathias zu reden. Aber das Telefonat war katastrophal verlaufen. Frank stand noch unter Schock. Er wusste gar nicht so genau, wie er selbst mit Friederikes Tod umgehen sollte, und als er die Nachricht Mathias mitgeteilt hatte, lief alles aus dem Ruder. Mathias hatte übers Internet schon mitbekommen, dass es einen erneuten Mord des Augenschälers gegeben hatte. Er hatte die Bilder vom Haus seiner Mutter gesehen und wusste Bescheid. Und als Frank anrief, hatte Mathias ihn verantwortlich gemacht und ihn angeschrien, er sei am Tod der Mutter schuld. Er hätte diese dämliche Pressekonferenz nicht halten sollen. Es wäre doch klar gewesen, dass der Augenschäler sich rächt, da Frank ihn total lächerlich gemacht hatte. Jetzt sei Friederike wegen diesem blöden Trick tot. Daraufhin hatte Mathias wütend aufgelegt. Frank hatte noch ein paarmal versucht, Mathias anzurufen, aber der nahm nicht ab.

Jetzt stand Frank vor dem Haus, in dem Mathias mit seinen WG-Kumpeln wohnte, und starrte auf den Klingelknopf.

Was sollte er ihm gleich sagen? Einfach nur, dass es ihm leidtäte? War Frank wirklich für den Tod von Friederike verantwortlich? Schließlich hatte er den Augenschäler bei der Pressekonferenz absichtlich gereizt.

Franks Hände zitterten. Er hob seinen Arm und drückte den Klingelknopf. Angstschweiß trat auf Franks Stirn, als der Türsummer erklang. Frank atmete einmal tief durch und betrat den Hausflur.

Mit bleischweren Beinen erklomm er Stufe für Stufe. Oben angekommen, stand Mathias in der Tür.

»Bitte lass uns das Gespräch von vorhin weiterführen. Vielleicht drinnen, wenn du nichts dagegen hast?«, fragte Frank.

Mathias machte einen Schritt vorwärts, auf Frank zu, und sagte kühl: »Wir haben nichts weiter zu besprechen.«

»Können wir nicht nochmal in Ruhe reden?«

Frank fühlte sich total verloren.

»Nein, das können wir nicht. Du hast mir angeblich im Spaß gesagt, dass du sie am liebsten um die Ecke bringen würdest, weil sie mir nicht das Geld für die Indienreise zahlt. Schwarzen Humor hattest du es genannt. Pah.«

Mathias Mund war zu einer Grimasse geworden.

Das hätte Frank damals wirklich nicht sagen sollen. Es war ihm einfach rausgerutscht. Das tat ihm jetzt unendlich leid.

Als Frank etwas erwidern wollte, knallte Mathias die Wohnungstür zu und schrie dahinter: »Verschwinde!«

Gegen fünfzehn Uhr rief Mo Frank an. Frank lag zu Hause auf seinem Bett. Er starrte die Decke an. Sein Magen krampfte. Ihm war übel.

Mo war in Eile. Er teilte Frank mit, dass er im Büro saß und Neuigkeiten hatte. Die wollte er aber nicht am Telefon rausgeben, da Emil jeden Moment auftauchen konnte. Stattdessen schlug er vor, sich so bald wie möglich an der Philharmonie zu treffen. Das sei besser. Da konnten sie in Ruhe reden.

Frank stieg aus dem Bett, schlurfte wie ein Zombie ins Bad und schüttete sich kaltes Wasser ins Gesicht. Was für Infos hatte Mo wohl für ihn?

***

Er schaute aus dem Wagenfenster in Richtung Polizeipräsidium. Es war kurz nach halb fünf nachmittags. Nun wartete er schon eine ganze Weile auf Mo. Er wurde ungeduldig.

Endlich wurde die Tür vom Präsidium aufgestoßen.

»Hey Mo!«, rief er aus dem offenen Fenster.

Mo drehte sich suchend um und lief dann auf den geparkten Volvo zu.

»Frank, was machst du hier? Wir wollten uns doch an der Philharmonie treffen«, sagte Mo erstaunt, als er am Wagen ankam.

»Spring ins Auto, ich muss mit dir reden«, raunzte er.

Mo schaute sich um und setzte sich auf den Beifahrersitz.

»Wenn Emil dich hier erwischt, dann wird der uns beide die Hammelbeine langziehen.«

»Ja, ja. Ich will nur wissen, was es Neues gibt. Habt ihr schon was herausgefunden?«, fragte er.

Mo rutschte unruhig auf dem Sitz hin und her.

»Lass uns hier wegfahren. Ich erzähl dir alles unterwegs.«

Mo stupste seinen Kollegen an, der einen Blick in den Rückspiegel warf. Ein diabolisches Grinsen zeichnete sich auf seinem Gesicht ab. Er umfasste das Lenkrad so fest, dass seine Knöchel weiß hervortraten, dann trat er aufs Gaspedal und preschte davon.

Kapitel 23
Montag, 9. August 2022, nachts 2.00 Uhr

Frank lief unzählige steinerne Stufen hinab. Er kannte das Treppenhaus. Das war doch in dem Haus, in dem Mathias wohnte. Stuck an den Wänden und der Decke. Er stieß die Haustür auf. Als er ins Freie trat, blendete ihn die Sonne, sodass er erstmal seine Augen schließen musste. Frank wurde schwindelig. Er taumelte, schritt aber dennoch voran. Unter seinen Schuhen knirschte loser Schotter.

Als er die Augenlider wieder öffnete, schaute er auf ein altes Gehöft, auf das er schnurstracks zulief. Das sah aus wie das Gebäude, in dem er mit seinen leiblichen Eltern gelebt hatte. Wow. Genau wie vor ein paar Jahren, als er hier gewesen war, weil er wissen wollte, wo er in den ersten Jahren gewohnt hatte. Als er näher kam, bemerkte er zwei etwa dreijährige Jungen. Waren das nicht die aus seinen immer wiederkehrenden Träumen?

Sie spielten vor dem Haus im Sand. Urplötzlich schrie eines der Kinder auf, schnappte sich eine Plastikschaufel und schlug damit auf das andere ein. Noch bevor Frank begriff, was passiert war, rauften die zwei miteinander. Sie wälzten sich im Sand, kratzten, bissen und schrien.

Eigentlich hätte ihn die Situation verstören müssen, aber das Gegenteil war der Fall. Glücksgefühle durchströmten ihn. Ihm war nach Tanzen zumute. Er wollte unbedingt Blut fließen sehen. Voller Euphorie näherte er sich dem Geschehen, um nichts zu verpassen. Er fühlte sich regelrecht berauscht von der Schlägerei. So aufgeputscht hatte er vor Jahren bei einem Einsatz einen Junkie erlebt, der mit Speed vollgepumpt war.

Sein Favorit war der kleine Schaufelschläger.

Frank brüllte ihm zu: »Schlag die kleine Mistratte. Zieh ihm die Haut ab!«

Frank machte einen weiteren Schritt auf den Kampf zu. Bei den Kindern zeigten sich erste Blessuren. Beim Schaufelschläger gab es offene Cuts an Kinn und Schläfe. Der andere wies eine klaffende Risswunde am Hals auf.

Frank ballte die Hände zu Fäusten und schrie so laut er konnte: »Töte ihn!«

Sein Kämpfer saß jetzt auf dem anderen Jungen. Er sah gruselig aus mit seinen blutunterlaufenen Augen und der diabolischen Grimasse. Toll, diese Wut und Bösartigkeit, mit der er auf das andere Kind einprügelte.

»Ja, mach ihn fertig, den kleinen Scheißer! Reiß ihn in Stücke!«, brüllte Frank aus Leibeskräften.

Sein Favorit biss dem anderen Jungen ein Stück Fleisch aus dem Oberarm.

»Gib ihm den Rest. Mach das Frettchen kalt!«

Frank griff an seinen Hosenbund. Aus einer Lederscheide zog er ein riesiges Jagdmesser und warf es dem oben liegenden Burschen zu. Der angelte sich die Klinge und packte fest zu. Mit Schwung hieb das kleine Monster zu und zerfetzte die Halsschlagader des unter ihm Liegenden. Der griff sich an die Wunde, röchelte und spuckte Blut. Ein letztes Zucken, dann war er tot.

Frank fühlte sich euphorisch. Er lief auf den Sieger zu und wollte ihn umarmen. Der Junge drehte sich zu Frank. In seiner Hand lag das Jagdmesser. Der Bursche streckte seine Zunge raus und leckte die blutige Klinge genüsslich ab. Was für eine grandiose Vorstellung! Dann schaute der Junge zu seinem Opfer auf dem Boden. Frank folgte seinem Blick. Aber da lag jetzt kein Kind mehr, sondern Pinkie, seine Katze. Ihr Körper war nur noch ein blutiger Klumpen und aus ihren leeren Augenhöhlen krochen Maden.

Frank schrie: »Nein!«

Er lag schweißgebadet neben seinem Bett. Verdammt. Er hatte geträumt. Wieder einmal. Frank wischte mit einem Arm den Schweiß aus seinem Gesicht und griff anschließend nach der Wasserflasche, die direkt neben dem Bett stand. Er genehmigte sich einen großen Schluck.

Was für ein Albtraum. Warum hatte er diesem furchtbaren Kind zugejubelt? War das seine böse Seite, von der er nichts wusste, die sich aber bei Blackouts zeigte?

Frank schlug verzweifelt mit der flachen Hand auf seinen Nachttisch.

Er brauchte Hilfe und musste sich dringend jemandem anvertrauen. Aber mit wem sollte er darüber reden? Martina? Nein, die war noch immer bei ihrer Freundin. Mo? Auch nicht. So gut kannte er ihn noch nicht. Seine Eltern. Genau. Sie waren schließlich immer für ihn da.

Frank wankte benommen ins Wohnzimmer. Ein Kloß steckte in seinem Hals. Hoffentlich würden sie ihn verstehen und nicht verurteilen. Ihm war zum Heulen zumute.

Er schnappte sich sein Handy, ließ sich auf die Couch plumpsen und zündete sich eine Zigarette an.

Mit zittrigen Händen tippte er eine SMS an seine Mutter, dass er morgen Abend gerne zu ihnen kommen würde. Abgeschickt. Frank drückte seine Zigarette aus, an der er nur einmal gezogen hatte. Sie schmeckte nicht. Sein Magen rebellierte, als wollte ein Alien aus ihm herausbrechen. Frank wollte sich beruhigen und schaltete die Glotze ein. Vielleicht half das, sein Gedankenkarussell zu stoppen.

Kapitel 24

»Wisst ihr …«, begann Frank nervös. »Ich bin froh, dass ihr für mich da seid und mir zuhört.«

Frank war erst vor ein paar Minuten in Essen-Kettwig angekommen und saß jetzt zusammen mit seinen Eltern in deren Wohnzimmer. Sein Vater hatte es sich auf der Couch bequem gemacht und nuckelte an seinem Bier, während seine Mutter unruhig auf einem Sessel hin und her rutschte. Frank saß ihr gegenüber. Er hatte noch während der Fahrt gegrübelt, was er ihnen über die Blackouts erzählen sollte. Die Wahrheit, dass er glaubte, er wäre ein Mörder, oder … Er entschied sich für die Pflastermethode. Gleich alles raushauen. Das war wie ein schnelles Abreißen. Da war der Schmerz nur kurz. Ach, scheiße. Er wollte es endlich loswerden. In seinem Kopf blitzte der Albtraum auf. So einen verfickten Traum wollte er nicht noch einmal erleben. Der war wirklich übel gewesen. Frank hatte danach kein Auge mehr zugekriegt und fühlte sich jetzt total gerädert.

Seine Mutter schaute ihn erwartungsvoll an, während sein Vater sich noch einen Schluck kaltes Bier genehmigte. Es war wieder sehr heiß. Mehr als 35 Grad.

»Friederike ... Sie ist ermordet worden und ...«, Frank schloss kurz die Augen und atmete schwer, »ich weiß nicht, ob ich sie getötet habe.«

Franks Mutter riss die Augen auf.

»Nein, was ist passiert?«

»Sie ... sie wurde vorletzte Nacht umgebracht und ...«

Frank nahm einen großen Schluck Wasser, um den Kloß in seinem Hals hinunterzuspülen. »Vielleicht ...«

Verdammt, war das schwer. Wie sollte er ihnen erklären, was er selbst nicht mit Bestimmtheit wusste?

»Es kann sein, dass ich ...«, Frank stockte, »Blackouts habe. Ein Zeuge behauptete, mich am Tatort gesehen zu haben.«

Franks Hände schwitzten und seine Zunge klebte an seinem Gaumen. Er schaute ängstlich von seiner Mutter zu seinem Vater. Seine Mutter kniff die Augen zusammen, wohingegen sein Vater ein mildes Lächeln aufgesetzt hatte.

»Hör mal, Junge, ich weiß, dass du keiner Fliege was zuleide tun kannst«, sagte Franks Vater.

Frank unterdrückte eine Träne. Er schaute seinen Vater liebevoll an. Seine Mutter setzte sich auf die Kante ihres Sessels.

Jetzt nur nicht heulen, dachte Frank. *Das wäre total peinlich.* In seinem Kopf hatten sich mittlerweile die schlimmsten Szenarien aufgebaut, wie er meuchelnd und mordend durch die Stadt zog. Er sah sich als das augenschälende Monster aus Essen. Und seine Eltern? Sie standen zu ihm. Das war mehr, als er zu hoffen wagte.

Seine Mutter räusperte sich.

»Und du glaubst wirklich, dass du bei einem vermeintlichen Blackout Friederike umgebracht hast? Du bist doch nicht gewalttätig. Hast dich nicht mal als Kind geprügelt. Ich sehe dich noch mit Karl Arm in Arm hier im Garten sitzen. Er hatte dir ein Veilchen verpasst, aber statt dich zu wehren, hast du mit ihm diskutiert und dann habt ihr zusammen ein Eis gegessen. Das war total süß.«

Frank zog die Mundwinkel etwas nach oben. Ja, da hatte seine Mutter recht. Aber was sie nicht wusste, war, dass Frank Karls Playmobil-Auto kaputt gemacht hatte. Karl hatte also allen Grund gehabt, sauer auf Frank zu sein.

»Da war ich ein Kind. Sieben Jahre alt. Jetzt bin ich erwachsen und habe als Polizist gelernt, wie man sich körperlich auseinandersetzt. Und was ich in der Mordnacht gemacht habe … Tja, das weiß ich nicht.«

Frank knibbelte an seiner Nagelhaut.

»Ich sehe Friederike noch auf dem Tisch liegen. Diese leeren Augenhöhlen und das ganze Blut. Wenn ich das war, dann …« Frank versagte die Stimme.

Seine Mutter faltete ihre Hände und legte sie auf ihren Schoß.

»Deine Angst vor einem Blackout verstehe ich, aber ich glaube trotzdem nicht, dass du ein Mörder bist.«

270

Sein Vater fügte hinzu: »Du hast sie bestimmt nicht getötet.«

Frank bewegte seinen Kopf von links nach rechts, sodass es in seinem Nacken einmal heftig knackte.

»Und wenn doch? Es gab noch weitere Morde. Und auch da hatten mich Zeugen an den Tatorten gesehen. Ich habe mich entschieden. Ich werde mich morgen stellen.«

Wenn ich hinter Gittern bin, dann ist der Augenschäler endlich von der Straße weg, dachte Frank. Alle Indizien sprachen dafür, dass er der Täter war. Er fühlte sich niedergeschlagen und ausgelaugt. Alles in ihm schrie ‚schuldig‘.

Franks Mutter legte erschrocken eine Hand auf ihren Mund und rief: »Nein!«

Sein Vater schüttelte vehement den Kopf.

»Du hast doch selbst mal gesagt, dass Zeugen sich irren können.«

»Ja, aber das waren schon einige. Was soll ich denn machen?«, fragte Frank. »In mir tobt alles. Ich habe das Gefühl, dass ich verrückt werde.«

»Du bist nicht …«, begann Franks Vater.

Seine Mutter holte tief Luft und sagte: »Es gibt etwas, was du nicht weißt und was wir dir erklären müssen.«

Sie machte eine Pause und schaute zu ihrem Mann. Der nickte ihr zu.

Was war hier los? Wussten die zwei womöglich etwas über eine psychische Erkrankung von Frank, von der er selbst nichts ahnte?

»Du … nein. Ähm. Wir haben dich als Kind …«

Seine Mutter spielte an ihrem Ehering. Frank biss sich auf die Unterlippe. Verdammt. So daneben hatte er seine Mutter zuletzt beim Tod von Tante Erna erlebt.

»… adoptiert und du warst …«

»Du hast einen Bruder. Einen Zwillingsbruder«, platzte es aus seinem Vater heraus.

»Alfons!«, rief seine Mutter entsetzt. »Warum hast du ihm das so vor den Latz gehauen? Kannst du das nicht etwas diplomatischer sagen?«

»Er soll endlich die Wahrheit erfahren. Kein Gezappel mehr.«

Seine Mutter schaute Frank sehr ernst an und sagte: »Wir haben immer auf den richtigen Zeitpunkt gewartet, aber irgendwie kam der nicht. Und ich glaube, dein Vater hat recht. Jetzt ist es wichtig, dass du alles erfährst. Wir wollen nämlich nicht, dass du eingesperrt wirst für Verbrechen, die du nicht begangen hast.«

Das musste Frank erstmal verdauen. Hatte er richtig gehört, dass er einen Zwillingsbruder hatte? Und konnte es sein, dass der für die Morde verantwortlich war? Franks Herz schlug schneller. War das die Freikarte aus dem Gefängnis? Er straffte seinen Rücken und lächelte.

»Wie … heißt er denn?«, fragte er zögerlich.

»Bernd«, antwortete Franks Vater.

Seine Mutter räusperte sich.

»Du und dein Bruder, ihr seid nach dem Tod eurer Eltern in ein Heim gekommen. Bernd wurde kurz darauf von einem Onkel von euch zu sich genommen. Manfred hieß er.«

»Und warum bin ich nicht auch bei ihm gelandet?«, fragte Frank.

Seine Mutter knibbelte am Nagelbett ihres Daumens.

»Keine Ahnung. Aber für uns war es ein Glücksfall, dass Manfred euch nicht beide adoptiert hat. Dadurch konnten wir dir ein Zuhause geben«, erklärte sie. »Mit dir waren wir endlich eine Familie. Das war schon lange unser großer Traum gewesen. Aber wir wollten auch nicht, dass du ganz ohne deinen Bruder aufwächst. Daher hatten wir ein Treffen mit dem Onkel und deinem Bruder arrangiert.«

Franks Mutter guckte betreten zur Seite.

»Aber dann gab es einen Zwischenfall.«

Frank schaute sie durchdringend an.

»Was war passiert?«

»Manfred und Bernd kamen zu uns. Wir saßen mit deinem Onkel hier im Wohnzimmer beim Kaffee und ihr habt draußen im Garten gespielt.« Franks Mutter hielt erneut inne. »Da … hörten wir plötzlich einen Schrei. Wir rannten raus und sahen, wie Bernd sich über deine Katze beugte. Sie war tot. Bernd hatte blutige Hände. Neben der Katze lag ein blutiger Stein. Damit muss er sie erschlagen haben und …«

Frank sank tiefer in den Sessel.

»Was noch?«

Er schluckte einen Klumpen Spucke hinunter. Ihm war speiübel.

»Er hielt einen Ast in der Hand«, sagte sein Vater. »Mit dem stach er in Pinkies Augen. Immer wieder. Manfred hat ihn dann von der Katze weggerissen und angeschrien. Bernd hat nur gelacht.«

»Und was passierte danach?«

In Franks Kopf toste ein Tornado und wirbelte alle Gedanken durcheinander. War Bernd einer der Jungen aus seinen Träumen? Und der andere … War er das selbst gewesen?

»Manfred packte Bernd und versohlte ihm den Hintern. Wir waren viel zu perplex, um einzuschreiten. Er entschuldigte sich für Bernd und verschwand mit ihm. Das war das letzte Mal, dass wir ihn oder Bernd gesehen haben. Sie sind kurz darauf weggezogen. Manfred hatte einen neuen Job in Norddeutschland bekommen. Ehrlich gesagt waren wir sogar froh darüber, dass der Kontakt dadurch abgebrochen ist. Und du hattest zum Glück schnell alles verdrängt. Sogar deinen Zwillingsbruder Bernd. So war das.«

Frank zupfte an seinem Hemdsärmel. Sein Herz holperte und er schwitzte wie verrückt. Diese Träume! Ja, jetzt machten die Sinn. Das eine Kind war Frank, das andere Bernd gewesen. Verdammt. Frank ballte eine Hand zur Faust. Ob Bernd all die Morde begangen haben könnte?

»Wow. Also hab ich einen Zwillingsbruder.«

Franks Mutter holte tief Luft.

»Genau, aber wir wollten nicht, dass du … naja, dass ihr … Verdammt. Er war einfach böse.«

Frank setzte sich auf die Sesselkante.

»Ich denke, dass ihr alles richtig gemacht habt. Ein Psychopath wie mein Bruder hat nämlich eine schwere Persönlichkeitsstörung. Solchen Menschen fehlen Empathie und soziale Verantwortung. Früher oder später hätte er vielleicht jemanden von uns verletzt.«

Franks Vater nahm einen tiefen Schluck aus der Flasche und seine Mutter knetete nervös ihre Finger.

Nach ein paar Sekunden hob sie den Kopf.

»Willst du ihn sehen?«, fragte sie leise.

»Wen?«

»Na, Bernd. Wir haben noch ein Foto von ihm. Ihr seid beide darauf.«

»Ja, bitte. Zeig es mir.«

Seine Mutter stand auf, ging zum Schrank und holte aus einer Schublade einen Umschlag. Darin befand sich nur ein einziges Bild. Das legte sie vor Frank auf den Wohnzimmertisch. Sein Vater rutschte auf der Couch nach vorne und betrachtete ebenfalls das Foto. Zwei kleine Kinder saßen spielend im Sand vor einem Haus.

»Wow, das sind also Bernd und ich. Und das Backstein-gebäude … das ist doch das Haus meiner leiblichen Eltern, in Heiligenhaus. Ich kann mich noch erinnern. War ja vor ein paar Jahren mal da.«

Frank tippte mit dem Zeigefinger auf das Foto. Sein Vater nickte und seine Mutter setzte sich wieder in den Sessel.

»Wäre ja auch komisch, wenn du das Gehöft vergessen hättest«, erklärte Franks Vater. »Wir haben doch vor ein paar Wochen ausführlich darüber gesprochen.«

»Ach ja«, log Frank.

War sein Vater also doch dement oder was war hier los? Schon beim letzten Besuch war ihm sein Vater seltsam zerstreut vorgekommen.

»Ich glaub, an dem Tag war ich ein wenig durch den Wind«, fügte Frank hinzu.

»Allerdings«, behauptete Franks Vater. »War ja fast schon peinlich, was du gefragt hast. Wo der Hof genau liegen würde und wer darin wohnen würde. Wolltest du mich testen oder auf den Arm nehmen? Den alten tüddeligen Vater.«

Alfons lachte kurz auf.

Oh, wow. War etwa Bernd hier gewesen? Wenn ja, dann hatte er, der Doppelgänger, die Rolle als Frank verdammt gut gespielt. Nicht einmal seine Eltern hatten etwas gemerkt. Das war diesem Psychoteufel zuzutrauen. So hätte er unerkannt an persönliche Infos von Frank gekommen sein können. Frank nickte leicht. Er war sich jetzt sicher.

So musste es gewesen sein. Bernd hatte die Besuche von langer Hand geplant.

Frank lächelte verlegen.

»War nur ein Scherz. Du kennst mich doch. Ab und zu muss ich einfach Quatsch machen.«

Frank wollte seine Eltern nicht ängstigen. Wenn Bernd sich wirklich als Frank ausgegeben hatte, dann war es besser, wenn sie nichts davon erfuhren. Bernds Täuschungsmanöver würde auch die angebliche Demenz von Franks Vater erklären. Sein Vater hatte natürlich angenommen, dass Frank der Besucher gewesen war und nicht Bernd. Frank lief ein Schauer über den Rücken. Ihm wurde schlagartig klar, in welcher Gefahr sich seine Eltern befunden hatten.

Er schluckte und sagte: »Wisst ihr, ich bin euch sehr dankbar, dass ihr mir heute von meinem Zwillingsbruder erzählt habt.«

Franks Mutter schaute zu ihm herüber.

»Und du bist nicht böse auf uns, weil wir dir all die Jahre verschwiegen haben, dass du einen Bruder hast?«

Frank verzog seine Mundwinkel zu einem liebevollen Lächeln.

»Nein. Natürlich nicht.«

Frank ging zu seiner Mutter und drückte sie.

»Ich hab euch lieb.«

Eine Träne löste sich aus Franks Augenwinkel. Es war schön, solche Eltern zu haben. Frank fühlte sich wie neu

geboren. Doch wo befand sich jetzt Bernd? Hatte er die Adresse des Gehöfts in Heiligenhaus erfragt, um sich dort einzuquartieren? Das musste Frank unbedingt überprüfen. Was für ein Wahnsinn. Einen solch verzwickten Fall hatte Frank noch nie gehabt. Aber wie sollte er jetzt weiter vorgehen? Er brauchte einen Plan, denn Bernd war ein hochintelligenter Psycho. Das bewiesen seine gut geplanten Morde. Der Typ war gefährlich und würde sich bestimmt nicht kampflos ergeben, falls Frank ihn in Heiligenhaus anträfe. Was für ein Glück, dass Frank immer eine zweite Waffe dabeihatte. Eine Walter PPK, die hatte er vorhin im Auto im Kofferraum eingeschlossen. Außerdem wäre Verstärkung gut. Er sollte so bald wie möglich im Präsidium anrufen.

Nach einer weiteren halben Stunde verabschiedete Frank sich von seinen Eltern. Er brauche Zeit für sich und müsse das alles erstmal verdauen, hatte er ihnen gesagt.

Frank gab seiner Mutter einen Kuss auf die Wange und drückte seinen Vater.

»Danke, dass ihr immer für mich da seid.«

Dann begab er sich zu seinem Wagen und stieg ein. Frank fühlte sich aufgekratzt. Jetzt war ihm endgültig klar, dass er keine Blackouts hatte. Er war kein Mörder. Frank lenkte seinen Wagen aus der Parklücke und trat aufs Gaspedal.

Kapitel 25

Bernd löste den Knoten an dem Halstuch, mit dem er Mo die Augen verbunden hatte. Franks Partner hing gefesselt an einem Holzpfahl in einer Scheune. Mo blinzelte, als er wieder etwas sehen konnte und ins Licht schaute. Bernd lächelte. Es war ja so einfach gewesen, Mo vor dem Präsidium mit dem Auto abzufangen. Mo war sogar freiwillig bei ihm eingestiegen, dieser einfältige Trottel. Er hatte wirklich geglaubt, dass sein Partner in dem Fahrzeug sitzen würde. Während Bernd sich von der Polizeiwache entfernt hatte, hatte Mo die neuesten Erkenntnisse in dem Fall preisgegeben, bis Bernd ihn mit einer Spritze ins Land der Träume geschickt hatte. Gut eine Stunde nach der Fahrt war er wieder zu sich gekommen. Sehr schön. Bernd hatte schließlich lang genug auf diesen Moment gewartet. Er schaute Mo an und grinste breit.

»Frank, was soll das? Binde mich los. Bitte«, flehte Mo.

Es war einfach wunderbar. Mo dachte wohl weiterhin, dass er Frank vor sich hätte. Alles lief nach Plan.

Bernd ging um den Holzpfahl herum und äffte Mos Stimme nach: »Bitte, tu mir nichts. Ich bin ein armes Opfer.«

Danach lachte er laut auf und stellte sich so dicht vor Mo, dass er dessen Atem spüren konnte.

»Warum machst du das mit mir? Was hab ich dir getan?«, jammerte Mo.

Bernd gab seinem Gegenüber eine Kopfnuss.

»Du bist mir ein Klotz am Bein, du Vollhorst!«, brüllte Bernd hämisch. Dabei tätschelte er Mo die Wange. Mo riss mit aller Macht an dem Strick, der oberhalb seines Kopfes an einem Eisenring befestigt war. Es war sinnlos.

Bernd fühlte sich, als säße er in einer Achterbahn. Er liebte es, wenn der höchste Punkt erreicht war und es dann in die Tiefe ging.

Bernd flüsterte Mo zu: »Und jetzt werde ich gleich ganz viel Spaß haben.«

***

Frank schaute auf die Ampelanlage. Er musste gleich links auf die Rheinstraße abbiegen. Fast nichts los um diese Uhrzeit. Kaum Autos auf den Straßen. Es waren knapp fünfzehn Kilometer bis zum elterlichen Gehöft. Frank verspürte ein Kribbeln in der Magengrube. Ob Bernd bei dem Bauernpaar gewesen war? Lebten die überhaupt noch? Er konnte nur hoffen, dass Bernd die zwei nicht angetroffen hatte. In seinen Augen wären die beiden bestimmt Eindringlinge, die sich seinen Familienbesitz unter den Nagel gerissen hatten. Und da er ein eis-

kalter Mörder war ... Frank holte tief Luft. Wilde Spekulationen halfen ihm nicht. Er musste sich selbst ein Bild machen.

Er holte sein Handy raus und suchte darin Mos Namen. Nach kurzem Durchscrollen drückte Frank seine Kurzwahl. Mist. Nur die Mailbox.

Endlich zeigte die Ampel grün und Frank trat aufs Gaspedal.

***

Neben Mo befand sich ein hüfthoher Tisch, auf dem ein schwarzes Tuch lag. Bernd stellte sich daneben, ergriff den Stoff und zog ihn mit einem Ruck fort. Wie ein Torero.

»Olé!«

Mos Augen weiteten sich. Auf dem Tisch lagen Werkzeuge, fein säuberlich auf einem Spitzendeckchen angeordnet. Messer, Scheren, Spieße, eine Axt, aber auch Salz und eine Zitrone. Bernd ließ eine Hand über die Klingen wandern. Dabei schaute er zu Mo. Der zitterte am ganzen Leib.

»Entscheide, womit ich anfangen soll«, feixte Bernd.

»Was soll das?«, schrie Mo. »Das kannst du doch nicht machen!«

Bernd griff einen der Spieße und wedelte damit vor Mos Augen.

»Kann ich nicht? Du wirst schon sehen, was ich kann!«

Bernd holte aus und stach zu. Nur Zentimeter neben Mos Wange durchbohrte die Spitze sein rechtes Ohrläppchen und traf den Holzpfosten dahinter. Mos Kopf war fixiert.

Er schrie: »Warum?«

Bernd baute sich vor Mo auf.

»Du hast doch nie richtig zu mir gehalten. Genau wie die anderen Kollegen. Und bestimmt warst du derjenige, der dem Chef gesteckt hat, dass ich der Täter bin. Jetzt bekommst du dafür deine Strafe!«

Genüsslich griff Bernd nach der Axt und holte aus.

***

Frank bog von der Graf-Zeppelin-Straße auf die Ringstraße. Warum hatte Bernd all diese Menschen getötet? Welches Ziel verfolgte er?

Frank kramte sein Smartphone hervor. Erneut wählte er Mos Nummer. Aber der ging noch immer nicht an sein Handy. Verdammte Kacke. Wo steckte der Kerl bloß?

Frank fuhr schneller, ignorierte eine rote Ampel und bretterte über die Ruhrbrücke.

***

»Du bist doch nur ein Stück Scheiße, das mich bei meinen Ermittlungen aufhält. Nein, du stehst mir sogar im

Weg. Wenn du nicht mehr an meinem Rockzipfel hängst, dann bin ich wieder der Held der Mordkommission.«

Bernd griff nach einem langen Messer und schnitt Mo unvermittelt quer über den Bauch. Gerade so tief, dass Blut aus der Wunde quoll. Mo wand sich und wütete lautstark. Sein Körper vibrierte.

»Du bist ja total verrückt!«

Bernd nahm das Messer und zerteilte die Zitrone. Dann starrte er Mo an und zerdrückte die halbe Südfrucht mit einer Hand. Der Saft lief ihm über den Handrücken.

»Verrückt … So, so.«

Er legte die Zitrusfrucht auf Mos offene Wunde und glitt langsam an dem langen Schnitt entlang. Mo brüllte vor Schmerz und warf seinen Kopf zur Seite. Dabei zerriss er das festgenagelte Ohrläppchen. Mos Gesicht formte sich zu einer erbärmlichen Grimasse.

Bernd ging einen Schritt zurück und begutachtete sein Werk. *Was für eine Memme. Jammer ruhig, du Lappen,* hämte Bernd. *Und erinnere dich schön daran, wer dir diese liebevolle Zuwendung gegeben hat. Nämlich dein guter Freund Frank.*

***

Frank hatte den Ortsrand von Heiligenhaus erreicht. Ein paar kleine Hügel und jede Menge Kurven hatte er noch vor sich. Mittlerweile war kein einziges Auto mehr auf der Straße. Landleben eben.

Nur noch ein paar hundert Meter. Frank verlangsamte seine Fahrt. Falls Bernd da war, sollte er Frank nicht schon vorher bemerken.

Da war der Abzweig. Endlich. Franks Herz klopfte bis zum Hals. Er hielt in einer kleinen Einbuchtung, gleich hinter der Zufahrt zum Gehöft.

Frank schüttelte den Kopf, als er auf sein Mobiltelefon schaute. Mo hatte sich nicht zurückgemeldet. Er versuchte noch einmal, seinen Partner zu erreichen. Wieder schaltete sich nur die Mailbox an. Mist. Frank kratzte sich am Kinn. Sollte er Emil anrufen? Er stieg aus dem Wagen und lief geduckt auf den Hof zu. Sein Chef hatte ihn suspendiert. Warum sollte er Frank glauben? Der dachte doch bestimmt, dass Frank der Täter wäre und kein plötzlich aufgetauchter Zwillingsbruder.

Frank blickte zum Hof. Ach, verdammt. Er musste jetzt was tun. Mo war nicht erreichbar, aber jemand sollte Bescheid wissen. Frank rief seinen Chef an. Er erzählte ihm von seinem Zwillingsbruder Bernd und dass er jetzt vor dem elterlichen Gehöft stand.

»Und du vermutest, dass er dort sein könnte?«, fragte Emil.

»Ja, ganz bestimmt.«

»Wenn das so ist, dann geh bitte nicht allein ins Haus. Bernd ist gefährlich. Er ist ein eiskalter Mörder.«

»Ich werde auf euch warten.«

»Sag mal, ist Mo bei dir?«, fragte Emil.

»Wie kommst du darauf?«

»Ich versuche ihn seit heute Morgen zu erreichen. Er ist nicht zum Dienst erschienen. Da dachte ich, dass er vielleicht bei dir …«

»Nein, ist er nicht«, erwiderte Frank. Das passte wirklich nicht zu Mo. Ob Bernd ihn umgebracht … Nein, daran mochte Frank jetzt nicht denken.

»Du rührst dich nicht vom Fleck. Wir sind schon unterwegs«, befahl Emil.

Danach legte er auf.

Emil hatte ja recht. Frank sollte hierbleiben. Aber wie lange? Unschlüssig stand Frank auf dem Weg zum Hof. Geduld? Eigentlich war das nichts für Frank. Er atmete einmal tief durch und entschloss sich, ein bisschen näher zu gehen, wenigstens bis zu diesem roten Fahrzeug vor dem Haus. Er konnte sich hinter diesem Wagen verstecken. Dort würde Bernd ihn nicht sehen. Nur ein paar Schritte, beschloss Frank. Er lauschte in die Dunkelheit. Da war nichts zu hören außer ein paar Autos weiter hinten auf der Hauptstraße. Franks Herz pochte wild. Also los. Frank duckte sich und schlich vorsichtig über den Schotterweg bis zu dem dunkelroten Volvo. Keuchend hockte er sich dahinter. Hoffentlich hatte Bernd keine Kameras aufgestellt, oder sogar Fallen. Ihm war alles zuzutrauen. Bernd war der schlaueste und bösartigste Mistkerl, den Frank je erlebt hatte. Frank erschauderte. Vorsichtig schielte er über die Motorhaube. Im Haus war alles dunkel. Nichts bewegte sich. War das die Ruhe vor dem Sturm?

Plötzlich ging im Erdgeschoss hinter einem Fenster ein Licht an. Frank duckte sich tiefer hinter das Fahrzeug und schaute durch eines der Seitenfenster. Er hielt den Atem an. Ein paar Minuten später wurde es wieder dunkel.

Frank wartete eine Weile, aber im Haus rührte sich nichts. Sollte er hineingehen? Er hatte Emil schließlich versprochen, sich nicht wegzubewegen. Und doch …

Frank zog seine Waffe aus dem Gürtel und entsicherte sie.

Kapitel 26

Frank wartete noch einige Minuten fast reglos hinter dem dunkelroten alten Volvo. Gänsehaut überzog seine Unterarme. Hatte sein Zwillingsbruder das Licht ein- und wieder ausgeschaltet? Frank blickte erneut zum Gehöft. Er entschied sich, seine Deckung zu verlassen, und tastete sich an der Backsteinwand entlang bis zur Haustür. Franks erster Blick galt dem Schloss. Verdammt. Es war aufgebrochen. Ob Bernd sich hier Zugang verschafft hatte? Vermutlich. Wie würde er reagieren, wenn Frank ihn aufspürte? Würde Bernd sich einfach festnehmen lassen oder sich womöglich heftig wehren? Frank tippte eher auf Letzteres. Bernd war unberechenbar und eiskalt. Franks Herz raste, als würde es ihm gleich aus seinem Brustkorb springen. Vorsichtig schaute er sich um. Keiner zu sehen. Also los.

Frank drückte die Haustür einen Spaltbreit auf. Knarrend gab sie eine tiefe Dunkelheit preis. Franks Halsschlagader wummerte wie ein Ölförderturm. Sein ganzer Körper war angespannt, als wäre er eine Sprungfeder. Frank packte seine Waffe fester und schaltete die Taschenlampe an, die er aus dem Auto mitgenommen hatte.

Er lauschte. Nichts zu hören. Er drückte die Tür weiter auf und zwängte sich hindurch. Im Flur vor sich erkannte er ein Sideboard und eine Garderobe, an der eine alte Strickjacke hing. Frank bewegte sich langsam daran vorbei. Die Diele war schmal, maß aber in der Länge bestimmt zehn Meter. In der Mitte befand sich eine Treppe, die in die oberen Räume führte. Frank biss sich auf die Unterlippe und stieg Stufe für Stufe hinauf. Zum Glück war sie mit Teppichstücken beklebt. So konnte er fast lautlos auftreten.

Oben angekommen drehte Frank seinen Kopf nach links und nach rechts. Dabei folgte er mit den Augen dem Schein seiner Taschenlampe. Es war verflucht still hier. Frank erblickte drei Türen. Er ging zu der hintersten, legte ein Ohr auf das Holzfurnier und lauschte ein paar Sekunden. Nichts zu hören. Vorsichtig öffnete er die Tür und schlich in den Raum. Ein Badezimmer im Stil der siebziger Jahre kam zum Vorschein. Im Lichtkegel der Taschenlampe erkannte er einen dunkelgrünen Fliesenboden. Darauf befanden sich Duschhandtücher und …

Frank stockte der Atem. Da lag ein blutiges Hemd auf den Kacheln. Hektisch drehte er seinen Kopf in alle Richtungen. Nicht, dass Bernd ihn aus einem Versteck anspringen würde.

Aber nichts geschah. Doch wer war der Besitzer dieses blutdurchtränkten Kleidungsstücks? Der Bauer, die Bäuerin oder vielleicht Bernd?

Frank hockte sich vorsichtig hin und nahm das Hemd mit zwei Fingern hoch. Er wollte vorhandene Spuren für die Forensiker nicht zerstören. Der Stoff wies keine Einschnitte auf. Dann gehörte das Blut wahrscheinlich nicht dem Träger. Was bedeutete das? Frank schüttelte den Kopf, stand geräuschlos auf und legte das Oberteil zur Seite. Warum das Blut auf dem Hemd war, würde er später klären.

Er sah sich weiter um. Eine alte Duschtasse mit Blümchenvorhang, eine weiße Emaillewanne und ein paar zusammengeknüllte Handtücher, die in einer Ecke lagen. Aber keine Spur von Bernd. Es gab auch keinen Hinweis, wo er sich befand.

Frank schlich weiter. Auf zum nächsten Zimmer. Vorsichtig öffnete er die Tür und lugte hinein. Offensichtlich das Schlafzimmer des Bauernpaares. Frank ging zum Bett und schaute darunter. Nichts.

Als Frank gerade einen riesigen Wandschrank öffnete, um hineinzusehen, wurde es plötzlich hinter ihm hell. Frank fuhr erschrocken herum und packte seine Waffe so fest, dass die Fingerknöchel weiß hervortraten. Seine Nackenhärchen richteten sich auf. Wieso brannte jetzt eine der zwei Nachttischlampen? Wer hatte die eingeschaltet? Frank ließ seinen Blick in alle Richtungen schweifen. Niemand zu sehen. Was war hier los? Er hielt den Atem an und schritt vorsichtig auf die Lampe zu. Wie konnte die einfach so angehen? Dann fiel sein Blick auf die Steckdose. Eine Zeitschaltuhr. Jemand musste sie zwischengeschaltet haben. Deswegen war also das Licht hier im Haus angegangen, als Frank vor dem Gehöft gewesen war. Die Technik machte es möglich.

Frank wischte sich Schweiß von der Stirn. Erleichtert schritt er wieder zu den Schränken und durchsuchte sie. Nur Hemden, Hosen, Kleider und Arbeitsklamotten. Nichts Spannendes. Und hinter den fetten Samtvorhängen am Fenster hatte sich auch niemand versteckt. War ja auch zu wenig Platz für einen erwachsenen Mann.

Mit raumgreifenden Schritten ging Frank zum nächsten Zimmer und glitt hinein.

Eine Nähmaschine, ein Bügelbrett, Wäscheberge. Mit pochendem Herzen stakste er zwischen der Bügelwäsche hindurch. An der hinteren Wand befanden sich ein paar mannshohe Schränke. Frank öffnete den ersten. Warum quietschte die Tür nur so laut? Karierte Hemden und ein paar alte Hosen kamen zum Vorschein. Im Schrank daneben fand er Tischtücher und Bettwäsche. Weiß und gestärkt. Wie früher bei Muttern. Aber wo war Bernd oder das Bauernpaar? Frank hob noch den Deckel der Wäschetruhe an. Leer.

Als er die hintere Wand abschritt, wurde er stutzig. Wow, was für ein schönes altes Puppenbett. Das kunstvoll geschnitzte Kopfteil und die gedrechselten Beine sahen handgearbeitet aus. An irgendetwas erinnerte ihn dieses Puppenbett.

Frank machte noch einen Schritt und blickte auf die Siebziger-Jahre-Tapete dahinter. Dieses Blümchenmuster kam ihm ebenfalls bekannt vor. Konnte das wirklich das Zimmer von ihm und Bernd gewesen sein? Oder spielte sein Kopf ihm einen Streich?

Er schaute noch einmal auf das Bettchen. Vermutlich hatte das Bauernpaar es zu schade zum Wegwerfen gefunden. Vielleicht hatte es selbst Kinder gehabt, die damit spielen wollten, oder sie hatten es als besonderes Dekostück behalten, um den Raum aufzuhübschen. Und … hatten hier nicht zwei Kinderbetten gestanden? Das von seinem Bruder und von ihm? Frank kniff seine Augen zusammen, um sich besser zu erinnern. Er sah sich als kleinen Jungen, der mit Wachsmalkreide auf diese Blümchentapete kritzelte. Strichmännchen. Vater, Mutter und … zwei Kinder. Das war gleich neben dem Bettchen gewesen. Frank ging in die Hocke und schaute auf die Tapete.

Tatsächlich. Da befand sich eine ausgeblichene Zeichnung.

Er blinzelte und schaute noch einmal in jede Ecke. Aber hier oben war niemand. Also im Erdgeschoss weitersuchen. Frank ging so leise, wie er konnte, wieder hinunter.

Als er unten ankam, sah er eine Tür unterhalb der Treppe. War die vorhin auch schon halb geöffnet gewesen? Frank schluckte und richtete seinen Blick auf den

Holzfußboden davor. Eine große Blutlache. Er tippte mit einem Finger auf den roten Fleck. Angetrocknet.

Er holte tief Luft und stieß die Holztür vollends auf. Dahinter kamen Steinstufen zum Vorschein, die in die Tiefe führten. Ein strenger Geruch bohrte sich in seine Nase. War hier ein Tier verendet?

Auf der Treppe befanden sich blutige Schleifspuren. Frank folgte ihnen mit seiner Waffe im Anschlag. Wegen der niedrigen Decke musste er sich etwas bücken. An den weiß gekalkten Wänden hingen Spinnweben. Frank war bis in die Haarspitzen angespannt.

Bei jedem Schritt wurde der Gestank penetranter. Frank fröstelte jetzt. Unten angekommen trafen seine Schuhe auf einen glatten Betonfußboden. Mit äußerster Wachsamkeit suchte er den Raum mit seiner Taschenlampe ab. So leise wie möglich glitt er tiefer in die Dunkelheit. Wo war nur die Quelle des Gestanks? Seine Nackenhärchen richteten sich auf. Ein leises Summen war zu hören. Mit jedem Meter, den er tiefer in den Raum ging, wurde das Geräusch lauter. Links und rechts standen volle Regale. Ein altes Radio, Kabel, Kartons und Kisten. In der hintersten Ecke lag ein Satz Reifen. Gleich daneben endete die Blutspur vor einem antiken Kleiderschrank. Frank steckte seine Waffe weg und drehte den kleinen Schlüssel an der Tür. Beim Öffnen surrten sogleich Tausende von Fliegen um seinen Kopf. Frank wedelte mit beiden Händen und versuchte, die geflügelte Brut zu verscheuchen.

Als sich die Insektenwolke zerstreut hatte, erkannte Frank vor sich im Schrank einen blutdurchtränkten Klumpen. Der gekrümmte, verdrehte Körper war in eine durchsichtige Plastikfolie eingewickelt. Daher kamen also der Gestank und natürlich auch die Fliegen.

Frank legte seine Lampe zur Seite und kramte seinen Autoschlüssel aus der Hosentasche. Der war bestimmt spitz genug, um die Folie aufzureißen. Frank musste ein paar Mal ansetzen, aber dann bekam er einen Schnitt in die Folie. Er nahm seine Taschenlampe und richtete sie auf die Öffnung. Das musste die alte Bäuerin sein. Ihre Haut war wächsern und grau. Maden krochen aus den feuchten, offenen Wunden. Ihr Mund war geöffnet. Eine Fliege kletterte daraus hervor. Bei genauer Betrachtung erkannte Frank einen tiefen Einschnitt am Hals. Und auch bei dieser Leiche fehlten die Augen.

Frank schloss schwer atmend den Schrank. Er lehnte sich gegen die Wand daneben. Das war eindeutig Bernds Werk. Ob er noch irgendwo im Haus war?

Frank griff wieder nach seiner Waffe und schritt weiter durch den Raum, an den Regalreihen vorbei, bis zu einigen alten Möbeln und … zwei kleinen Kinderbetten. Frank schaute sich die Bettchen genauer an. Bei dem einen war der Name Bernd ins Holz geritzt. Auf dem anderen stand Frank. Ja, das waren die Kinderbetten von ihm und seinem Bruder. Wieder blitzte ein Bild in seinem Kopf auf. Jetzt sah er die rotweiß karierte Bettwäsche in seinem Bettchen. Und auf dem Kopfkissen seinen alten Plüschteddy.

Das Surren der Fliegen riss ihn aus dem Gedanken. *Du musst Bernd finden und nicht in alten Erinnerungen schwelgen,* ermahnte Frank sich und machte sich wieder auf den Weg.

Am Ende des Kellerraums fand er ein paar Farbeimer, eine Kabeltrommel und jede Menge Steckdosen, Stecker und sogar noch ein paar Zeitschaltuhren. Aber von Bernd war weiterhin nichts zu sehen. Hier unten war niemand außer der Bäuerin.

Frank stieg wieder die Treppen hinauf, ging durch den langen Flur und gelangte in die Küche. Es roch nach abgestandenem Fett und verschimmelten Essensresten. Frank leuchtete in den Raum. Er erkannte alte Küchenschränke und eine Spüle voll mit gebrauchtem Geschirr und angebrannten Töpfen. Frank ging darauf zu. Ein langes Fleischermesser lag am Rand des Spülbeckens. War das etwa …? Sein Herz pumpte wild. Frank nahm einen Spüllappen und packte das Messer vorsichtig am Griff. Mit der Taschenlampe leuchtete er die Schneide ab. Da war definitiv Blut drauf.

Vorsichtig legte er das Schneidewerkzeug zurück. Ob das die Mordwaffe war, mit der Bernd die Bäuerin getötet hatte? Das sollten die Forensiker später bestimmen. Jetzt wollte er lieber weiter nach Bernd suchen. Ob der den Bauern auch umgebracht hatte? Würde Frank den Partner der Bäuerin ebenso eingewickelt finden?

Frank drehte sich im Kreis, um sich den ganzen Raum genauer anzusehen. Bei einer Sitzeckbank und einem alten Holztisch befand sich eine weitere Tür. Frank ging hinüber und öffnete sie. Die Vorratskammer. Würste hingen in langen Reihen von der Decke. Schinken und Käse lagen auf Regalbrettern, gleich daneben Einmachgläser mit Obst. Aber hier war niemand. Verdammt, wo versteckte sich Bernd? Oder war er gar nicht hier? Frank drehte sich um und stieß dabei gegen einen Wurstkringel, der polternd zu Boden fiel. Oh Mist, falls Bernd im Haus war, hatte er das bestimmt mitbekommen. Frank lauschte mit klopfendem Herzen in die Stille. Aber es passierte nichts.

Nach einer gefühlten Ewigkeit trat Frank in die Küche zurück und leuchtete mit seiner Taschenlampe den Raum ab.

Auf dem Tisch lagen ein paar Collegeblocks und ein Handy. War das Bernds Mobilteil? Frank griff sich das Telefon und schaltete es an. Das Display leuchtete auf. Drei entgangene Anrufe von Frank Lederer, las er. Frank zuckte zusammen. Schweiß trat auf seine Stirn. Wen hatte er kürzlich angerufen? Von wann waren die denn? Frank checkte die Uhrzeit der Nachrichten. Der letzte war vor etwa einer halben Stunde eingegangen. War das nicht die Zeit, als er Mo erfolglos angerufen hatte? Konnte es sein, dass das Mos Handy war?

Ungläubig schüttelte Frank den Kopf. Er holte sein eigenes Handy aus der Hosentasche und drückte auf die Wahlwiederholung, um seinen Partner anzurufen.

Tatsächlich. Das fremde Mobiltelefon klingelte. Also gehörte es definitiv Mo.

Frank beendete den Anruf. Aber wo war sein Partner? Und warum lag dessen Telefon hier auf dem Tisch? Angst kroch in Frank empor. Hoffentlich war Mo nichts passiert. Lebte er noch oder …? Diesen Gedanken verdrängte Frank gleich wieder. Stattdessen suchte er den Raum weiter ab. Nichts. Als er aus dem Fenster blickte, erkannte er Licht in der Scheune gegenüber. Nur ein feiner Lichtstrahl, der durch ein paar Holzschlitze drang.

Dort könnte Bernd sein und … vielleicht auch Mo? Frank öffnete vorsichtig das verschmutzte Küchenfenster, um mehr zu erkennen.

Im nächsten Moment erklang ein Schrei. Frank straffte seinen Körper und rannte durch die Haustür ins Freie zur Scheune. Dort duckte er sich neben den Stamm einer großen Eiche. Sein Herz wummerte. Mit zwei weiteren großen Schritten war er am Scheunentor. Mit einer Hand riss Frank die Tür auf. Er konnte kaum fassen, was er sah. Gute zehn Meter vor ihm hing Mo gefesselt und blutend an einem Holzpfosten. Mit dem Rücken zu Frank stand ein Mann mit einem Messer in der Hand. Er holte aus und stach die Klinge in Mos nackten Oberkörper. Der schrie auf. Aus der frischen Wunde strömte Blut. Lachend drehte sich der Kerl um. Es war Bernd. Er hielt noch das blutige Messer in der Hand und leckte die Klinge mit seiner Zunge genüsslich ab. Seine Augen funkelten.

»Hallo Frank. Dein Partner hat köstliches Blut.«

Bernds Stimme klang hart und kalt und sein Lachen hörte sich metallisch an.

Frank war geschockt. Bernd sah wirklich genauso aus wie er selbst. Das war also sein bösartiger, gestörter Zwilling.

»Lass ihn sofort gehen, sonst drücke ich ab!«, schrie Frank und umklammerte seine Waffe fester.

Er wollte Bernd nicht zeigen, dass er Angst um Mo hatte.

Bernd zischte ihm entgegen: »Du befiehlst mir gar nichts!«

Er schnappte sich die Heckenschere vom Tischchen und zwängte Mos kleinen Finger zwischen die scharfen Klingen. Dabei rief er: »Schmeiß deine Pistole weg, sonst fehlt deinem Freund gleich ein Finger.«

Frank schwitzte. Was sollte er machen? Wenn er seine Waffe wegwarf, konnte Bernd dennoch zudrücken. Sollte er versuchen, Bernd mit einem gezielten Schuss zu töten oder zu entwaffnen? Wohl eher nicht. So treffsicher waren nur Schauspieler in Filmen. In der Realität klappte so etwas nicht. Scheiße. Was für ein Dilemma. Wie er sich auch entschied, es könnte schlecht für Mo ausgehen. Franks Beine zitterten.

»Tu ihm nichts«, bat Frank und senkte seine Waffe. Deeskalation. Das hatte ihm sein Ausbilder auf der Polizeischule beigebracht. Vorsichtig kniete er sich hin und legte die Walter PPK auf den Boden.

»Tritt sie zur Seite!«, brüllte Bernd.

Frank erhob sich und stieß seine Waffe mit einem Fußtritt von sich. Sie trudelte über den Scheunengrund und verschwand in einem Heuhaufen. Fuck. Was für eine Scheiße.

Frank ging vorsichtig mit erhobenen Händen auf Bernd zu. Er hatte Angst um seinen Partner und war gleichzeitig angespannt wie eine Sprungfeder. Hochkonzentriert fixierte er Bernd.

»Stopp! Bleib stehen«, fauchte Bernd.

Frank hielt an. Bernd klang so verdammt entschlossen, dass er es nicht wagte, weiterzugehen. Was sollte er machen?

Bernd zog eine Grimasse und blaffte ihn an: »Du bist so ein Trottel!«

Er drückte die Heckenschere zusammen. Es knirschte und knackte lautstark. Blut spritze aus der Wunde. Mo brüllte wie von Sinnen. Er bäumte sich auf, bog seinen Oberkörper und fiel dann schlaff in sich zusammen. Fassungslos starrte Frank Bernd an. Diese Drecksau. Warum hatte Frank ihm nur vertraut?

Mit einem beherzten Satz sprang Frank auf Bernd zu und riss ihn zu Boden. Bernd jaulte auf und ließ die Schere fallen. Mit seinen Fäusten drosch er auf Frank ein. Frank versuchte den Schlägen auszuweichen. Beide wälzten sich über den Lehmboden. Sie prügelten wie wildgewordene Gorillas aufeinander ein. Bernd griff sich die am Boden liegende Schere und rammte sie Frank in den Bauch. Ein explosionsartiger Schmerz durchzuckte Frank. Der blanke Stahl durchbohrte seine Bauchdecke und traf eine Rippe. Frank hob reflexartig ein Knie an und trat Bernd in die Weichteile. Der japste und krümmte sich. Doch er erholte sich schneller als Frank. Sogleich war er wieder auf den Beinen. Mit einem Schrei stürzte er sich auf Frank. Der rollte sich gekonnt zur Seite. Bernds Faust verfehlte Frank und knallte mit voller Wucht gegen einen Holzverschlag. Polternd fielen eine Hacke und eine Sense von der Wand.

Bernd schien kaum Schmerzen zu empfinden. Dazu war er offenbar viel zu aufgeputscht. Er wirkte, als wäre er auf Koks. Wie ein Wahnsinniger prügelte er auf Frank ein. Der wehrte einen heftigen Schwinger von Bernd ab und schlug selbst mit der anderen Faust zu. Er traf Bernd an der Schulter. Durch die Wucht seines eigenen Schlages rollte Frank zur Seite. Er schnappte nach Luft.

Allerdings hatte der Schlag Bernd auch hart erwischt. Er war sichtlich benommen. Mit einer Hand hielt Bernd sich an einer Leiter fest und schüttelte seinen Kopf. Dann zog Bernd sich an den Sprossen hoch und kletterte nach oben.

Frank schaffte es, wieder auf seine Beine zu kommen. Er wankte hin und her und sah, wie Bernd auf dem Heuboden verschwand. Gab es oben ein Fenster, durch das Bernd abhauen konnte? Frank war sich nicht sicher. Verdammter Scheißkerl. Hinterher.

Frank torkelte auf die Leiter zu. Als er nach der ersten Sprosse griff, krachte ein Strohballen direkt neben ihm auf den Boden. Und dann noch einer. Frank sprang im letzten Moment zur Seite, bevor ihn die Wurfgeschosse trafen. Miese Drecksau. Er schaute hinauf. Niemand zu sehen. Ob Bernd sich verpisst hatte? Er musste es rausfinden.

Frank wankte erneut auf die Leiter zu. Die angeknackste Rippe machte ihm schwer zu schaffen. Er bekam kaum Luft.

Doch er ignorierte den stechenden Schmerz und kletterte die Leiter hoch.

Oben angekommen lugte er über den Rand des Holzbodens. Überall waren Strohballen aufgestapelt. Etwas weiter hinten gab es ein paar Holzverschläge und eine alte Vogelscheuche, die an der Rückwand lehnte. Doch wo steckte Bernd?

Vorsichtig stieg Frank auf die Tenne und drehte seinen Kopf in alle Richtungen. Hätte er doch nur noch seine Waffe.

Gut einen Meter vor ihm lag eine Kette. Die war ein guter Ersatz für seine Pistole. Er packte sie und wickelte sie sich um seine rechte Hand. So konnte er sie wie einen Schlagring nutzen. Dann versuchte er im Dunkeln Bernd auszumachen. Wo steckte der Mistkerl bloß?

Plötzlich brach Bernd mit einem markerschütternden Schrei zwischen zwei Strohballen hervor und sprang mit

einer Mistgabel bewaffnet auf Frank zu. Zum Glück verfehlte der scharfe Dreizack Frank knapp. Leider aber nicht der durchtrainierte Körper von Bernd. Der traf Frank mit voller Wucht an der Schulter und riss ihn mit sich. Frank schrie, verlor den Halt und die Orientierung. Zusammen mit Bernd stürzte er von der Tenne und knallte auf den harten Lehmboden.

Nach einer gefühlten Ewigkeit öffnete Frank seine Augen. Er erkannte schemenhaft eine Person, die unter ihm lag. Bernd! Frank wollte sich gerade wegrollen, als er Bernds weit aufgerissene Augen wahrnahm. Aus Bernds Mund quoll Blut, ebenso aus seiner Nase. Sein Gesicht war zu einer Fratze verzerrt. Und ein paar Zentimeter neben Frank ragte ein scharfkantiger Gegenstand aus Bernds Brustkorb. Wow. Was für ein Glück, dass diese Klinge nicht Frank erwischt hatte. Frank sah sich das gebogene Metall genauer an. Verdammt. Das war doch die Sense, die vorhin im Kampf von der Wand gefallen war. Also hatte der Sensenmann Bernd geholt. Nein, so hatte Frank das nicht gewollt. Er wollte Bernd doch lebend erwischen. Schließlich sollte der ihm erklären, warum er all diese Menschen getötet hatte. Jetzt würden die Fragen unbeantwortet bleiben.

Frank hob vorsichtig seinen Kopf und blickte zu Mo. Der stöhnte einmal auf. Also lebte er noch. Gott sei Dank.

Frank rief seinem Partner zu: »Hey Mo, ich bin's, Frank!«

Dann wurde ihm schwindelig und er sackte wieder in sich zusammen. Weit entfernt hörte er Sirenen. Die Verstärkung. Endlich. Dann wurde alles schwarz um Frank.

Epilog

Mittwoch, 15 August 2022, 16.00 Uhr

Fuck, war das schmerzhaft! Frank hielt sich die angeknackste Rippe. Tiefes Luftholen fiel ihm immer noch schwer. Ein fieses Überbleibsel von dem Kampf gegen Bernd. Der hatte ihn übel zugerichtet. Allerdings hatte er, Frank, überlebt und Bernd nicht.

Jetzt war Frank unterwegs zu seinem Partner. Der lag noch immer in der Uniklinik in Essen. Frank lief gerade durch einen der unendlich vielen Gänge. Jeder Schritt war eine echte Strapaze und er musste sogar Pausen einlegen. Aber er wollte nicht meckern. Franks Wehwehchen waren ein Klacks im Vergleich zu Mos Verletzungen. Er sah seinen Partner noch vor sich, wie er als blutdurchtränkter Fleischklumpen schlaff an dem Holzpfosten hing. Frank spürte immer wieder einen Stich ins Herz, wenn die Bilder vor seinem geistigen Auge auftauchten. Es grenzte an ein Wunder, dass Mo diese Folter überlebt hatte. Sogar den kleinen Finger hatten die Ärzte wieder annähen können. Mo hatte bei Franks letztem Besuch gemeint, er hätte sogar wieder Gefühl darin. Das war einfach großartig. Frank hätte sich nie verziehen, wenn Mo umgekommen wäre. Er machte sich ohnehin schwere Vorwürfe. Bernd hatte so vielen Menschen wehgetan, nur um sämtliche Taten Frank anzulasten.

Frank schluckte einen Kloß runter.

Zumindest war Mo endlich runter von der Intensivstation. Da vorne war sein Zimmer.

Frank klopfte an und trat ein.

»Hey Mo, wie geht's dir?«

Mo lag bandagiert in seinem Bett neben dem Fenster. Von hier oben konnte man ein paar große Bäume und weitere Krankenhausgebäude sehen. Aber der Ausblick war ihm jetzt egal. Viel wichtiger war es, dass Mo wieder fit wurde.

»Schon besser. Schön, dass du mich besuchen kommst«, antwortete Mo. »Was gibt's Neues?«

Frank schnappte sich einen Stuhl und setzte sich zu Mo. Er hatte seinem Kollegen in den letzten Tagen schon ein paar Details erzählt.

»Ich habe vorhin Infos von der Patho bekommen. Die haben die Bäuerin fertig obduziert. Also, die Leiche aus dem Keller.«

»Und was hat die Untersuchung ergeben?«, fragte Mo.

»Bisher haben wir nur vermutet, dass Bernd für alle Morde verantwortlich war. Doch nun hatte unsere Spurensicherung was gefunden. Sie haben das blutige Hemd untersucht, das im Badezimmer lag. Das Blut darauf gehörte der Bäuerin. Außerdem fanden sie DNA von Bernd am Hemdkragen. Also …«

Mo kratzte am Verband seines linken Unterarms. Scheinbar juckte die Stelle heftig.

»… hatte Bernd die Bäuerin ermordet«, vollendete Mo Franks Satz.

»Genau«, bestätigte Frank. »Die Forensiker haben außerdem das Messer und den Augenausschäler bei Bernds Sachen gefunden. Das Ding sieht aus wie ein Eisportionierer aus einer Eisdiele.«

Frank bekam ein flaues Gefühl im Magen bei dem Gedanken daran, wie Bernd die Augen mit diesem extrem scharfen Gerät herauspulte.

Er räusperte sich und fuhr fort: »Das Labor konnte die Mordwerkzeuge allen Opfern, also auch der Bäuerin, zuordnen. Das war … der endgültige Beweis, den wir brauchten, damit wir Bernd alle Morde nachweisen konnten.«

»Wow, das ist klasse«, äußerte Mo. »Aber warum hat Bernd ausgerechnet diesen Hof als Unterschlupf genutzt?«

Frank legte den Kopf zur Seite.

»So wie ich es in den Tagebüchern gelesen habe, wollte Bernd, dass alle seine Taten auf mich hinweisen. Das elterliche Gehöft sollte den Verdacht erhärten, dass ich der Täter bin. Bernd schrieb dazu: ‚*Ein weiteres Puzzlestück für Franks Untergang. Bald wird mein Bruder den Knast sein Zuhause nennen.*‘ Ist schon verrückt, was Bernd alles gemacht hat, um mich dranzukriegen.«

Mo kratzte sich am Kinn.

»Das war ja ein verdammt gut ausgeklügelter Plan.«

»Ja. Die Bäuerin war somit nur ein Kollateralschaden. Bernd wollte sie aus dem Haus haben und hat sie deshalb einfach umgebracht. Wenn der Bauer noch gelebt hätte, dann wäre er genau wie seine Frau von Bernd ermordet worden. Aber der ist vor ein paar Jahren eines natürlichen Todes gestorben.«

Mo atmete hörbar aus und wischte sich Schweiß von der Stirn.

»Schön, dass du nicht der Täter bist.«

Frank selbst fühlte sich zwiegespalten. Einerseits erleichtert, dass er nicht mehr verdächtig war, aber andererseits auch verantwortlich für Bernds Tod. Im Polizeibericht hatte gestanden, dass der Sturz ein Unfall war. Aber das änderte nichts an seinen Schuldgefühlen.

»Und hast du auch noch etwas in den Tagebüchern entdeckt?«, fragte Mo neugierig.

Natürlich hatte Frank wieder neue Erkenntnisse. Bernd hatte ja all seine Taten akribisch aufgeschrieben. Frank hatte sie sich nach und nach durchgelesen. Mehr als einhundert Blocks hatten er und die Forensiker gefunden.

»Ich hatte dir doch von den frühesten Aufzeichnungen berichtet, als er noch ein Kind war. Die Kleintiere, die …«

Mo verzog angewidert das Gesicht.

»Ja Frank. Lass gut sein. Bitte führe nicht nochmal aus, wie Bernd die armen Tiere gequält hatte. Mir wird sonst gleich wieder schlecht.«

Nein, das wollte Frank nicht machen. Die Gräueltaten, die Bernd als kleiner Junge an Kleintieren begangen hatte, waren absolut furchtbar. Ertränken. Aufschlitzen. Verbrennen. Bernd war ein Teufel gewesen. Sogar schon als Kind.

»Ich habe Hieronymus von Bernds Kindheit erzählt und ihn gebeten, die Tagebücher zu lesen.«

»Und was hat er rausgefunden?«

Mo zog seine Augenbrauen zusammen. Die Anspannung stand ihm ins Gesicht geschrieben.

»Hieronymus glaubt, dass Bernd ein klinischer Psychopath war. Nach der Tierquälerei ging Bernd dazu über, Brände zu legen. Mal in einer abgelegenen Scheune, ein anderes Mal in einem leerstehenden Forsthaus mitten im Wald. All das sind klassische Anzeichen für einen Psychopathen.«

Hieronymus hatte damit sein Profiling abgeschlossen. Er hatte Bernd als einen bestimmten Mördertyp klassifiziert. Aber was bedeutete das für Frank? Er hatte doch die gleichen Gene wie Bernd. Könnte es sein, dass in Frank auch so ein Monster schlummerte? Wie hätte er sich entwickelt, wenn er nicht so liebevolle Adoptiveltern gehabt hätte? Frank schluckte. Diese Grübelei machte ihn fertig. Er wollte unbedingt das Thema wechseln.

»Weißt du, die neueren Tagebücher sind aber viel interessanter.«

»Spuck's aus. Was hast du noch gefunden?«

Frank holte tief Luft.

»In einem der Bücher steht etwas … Ach, das kann ich selbst kaum glauben. Er hat uns ausspioniert. Mit Wanzen.«

»Was? Das kann doch nicht sein. Erzähl schon, was hat er gemacht?«

»Er ist am 20. Juli nach dreiundzwanzig Uhr ins Präsidium gegangen. Ganz offen. Kackfrech vorbei am Pförtner. Selbst als er auf dem Weg Kollegen von uns getroffen hat, quatschte er locker mit ihnen und marschierte weiter in unser Büro. Ist das zu glauben?«

Mo schüttelte nur den Kopf.

»Bernd hat sie im Tagebuch als ‚uniformierte Blindschleichen‘ und ‚Deppen vom Dienst‘ bezeichnet.«

Mo biss sich auf die Unterlippe.

»Was hat er denn in unserem Büro gemacht?«

»Er hat unterhalb des Tisches eine leistungsstarke Wanze angebracht. Bernd hat daher alles, was wir nach dem 20. Juli in dem Büro besprochen haben, abgehört. Fallrelevantes und Privates. Auch Telefonate, die wir im Büro geführt haben.«

Mo runzelte die Stirn.

»Wofür brauchte er die Infos?«

»Er wollte herausfinden, mit wem ich im Clinch lag, um diese Personen umzubringen. Und so hörte er den

Streit, den ich mit Jochen am Telefon hatte. Das war für ihn Grund genug, um meinen Jugendfreund zu töten. Es sollte so aussehen, als ob ich Jochen aus Wut ermordet hätte. Bei meiner Ex-Frau Friederike war es ähnlich. Wir hatten uns auch am Telefon gestritten und wollten uns aussprechen. Bernd wusste somit, wann ich sie treffen wollte, und wartete vor ihrem Haus, bis ich fort war. Danach war es ein Leichtes für Bernd, ins Haus zu kommen. Und er …«

»Ja, und damit warst du der Hauptverdächtige bei allen drei Morden.«

»Danke, dass du zu mir gehalten hast.«

Frank senkte den Kopf. Mo sollte nicht sehen, dass ihm eine Träne im Augenwinkel steckte.

»Aber warum hat Bernd Uwe ermordet? Kanntest du ihn auch?«, fragte Mo.

»Bernd hatte Uwe für einen Testlauf ausgesucht. Er wollte wissen, ob seine Morde gelingen würden. Und da Uwe ihn verärgert hatte, war sein Schicksal besiegelt. Bernd hat genau beschrieben, wie der Busfahrer Uwe ihn vor dem Bus stehen ließ, obwohl Bernd mit den Fäusten gegen die Tür hämmerte. Das hatte Bernd wütend gemacht. Daraufhin ist Bernd an der Haltestelle geblieben und hat gewartet, bis die Linie 170 mit Uwe als Fahrer wieder auftauchte. Er stieg zusammen mit anderen Fahrgästen unentdeckt ein und blieb an Uwe dran, auch als der Feierabend machte und in die Viktoria Klause ging.

Dort gab Bernd Uwe ein paar Bier aus, bis der Busfahrer gut abgefüllt war. Als Uwe den Heimweg antrat, begleitete Bernd ihn ein paar hundert Meter und brachte ihn in einem Hof um. Uwe passte also deshalb nicht ins Schema, weil er nur ein Übungsopfer war.«

»Verdammte Scheiße. Das ist ja ein Ding.«

Mo kaute an der Nagelhaut seines rechten Ringfingers.

»Und er hatte das alles inszeniert, weil er dich drankriegen wollte?«, fragte er anschließend.

»Ja, genau.«

»Aber was hatte Bernd denn gegen dich? Warum wollte er dir die Morde anhängen?«

»Bernd war neidisch auf mein Leben, auf meine tollen Adoptiveltern und meine steile Karriere bei der Mordkommission. Er hingegen hatte nur einen versoffenen Onkel, mit dem er in einer winzigen, dreckigen Wohnung lebte. Fast jedes Mal, wenn sein Onkel betrunken war, wurde Bernd von ihm mit einem Gürtel grün und blau geschlagen. Als Sechzehnjähriger floh Bernd. Er lebte danach ein paar Jahre auf der Straße, bis er einen Hilfsjob annahm und sich eine eigene heruntergekommene Wohnung leisten konnte. Er fand sein Leben abgrundtief scheiße, und als er herausbekam, dass ich sein Zwillingsbruder bin, wurde er total wütend auf mich.«

»Aha, Neid, ein klassisches Tatmotiv.«

Frank nickte.

»Aber warum ist er erst jetzt auf dich losgegangen? Wieso nicht schon früher? Er hatte doch Jahrzehnte Zeit gehabt.«

»Die Info fand ich auch in seinen Tagebüchern. Bei seinen ersten Aufzeichnungen als Neunjähriger gab es keinen Hinweis darauf, dass er von mir wusste. Und ich tauchte auch danach nirgendwo in den Büchern auf, bis vor etwa einem Jahr. Damals hat Bernd mich bei einer Pressekonferenz im Fernsehen gesehen. Ich habe dort sehr ausführlich über einen anderen Täter gesprochen und …«, Frank stockte, »… ein wenig zu intensiv über meine Ängste vor dem Erblinden. Bernd erkannte, wie ähnlich wir beide uns waren. Gesicht, Körpergröße, Stimme. Er stellte Recherchen über mich an und fand heraus, dass wir die gleichen Eltern hatten. Danach schmiedete er einen Plan, um mich systematisch zu vernichten. Das Augenausschälen war ein persönliches Highlight für Bernd. Er wusste ja aus dem Interview, dass ich eine panische Angst vor dem Erblinden habe. Dieses Wissen nutzte er, um mich psychisch kaputt zu machen. Immer wenn ich eines seiner Opfer sehen würde, sollte blanke Angst in mir emporsteigen. Ich sollte alles verlieren. Geliebte Menschen, meinen guten Job und sogar meinen Verstand. Und dann sollte ich im Knast verrecken.«

Mo sah erzürnt aus. Er hieb mit einer Faust auf seine Bettdecke.

»Oh Kacke. Was für ein mieses Dreckschwein.«

Wow, Mo war ja richtig in Fahrt.

»Ja, das war er.«

»So ein gestörtes Arschloch. Und warum hat er dich nicht direkt erledigt?«

Frank schaute betreten zu Boden.

»Er wollte mich leiden lassen. Und dann schnappte er sich sein letztes und wohl wichtigstes Opfer, um mich endgültig als Täter zu outen. Dich. Deswegen hatte er dich entführt und gefoltert. Er hätte dich sogar am Leben gelassen. Zumindest so lange, bis du mich als Täter überführt hättest.«

In diesem Moment klopfte es an der Tür und gleich darauf betrat Mos Frau Sabine den Raum.

»Hallo ihr beiden«, sagte sie, ging zu Mo und gab ihm einen Kuss.

Frank hatte Sabine vor ein paar Tagen schon kennengelernt. Er begrüßte sie mit einem knappen »Hallo«. Jetzt wollte er nicht weiter stören. Er stand auf und gab seinem Partner eine Ghettofaust.

»Werd bald wieder gesund … mein Freund. Ich will schließlich die Arbeit nicht ganz allein machen.«

Danksagung:

Ich danke meiner Lebensgefährtin Nadine Muriel, die das komplette Manuskript zu „Augenscheinlich" lektoriert und korrekturgelesen hat. Außerdem danke ich Sarah Lutter, die mit viel Feingefühl meinen Roman betagelesen hat. Ich danke auch Acor Hans-Peter Kniely, Kommissar a.D., der mir bei der Recherche zur Polizeiarbeit half. Dann möchte ich mich noch bei André und Ina Krings sowie Jeannette und Carsten Hofmann dafür bedanken, dass sie mir Inspiration für ein paar Figuren gegeben haben. Ebenfalls danke ich Daniel Frank, der mir erlaubte, die Sportsbar »Viktoria Klause« nebst seinem Vornamen zu nutzen. Ich bedanke mich auch bei Anna Scheele, die mir gestattet hat, den Grugapark Essen in den Roman aufzunehmen.

Rainer Wüst

Rainer Wüst wurde 1965 in Schorndorf geboren und zog kurz darauf mit seinen Eltern ins Ruhrgebiet, wo er seitdem lebt. Mit zwanzig erlernte er den Beruf des Schriftsetzers. Im Bottroper Marktbrunnen wurde er nach bestandener Ausbildung gegautscht. Jahrzehntelang arbeitete er in seinem Beruf und verfeinerte sein Können in Verlagen, Werbeagenturen, Litho-Anstalten und Druckereien. Dabei genoss er den respektvollen, liebevollen Umgang mit selbstgestalteten Büchern sehr. Seit 2018 ist er selbstständiger Mediengestalter (www.prinzo.de). Seinen größten sportlichen Erfolg erlangte er 2003 mit seinem ersten von fünf Marathons. Daraufhin machte er den Trainerschein und eine Ausbildung zum Massagetherapeuten.

Seit 2007 bringt ihn die Freude an Büchern dazu, auch selbst Geschichten zu Papier zu bringen. Im Laufe der Zeit entstanden so mehrere Kurzgeschichten. Außerdem hatte er für zwei Anthologien die Herausgeberschaft. 2022 erlangte die Anthologie »Das geheime Sanatorium«, die Rainer Wüst zusammen mit Nadine Muriel herausgab, den dritten Platz beim Vincent-Preis. Außerdem wurde seine Kurzgeschichte »Pelzibub« zur PAN-Story des Monats Februar 2023 gekürt. Seit Februar 2025 erscheint unter seinem Pseudonym Armando Sinister die Horror- und Gruselreihe »Sinisters Dark World«. Der Regionalkrimi »Augenscheinlich« ist der Beginn einer Krimireihe mit dem eigenwilligen Essener Kommissar Frank Lederer.

Wer Rainer Wüst im Netz sucht, findet ihn unter anderem bei Facebook (https://www.facebook.com/rainer.wust) oder auf Patreon (https://www.patreon.com/c/RainerWuest).

Von Rainer Wüst aka Armando Sinister gibt es seit 2025 die Grusel- und Horrorkurzgeschichtenreihe »Sinisters Dark World«.

Band 1:
Verführerisches Aztekengold
Autor: Armando Sinister
ISBN: 9783769353693

Band 2:
Im Bann des Sandmann
Autorin: Nadine Muriel und Autor Rainer Wüst
ISBN: 9783769319002

Band 3:
Frau Birger
Autorin: Nadine Muriel
ISBN: 9783819277610